爲人民服務

长篇系列小说

火焰当官 1

民服务

成仁 著

为人民服务

务

企业管理出版社
ENTERPRISE MANAGEMENT PUBLISHING HOUSE

谨以此书向《为人民服务》发表70周年致敬！

1944 ~ 2014

谨以此书纪念焦裕禄同志逝世50周年！

1964 ~ 2014

本小说完全虚构，请勿对号入座！

本故事内容如有雷同，纯属巧合！

目录

第一章　干不起一个6亿的项目，四个班子30个县领导还有脸做官吗／1

偌大的一个县，干不起一个6亿的项目，四个班子30个县领导还有脸做官吗？做这种大得能把人吓傻的事业，这种怎么想怎么不可能做成的事情，就得用这种把人吓傻不偿命的非正规手段和别人打死不敢用的非常规办法。不把事情做绝，不把东江县逼到悬崖边儿上，东江的三十几名县领导和3000名干部就不知道咬牙死扛。火焰、关久长两个人坚信，办法一定比困难多。

县长被绑架了/2

东江是个养大爷的地方/2

县长不赖账/4

书记、县长动力无限、折腾不断/5

第二章　县委书记请客，为什么抠抠唆唆／11

如果真是哪张桌子把肉吃光了，你再添不上了，那多砢碜（东北方言，意即寒碜）啊？领导干部们不会认为你火焰书记没办好酒席，都会说关红锦没搞好服务，也许还会惹恼哪位领导，抢白关红锦一顿。关红锦心想：自己遭到抢白不要紧，丢了县委和县委书记的面子那可是失职啊。关红锦就不明白了，县委书记请客，为什么抠抠唆唆（方言，意指吝啬）、别别扭扭呢？

初遇李春林/12

领导有油水/15

县委书记的买卖理论/17

第三章　县委书记请客，谁敢缺席／21

关红锦说："火焰书记，40个一把手我都通知到了，中午11:30到县宾馆食堂赴宴；而且，还特别强调了一点，火焰书记请客，连司机一同请了，不准请假。"火焰说："什么不准请假，这又不是开会。傻，县委书记请客，谁敢缺席？"

由买老羊到"违心说话"/22
100元钱难倒了县委书记/25
县委书记"嫌贫爱富"/29

第四章　本县长陪你喝一杯，交流交流／31

张来水是一个很聪明的人，也是一个很会办事儿的干部，这时候，他觉得出现了一个表现的机会，既能诉自己的苦，又能让大家都知道领导更辛苦。于是，他很激动地说："为老百姓干工作没啥说的，咋干都行。可你得批评批评关县长，他光让我们干活儿，不给我们钱。不给钱，我们咋干呢？"关久长听到这话，乐了，说："好家伙，这酒喝得挺带劲，是吧？状告到饭桌上来了。来，本县长陪你喝一杯，交流交流。"

书记请客有蹊跷/32
竟然两菜一汤/34
县长又遭"围堵"/38

第五章　请同志们支持我一把，借我一样东西／43

火焰摇晃着直起身，继续讲他心中的为难和不忍："我也知道，同志们已经为绿色食品开发，出了不少力，也垫了不少钱。眼下，日子过得都挺苦的，工作量和工作难度成倍地上去了，办公经费却成倍地缩减了，福利待遇也成倍地下来了。你们不容易啊，可我实在没有办法啊，才张嘴请同志们支持我一把，借我一样东西。行不行啊？"

许是一场"鸿门宴"/44
800块不能白花/46
咱们卖车度难关/48
官字两个口/50
领导表扬是"阴谋"/52

第六章　富人做买卖才需要中介，穷人卖孩子插根草就得／55

火焰说："好一个关博士，愁死我了，你这个博士是怎么毕业的？我跟你讲，富人做买卖才需要中介，穷人卖孩子插根草就得。"听了领导的谈话，成天乐发愁，忍不住插了一句："要卖出1000万，哪个单位敢牵头卖，谁敢做这个拍卖师？"火焰说："你这个财政局长怎么这么没有底气？我牵头，我做拍卖师！可以吗？"几个人听了，深感意外，大跌眼镜。

政治明星/56

请勿模仿/57
天马行空/60
恐败思维/62

第七章　大戏不在台上，而是在台下／65

火焰说：“怎么讲呢？咱们这个拍卖会必须排练，因为拍卖会的大戏不在台上，而是在台下。你们是这些车的原主人，你们的表现决定着现场气氛，你们的情绪影响着竞拍者的兴趣。所以说，拍卖会上你们就是演员，你们各有任务，必须各司其职才能唱好这台大戏。”干部们又笑。关久长撂下了脸子（方言，意即翻脸、生气的样子），批评干部们说：“不准笑，这是工作，知道吗？要认真对待，听火焰书记安排！”

县长是个慵懒人/66
他是“多舛”的/67
可恨的“竹竿子”/70

第八章　谁会卖东西，上来教教关县长／75

火焰说：“不行！不行！这么介绍肯定不行。”他低头看看台下，像是想找什么人，“一个哈尔滨工业大学出来的学商贸的博士生，不会卖东西，愁死我了。谁会卖东西，上来教教关县长。”关久长为自己辩解：“我觉得我还行。”火焰说：“行什么行，把好东西当破烂卖，差远了。”

县委书记变“车模”/76
书记、县长二人转/79
哼哈二将/82
骡子的六大优点/84

第九章　一个县委书记，把车都卖了，笨到家了／89

群众围上来，一个中年人问火焰：“火焰书记，看你是舍不得这台车啊。”火焰一边擦车一边回答：“一样东西一旦跟上自己了，就像自己身上的一块肉。”中年人说：“都这样，我那天卖驴，在市场和人谈价一点儿事儿没有，可是一回到家，看着驴圈，心就不得劲儿了，这个难受啊。”旁边有人插嘴：“哭了没有？”中年人说：“说实话，哭了。”火焰长吸了一口气，说：“我也想哭，一个县委书记，把车都卖了，笨到家了。”

谁的脚趾头都是肉长的/90
真是个活祖宗/93
1号拍卖品/94
有了一种死了的感觉/97

第十章　能帮助这样的好书记，吃再大的亏，我心甘情愿／99

26号女士握住话筒，动情地说：“朋友们，我想，在场的人都能看出来，这是一台旧车，价值不会超过30万，一个县级的1号牌，最多也超不过10万，加一起顶多40万。那么，我为什么要拿出110万买这台吃亏的车呢？”说到这儿，女士动容了，“我是被火焰书记感动了！他一个堂堂的县委书记，绞尽脑汁，用尽办法，满头大汗，声嘶力竭，想把自已的车卖个高价。他这是为什么？我想大家都看得出来，他是为了全县的老百姓！能帮助这样的好书记，吃再大的亏，我心甘情愿！火焰书记，请让我以一个老百姓的身份，给你鞠个躬！”

最好把司机也一块儿卖了/100

为老百姓做事的感觉真好/105

自己还不如车值钱/107

第十一章　火焰书记呀，守着女厕门口，不大合适吧／109

邱东亚实在不想让他的县委书记成为别人的谈资和笑柄，苦苦相劝：“火焰书记呀，你看，你我守着女厕门口，不大合适吧？”火焰想了一下，终于意识到守在女厕门口确实不合适。但是，他有办法，他打电话把妇联崔主席叫到了现场，命令崔主席进入女厕“请”人。终于，中年妇女被崔主席“请”出了女厕，但她仍然不服，一挺胸，一跺脚，说：“你要干什么？不就是翻一次护栏吗，没事儿找事儿啊？”

啰嗦的自行车/110

特殊材料制成的/112

此事万万不可外传/114

第十二章　你看那个山坡，映山红开了／119

火焰说：“还是焕然一新的好。我这次下乡就想随意走走，不带人，不坐车……关久长给我借了一台，还是军用越野车，我没坐。上农村、下矿井，还是骑车好一点儿，你说是吧？你去哪里？”丛蓉说：“整天泡在厂子里，总是面对白纸，满脑子没有一点色彩，随便走走。”她顺手一指侧面的山坡，“你看那个山坡，映山红开了！”火焰看过去，确实，淡淡的粉色洒满山坡。

买1号车的26号女同志/120

我叫你栽活了吗/124

热饭碰上冷脸子/125

你们不是来吃饭的/127

第十三章　谁要像我这样耍官僚，谁就该挨打／131

火焰也很激动，他用坚定的口气说：“于师傅啊，如果这是我们哥俩的事儿，我请你喝顿酒，陪个礼，也就过去了。但这不是我们之间的事儿，是关系到全县，关系到所有孩子的大事。你打我是给全县的领导干部敲一个警钟，让我们这些大大小小的领导干部长长记性，谁要像我这样耍官僚，谁就该挨打！”

犯了低级的错误/132

我们报的是假账/135

请你打我3个嘴巴/136

该换换你们的脑袋/139

第十四章　你刚来，恐怕头两个月的工资别想拿回家了／149

齐师傅说：“一听你这话，就知道你是一个没受过苦、没遭过罪、没受过气的生犊子（方言，原指公牛犊，泛指没有见过世面的人）。有你问话的份儿吗？领工资的时候，郑矿长就守着你的工资袋，说有个大买卖急需用钱，这月的工资不发了，算集资。”火焰说：“你不会说不同意啊？”魏连海说：“你刚来，恐怕头两个月的工资别想拿回家了。”火焰问：“那我的生活怎么办？”齐师傅说：“你要是问郑矿长？他就一句话，愿意干留下，不爱干滚蛋。”

矿长郑万通其人/150

这么集资是违法的/152

受人一个包子之恩/154

第十五章　你怎么知道火焰书记以权压人／159

火焰又问：“煤黑子就煤黑子吧。那煤黑子问你，王县长怎么强迫你了？”大汉喊了一声：“你小子还说，不想干了？”火焰又坚定地往前走了一步，问：“你怎么知道县委书记以权压人？你见过他吗？”郑万通火了，指着火焰骂：“你给我闭嘴！敢这么和我说话，胆大包天你，脑袋让煤矸石砸了吗？端谁的饭碗不知道啊？”火焰一问道底：“你让我们工人要一个亿，没问题。但是，你是不是要和我们工人讲清楚，煤矿亏损这么严重，连工资都开不出来，怎么喊出来的一个亿？”

这个煤黑子好眼生/160

矿工浴池的水是黑的/164

将大白屁股交给黑水/165

第十六章　光着膀子谈事儿，赤诚相见／169

火焰闭着眼睛问王永远：“王县长，派你来收购煤矿，为什么二十多天没谈下来？到底什么问题，矛盾焦点在哪儿？今天就在这里解决掉，怎么样？”王永远领会了火焰的意图，兴奋地表态：“那太好了！”郑万通还不知道自己已是穷途末路，信誓旦旦地说：“听火焰书记的。”火焰点点头，说：“那好，双方谈谈吧。光着膀子谈事儿，赤诚相见。王县长，你先说。”池子里所有人都精神起来，坐直了身子，露出一溜儿白花花的膀子。吴瘸子也不想落掉这个空儿，凑过来听。

啥时候通过职工代表大会了/170

比“煤黑子”还“黑”/171
必须给工人一个交待/173
凑份子不掏钱多没意思/176

第十七章　一个爹娘都不孝敬的干部，能为老百姓办好事情吗／177

在离开刘大娘家的时候，火焰贴着刘红骏的耳朵悄声说：“刘红骏，今天我有一个疑虑，解不开了，你帮我捋捋？你说，一个4个月不看爹妈一眼的干部能下乡看老百姓吗？一个爹娘都不孝敬的干部能为老百姓办好事情吗？”刘红骏愣着。邱东亚也凑上来，对着刘红骏的另一只耳朵悄声说：“你小子怎么是这样一个人？火焰书记说得好啊，作为干部首先要做好父母的儿子，不能做好父母的儿子，怎么能做好百姓的儿子？”说完，他很感慨，连父母都不孝敬的人，怎么会爱同志、爱百姓？怎么会爱党、爱国？

共产党不相信群众相信谁/178
天大地大/180
前面是暖村/181
一篮臭鸡蛋/182
人变坏是从吃白食开始的/185

第十八章　政府大楼向所有人开放，不管是讨水喝还是上茅房都随便／189

火焰猛地转身，看见了关红锦紧张、歉意的脸，他一把揪住关红锦的衣领，气愤地说：“一个孩子要用一下大楼的厕所，却被你们堵在门外，反复央求不答应啊，生生让孩子拉到裤子里。他是我的亲人，你知道吗，他也是你的亲人，你知道吗？”说到这儿，他几乎是吼起来，“把保安撤掉，马上！从现在起，政府大楼向所有人开放。谁想进谁进，不管是上访的还是告状的，不管是找书记的还是找县长的，不管是讨水喝还是上茅房的，都随便！”吼完，他又轻轻地问关红锦，“听见了吗？”

进厕所还分三六九等/190
你以为上访户是麻烦，对吧/193
门里门外，门的王国/195
他见不得弱者受欺/197

第十九章　有多少老百姓因为这座大门，恨县委恨政府恨火焰恨关久长／201

火焰很激动，一边比划一边讲：“不错，你还没忘。这个政府不是你的，不是我的，也不是那些领导干部的；这个政府不是避风港，也不是安乐窝，更不是耍威风的衙门口儿，是为老百姓办事儿的地方，是老百姓歇脚的地方，是老百姓说心里话的地方！”关久长深有同感，说：“你批评得很对，我接受，真的。下来吧，求你了。”火焰又站起身，在小小的房顶上溜达，说：“这座大门拦过多少老百姓？有多少老百姓揣着希望来，带着失望走？有多少老百姓因为这座大门，恨县委恨政府恨火焰恨关久长？”他用脚跺着房顶。

撒钱给客人看/202
让“官老爷”们打哆嗦/203
让他把绷紧的弦跑完/208

第二十章　领导喜欢农家大院，那就改成农家大院好了／211

火焰笑而不答。关红锦又说：“你总得问问谭老三挖渠干什么吧？”火焰说：“不用问，他一定有好主意。”关红锦哭笑不得，说：“这可是县政府大院啊，不是农家大院。”火焰乐了，道：“别说，改造成农家大院也不错。”关久长眼睛也是一亮，品着火焰的话，说：“嗯，这个叫法好，挺带劲，就是农家大院了。”关红锦泄气了，说：“领导喜欢农家大院，那就改成农家大院好了。”

这个“祖宗”是个纯粹的共产党人/212
砸了这座大门/213
担不起的恩情/214
政府大院搭羊圈/215

第一章

干不起一个6亿的项目，四个班子30个县领导还有脸做官吗

县长被绑架了

一上班，东江县县委办公室主任兼政府办公室主任关红锦就急冲冲来到县委书记办公室，向东江县县委书记火焰汇报，说："坏了，出大事了，火焰书记，关县长到绿色食品加工基地检查工作，被工程承包商'绑架'了，他们好烟好茶供着，就是不让离开，就是关县长上厕所，都是前呼后拥的'保驾护航'。"

东江是个养大爷的地方

东江原本是条江的名字，原来这条江是中国内江，现在已经是界江了。东江县因江而得名，东江人因江水而生生不息。东江虽然偏远，但人们一直生活在辽阔的天空之下，广袤的土地之上，灿烂的阳光之中……一句话，东江是个养大爷的地方。

县长不赖账

最后，关久长无奈地拍了一下大腿，坐在了物料堆上，大声嚷着："我堂堂一个东江县，会差你们钱吗？我堂堂一个县长，会赖账吗？好，我不走了，陪着你们，你们赶紧干活儿去，耽误了我的工程，我可不饶你们！"

书记、县长动力无限、折腾不断

火焰来了，和关久长搭上了班子。"关火"搭配，类似于"没谱（梅普的谐音，梅普：俄罗斯总理、总统简称）"组合，动力无限，折腾不断，愣是从银行里"套"出两个亿，又从身前身后、犄角旮旯抠出一个亿，拉开了产业建设的序幕。

县长被绑架了

一上班，东江县县委办公室主任兼政府办公室主任关红锦就急冲冲来到县委书记办公室，向东江县县委书记火焰汇报，说：“坏了，出大事了，火焰书记，关县长到绿色食品加工基地检查工作，被工程承包商‘绑架’了，他们好烟好茶供着，就是不让离开，就是关县长上厕所，都是前呼后拥的‘保驾护航’。”

关红锦是斗胆来汇报的，他是没办法了，救不了关县长的“驾”，才向火焰书记汇报的，他以为火焰书记听了准会着急上火，准会亲自出马，“营救”关县长逃离“魔掌”。可是，令关红锦没想到的是，火焰听了并不着急，像没事儿人似的，点了一支“大前门”香烟抽起来。

对于这个局面，火焰早有预料，东江县县长关久长被绿色食品加工基地建设工程的承包商“绑架”是早晚的事儿。欠人家那么多工程款，人家能不急吗？如果火焰是工程的承包商，都会住进关县长办公室里去，甚至躺在关县长的家门口，不给钱还行了，农民工的钱你东江县也能欠？

火焰抽着烟琢磨了一会儿，忽然提笔写了一张单子，递给关红锦，说：“通知县四个班子领导、40个部委办局一把手中午到政府食堂来，就说我火焰个人邀请同志们喝羊汤。另外，告诉他们，我给他们的司机也留了座位。”

关红锦纳闷了，这个时候，火焰书记怎么还有心思请客吃饭？不管关县长了？

东江是个养大爷的地方

在中国的东北黑龙江省，最偏远的那丹市，有一个最偏远的东江县。为什么说偏远，因为它远到了不能再远的程度，如果还想往前走，那就得办护照，因为前边就是俄罗斯的地盘了。

东江原本是条江的名字，原来这条江是中国内江，现在已经是界江了。东江县因江而得名，东江人因江水而生生不息。

东江虽然偏远，但人们一直生活在辽阔的天空之下，广袤的土地之上，灿烂的阳光之中。人们习惯了偏远寂寥，跑马占荒；习惯了马拉爬犁，驰骋雪原；习惯了喊山（伐木）放山（采人参），搭马架子（马架子，早年间东北特有民居建筑，木杆、茅草、兽皮搭起的窝棚）、挖地窨子（东北特有的地穴或半地穴式的房子）；习惯了撒网下挂子（一种捕鱼的方法，在水下大面积设置丝网），做鱼皮衣裳；习惯了春种秋收，囤苞米（玉米）棒子；习惯了黑瞎子（即亚洲黑熊，俗称狗熊）糟踏庄稼和东北虎满院子溜达；还习惯了东家走西家串，嗑“闲毛嗑（俄语译音，葵花籽）”扯王八犊子（吹牛）；习惯了唱二人转，打情骂俏；也习惯了和老毛子（也就是原先的俄国人，后来的苏联人，再后来的俄罗斯人）小船靠小船，老酒换皮帽，绸缎兑“玛达姆（俄语译音，妇女）”的生活，更习惯戴“孬头（俄语译音，狗獾）”皮帽，穿“布拉吉（俄语译音，老式裙装）”，习惯用“喂得罗（俄语译音，底小口大桶）”；后来习惯了吃“鬼子姜（菊芋，北美传入中国，根茎可淹制泡菜，据说日本鬼子爱吃）”，一边吃一边骂日本鬼子“臭不要脸的”；再后来又习惯开“耶特28（苏联制胶轮拖拉机）”下地，开“嘎斯69（苏联制汽车）”上路。总之，从有人居住到现在，除了日本鬼子十四年的侵略，东江人的日子过得就是这么祥和，这么安定。一句话，东江是个养大爷的地方。

东江县城不大，五道东西街，九条南北路，但很规矩；街道不宽，十米左右，水泥面儿多有破损，但很干净；街道两边的建筑参差不齐，有不少20世纪80年代以前的老建筑，但很整洁；路灯是水泥的杆子，铸铁的灯头，油漆剥落，锈迹斑斑，还不错，路灯虽然残破，但夜里全是亮的。

一台挂着“黑N90001”车牌号的大地越野车正沿着解放大街穿过东江县城，朝郊外驶去。“黑N90001”车是东江县县委书记的座驾，俗称1号车。车内3个人从小往大里说，第一个是驾驶员于小全，第二个是县委办主任兼政府办主任关红锦，第三个便是东江县县委书记火焰。火焰坐在副驾驶的位置上，操作台上摆放着一盒廉价的“大前门”香烟和一个简易打火机，这是火焰随手扔在上边的。

县长不赖账

1号车路过位于县城南郊的东江县绿色食品加工基地工地的时候，停了下来，车窗慢慢摇下，有烟雾从里面冒出来。显然，火焰正在注视着这个刚刚开工不久的建设工地。

绿色食品加工基地是东江县最大的工程，历史上最大，规模之大相当于一个开发区。它也确实是一个开发区，但是不能叫，因为你是一个县，搞开发区显得太“铺张”了。但是，火焰不管那个，换个名字照干，只要方向正确，只要能拉动东江经济发展，只要能让老百姓受益，他就敢瞒天过海。

绿色食品加工基地内有20个工厂车间，都是东江县里自己筹资兴建的，同时开工，同时商业运作，非常诱人。一时间，吸引来大批的“关系（和领导挂着关系）”商人，“裙带（领导亲戚）”企业家，想插足进来投资兴业，但火焰不答应，这缘于他的本位思想，凡绿色食品加工基地内的项目，县里自己干。之所以有这种思想，是因为东江的干部队伍庞大，富有人力资源。

东江县在岗干部三千有余，这个数目实在太多了，很吓人，不大适应时代的发展了，为什么？因为中国的经济一天天好了，法制一天天健全了，社会一天天安定祥和了，人民群众的素质一天天提高了，民主化一天天深入了，不需要这么多干部了。那么，臃肿的机构怎么办？这么多嘴巴吃什么？这么多手干什么？这就看地方政府的智慧了，东江县就采取了全县动员做法，选择了绿色食品战略，于是就有了这个绿色食品加工基地。虽然政府主导的企业管理起来困难大一些，虽然现在没谁再愿意兴办国营企业，但火焰偏这么干了，谁说国营不好干，干不好？谁说国营兴得快，垮得急？火焰想骂人，这明摆着是对共产党人的污辱，共产党人都是无能腐败的人吗？都是酒囊饭袋吗？管不好党产国资吗？显然是颓废人的颓废语，混账人的混账话。

目前，绿色食品加工基地是东江县的一号工程，正在举全县之力搞建设，一派繁忙景象。

火焰看着工地，果然看到了县长关久长。关久长正被一群人围着，他走到哪儿，人群就跟着到哪儿，他向围着他的人作揖，没用；鞠躬，也没用，就是围着不散。最后，关久长无奈地拍了一下大腿，坐在了物料堆上，大声嚷着："我堂堂一个东江县，会差你们钱吗？我堂堂一个县长，会赖账吗？好，我不走了，陪着你们，你们赶紧干活儿去，耽误了我的工程，我可不饶你们！"

望着东江县县长这个窘迫狼狈的样子，火焰不但不同情，反而笑了，好像幸灾乐祸，还自言自语地说："老关，这才叫干大事儿，干大事儿的人身边都围着一群人，尽管都是些要账的……"

关红锦像听天书一样，愣愣地听着火焰的话，他不明白，面对愁苦的关县长，火焰书记的情绪为什么会这么好。

火焰不看就知道关红锦又愣头愣脑了，便说："不干大事儿能欠账吗？我问你关红锦，'微软'有钱吧，'苹果'有钱吧，'壳牌'有钱吧，美国有钱吧？都是欠债、赖账的祖宗。我跟你讲，不欠钱就不会有发展。"说到这儿，他掏出手机，拨打出去，"老关……"

绿色食品加工基地工地那边，关久长掏出手机，一看，立刻对围着他的人说："我有个要紧电话，都别吵吵了！"他站起身，钻进一个角落，愁眉苦脸地给火焰回话："火焰书记呀，这几天，我都把吃奶的劲儿使出来了，该挖的地方我都挖到了，连耗子洞都抠了，才弄出200万元，一会儿就支空了。真是没办法了，就是把娘胎里的劲儿都使出来也找不出一个大子儿了。本县长正式向你报告，如果一个星期内筹集不到1000万资金的话，咱们的绿色食品加工基地可就成了'悲惨世界'了。"

1号车内，火焰非常镇定，他看着工地里的关久长，对着手机说："老关，你别急，给我稳住阵脚。没什么了不起的，一个星期内我给你1000万元！中午我在政府食堂请客，需要你到场，你想办法脱身吧。"

书记、县长动力无限、折腾不断

三年前，东江县就实施了绿色食品发展战略，战略分三个层面：

第一个层面是规模种植，第二个层面是加工包装，第三个层面是营销上市。但是，两年过去了，战略像个懒汉，仍“磨叽（东北方言，办事拖拉，不利索）”在摸索试验阶段。火焰来到东江以后，感觉到这个战略没有问题，也了解了“磨叽”的根源，是县委的决心不大，是领导干部不想大力推进。原因有两个，一是农业工作不好干，涉及千家万户，千万心眼儿，很难套到一挂“马车”上来；二是这个战略需要大量资金，有多大？都不敢想，6个亿。就这两条，难住了东江的党政班子，难了两年。去年，火焰来了，他不信邪，他认为东江县的一切工作就是围绕千家万户干的，躲避不了。躲避了，就是违背了为人民服务的宗旨。在一年多的时间里，火焰愣是把一个在纸面上昏睡了两年的战略真正实施起来了。今年春天，数十个绿色农作物开始大面积种植，绿色食品加工基地也开工建设了。现在，绿色食品营销已提上了议事日程，正在策划酝酿阶段，很快就会出台一个闯市场的办法。

其实，这个战略是关久长搞的。当年，关久长从省委下派过来，安排到了副县长的位置，分管商贸。于是，关久长请来了哈尔滨工业大学一个小团队，帮东江搞了这个总投资6亿元人民币的绿色食品发展战略。报告拿出来后，吓住了上届领导班子，吓住了东江干部，他们只同意搞一个试验种植区，先搞一个品种，试验一下。政治是很微妙的，虽然是你拿的方案，但不一定就需要你去付诸实施，迂回一下，换一个人来搞才有回旋余地。所以，这个“战略”就落到了分管农业的副县长谭明相手里。谭明相也真抓实干了，搞了一个冷村石板水稻种植区。水稻也确实“绿”起来了，产量也确实有所提高，但费用也直线上升了。那次试验，只是搞了一个园区，没有搞后续的加工、包装、营销项目，也就没有形成产业链条，所以也就没有了“下文”。也就是说，政府只帮助农民种出来了高附加值的绿色水稻，却没有帮助农民卖出这种高档的商品。因此，投入产出比就失去了平衡，种绿色水稻的冷村老百姓赔了。结果可想而知，老百姓骂娘了，领导没脸了，政府赔钱了。于是，上上下下都怪关久长了；于是，“战略”搁置下来了，再也无人问津了，以至于在纸上昏睡了两年。

的确，东江是个穷县，外债暂时不提，单是县财政年收入就少得可怜，才两亿多一点，人吃马喂还不够。所以，上上下下都觉得凑出6个亿来比登天还难。曾经想通过招商引资发展项目，但你不搭起平台来拿什么招商？招来的也都是一些“蚂蚱”，啃了你的“草”，却交不了几个税钱。平台就是产业，把一个产业链建成了，才会真正招来大商、引来巨资。然而，一个平台6个亿呀，对于一个穷县来说，确实很难搭建。但是，火焰来了，和关久长搭上了班子。“关火”搭配，类似于“没谱（梅普的谐音，梅普：俄罗斯总理、总统简称）”组合，动力无限，折腾不断，愣是从银行里“套”出两个亿，又从身前身后、犄角旮旯抠出一个亿，拉开了产业建设的序幕。然而，这3个亿只是一半，另3个亿从哪儿来？身前身后、犄角旮旯再也没有了，县里的钱袋子空了。“关火”搭配可不管有钱没钱，他们的打法非常明确，原则是没钱也要干，办法是能讨就讨，能要就要，能贷就贷，能借就借，能赊就赊，务必做到：将能靠上的政策全部靠上，能拉到的关系全部拉上，能贷到的贷款全部贷到，能榨干的钱财全部榨干，能挖空的资源全部挖空，就算正儿八经的办法都用尽了，还可以拆东墙补西墙，还可以砸锅卖铁。偌大的一个县，干不起一个6亿的项目，四个班子30个县领导还有脸做官吗？做这种大得能把人吓傻的事业，这种怎么想怎么不可能做成的事情，就得用这种把人吓傻不偿命的非正规手段和别人打死不敢用的非常规办法。不把事情做绝，不把东江县逼到悬崖边儿上，东江的三十几名县领导和3000名干部就不知道咬牙死扛。火焰、关久长两个人坚信，办法一定比困难多。

东江县的资本市场潜力不是没有，而是不活跃，主要问题是存贷比严重不协调。2006年年末，全县金融机构贷款余额22.5亿元，存款余额55.67亿元，存贷比为40.4%，分别低于全国、全省平均水平16.7个百分点和15.9个百分点。这是个重大的问题，也就是说，东江人奋力拼争、口挪肚攒的血汗钱让人拿走了60%，支持发达地区搞建设、搞发展、搞民生去了。想想看，就这样来发展东江，东江还有希望吗？如果不尽快转换思想意识，转换经营模式，东江和发达地区的差距会越来越大。

刚才说到了那个欠债、赖账的祖宗美国，就善于负债搞建设，它的负债占GDP的97%。也就是说，它是4.66万亿的GDP，负债就接近4.29万亿美元，这是花全世界的钱来建设美国。目前，每个美国人负债4.6万美元，约合30万人民币。美国欠中国最多，大概是欠每个中国人900美元。

东江要干事儿就要学习美国人这种运用资本的胆略和能力，既要勇于负债、精于理债，还要善于用债、敢于以债抵债。必须想清楚一点，当今时代，当今社会，政府主要任务就是发展经济，发展经济的实质内容是什么？通俗地讲，就是引导本地商人赚钱，赚外地的钱，赚全国的各地的钱，赚外国的钱。

说到赚钱，火焰便万分感慨，在中国，所有的地方政府都曾经历或正在经历一种阵痛。想赚别人的钱，但是，往往自己的手还没伸进人家口袋里，却叫人家把自己的口袋掏空了，还不知怎么掏空的。回头一看，国家矿山成了私家领地了，国营企业成了“私营”了，好像是搞活了。可是，再看看老百姓的饭碗，还是空的；翻翻自己口袋，竟然找不出几个“大子儿”来救济百姓。于是，你就后悔了。看着矿老板赚得盆满钵盈，开着“大奔”、“悍马”跑北京奔上海买楼盘，搞乱你的楼市。这时候，面对你棚户区的老百姓，居然买不起一砖一瓦修补他们的漏屋；这时候，你悔青了肠子。最后，这些人中有很大一部分携巨款移居国外，成了“外国人”，使你的大量资金外流了，你却无可奈何；这时候，你真是肝肠欲断。每每想到这里，火焰就会感慨万千。

火焰是个会算账不吃亏的人，他就这么想，党组织让他当县委书记来了，希望他做什么？不唱高调，就是替老百姓赚钱来了。所以，火焰要“算计”从东江流进流出的每一分钱，能“劫”下来的必须“劫”下来，决不犹豫，决不客气，决不手软。而且，也绝对不再做那种吃亏的事儿，悔青肠子的事儿更不干，坚决留下一根好肠子给自己，好消化富村的小白菜、石村的大豆腐、暖村的苞米粥、冷村的大米饭。

绿色食品加工基地就是搂钱的大耙子，通过卖东江的物产，把来往的“票子”像搂树叶子一样搂到县财政来，搂到老百姓的钱匣子里去。

火焰“幸灾乐祸”地看着被围困的关久长，笑着说：“这也是锻炼，能经得住要账的围堵，又能抓得住时机突围的干部才是好干部。”

果然，关久长捂着肚子，吵吵着要上厕所，那些人怕他溜，不让。关久长急了，说：“我的车不是还在那儿停着吗，怕什么？”那些人看着“黑N90003”号车，想想也是：跑了关老爷，跑不了3号车，就允许他方便了。于是，关久长便趁机钻进材料堆的空隙里，悄然溜走，毫不心疼地“扔”了他的3号车。

1号车里的人都笑了。车子又启动了，驶出郊区，上了山路，车后扬起一路砂石、灰尘。

第二章

县委书记请客，为什么抠抠唆唆

初遇李春林

冷村后山坡有一块草地，一群羊正在吃草，放羊老人李春林跟在羊群后面，他的身后跟着两只老羊。1号车驶过来，停下，飞扬的尘土立刻裹住越野车。火焰、关红锦、于小全从车上下来，走向李春林。

领导有油水

火焰一脸为难表情道：“老李大哥，太肥了吧，吃起来腻呀。我请那帮人都是领导干部，满肚子油水，我想要那种……那种……”他边说边由大往小比划着。

县委书记的买卖理论

火焰赶紧摆手，说：“这可不行！从我个人角度说，我真不是一个爱沾小便宜的人，我做什么事儿只在乎公平，不在乎多少。从公家角度说，我是县委书记呀，走到哪儿，办什么事儿，都摘不下这顶帽子，你说是不是？要是干了不规矩的事儿，大家不说火焰怎么怎么了，都会说县委书记怎么怎么了。所以，我办什么事儿都要倍加小心，不能给党丢脸，不能给东江丢面子，你说是不是？今天，咱老哥俩是在做生意，我买你卖，愿买愿卖，商量价格，一手钱一手货。老李大哥，你说是不是？”

初遇李春林

山路如黄色丝带，蜿蜒在森林中，1号车像一匹骏马，奔腾着，驶向深山。

一路上，火焰检查了几个绿色食品种植园区，墒情挺好，苗情不错，这令他非常高兴。面对村干部和县里的包村干部们，火焰做了一番鼓励，也进行了一番嘱咐，成绩可喜，但要保持这种先进的市场意识和高度的责任心，把农作物当成商品来生产，缺一棵苗就多一份成本，就给销售增加一份难度。火焰走了一路，看了一路，最后，1号车驶进一个山谷。这个山谷就是远近闻名的冷谷，东江县的一条境内河流右河就在这里汇入东江。河口处有一个村子，叫冷村。

冷村后山坡有一块草地，一群羊正在吃草，放羊老人李春林跟在羊群后面，他的身后跟着两只老羊。

1号车驶过来，停下，飞扬的尘土立刻裹住越野车。火焰、关红锦、于小全从车上下来，走向李春林。

关红锦望着羊群说："老李啊，买你两只羊。"

李春林没见过火焰，但觉得似曾见过。他对关红锦说："关主任啊，你也不是第一次来买羊，抓吧，看好哪个抓哪个。我还是那个要求，别抓怀崽母羊和那只扎红头绳的头羊。"

关红锦转身对火焰说："火焰书记，你歇着，我们去抓。我看过抓羊。"他一边说一边比划，"左手拿绳，右手抓羊。抓住羊的一条后腿，这么一掰，'啪唧'就撂倒一个。然后，用膝盖摁住，三下两下捆上四条腿。"

也许是关红锦那似乎很专业的抓羊动作让羊群感到了不妙，羊群骚动了。忽而，扎红头绳的头羊跑了起来，羊群都跟着跑走。

火焰望着渐渐走远的羊群，朝关红锦一摆手，说："你再啰嗦，羊群就跑远了。"

关红锦拉上于小全，向羊群扑去，边跑边喊："火焰书记，你看我们的。"

火焰和关红锦的对话让李春林恍然大悟，这个似曾见过的人原来是县委书记火焰，他浑浊的眼睛渐渐闪亮起来，说道："你就是县委的火焰书记呀？还真是，电视上见过，来咱县一年多，为老百姓做了不少好事儿。"

火焰自嘲地一笑，说："都是小事儿，不值一提。我也确实愿意干小事儿，不然我怎么会亲自来你这儿抓羊呢？"

关红锦和于小全冲进羊群，羊群受惊，四散奔逃。李春林看着笨手笨脚的两个人，看着被两人弄得乱糟糟的场面，便想亲自去抓，被火焰一把拉住，说："让他们练练腿吧，整天坐车。你看看，腿脚笨得都能把自己跸个跟头。"火焰拉着李春林走到一棵树下，盘腿坐下来。两只老羊也跟过来，趴在李春林身边。李春林掏出"大前门"烟，说："火焰书记，烟不好，就不让你了。"火焰也掏"大前门"，递过去一支，说："一样儿，抽我的吧。"李春林看着火焰手中的"大前门"，心里一热，痛快地接过来，叼上，麻利地掏出打火机先给火焰点上，又给自己点上。两个人边抽烟边唠嗑（东北方言，闲聊的意思）。

李春林这群羊远近闻名。羊不但肥，更主要的是吃起肉来膻味儿小，喝起汤来鲜味儿足。冷村里原来那个会计张大贵，看李春林的羊养得好，卖得价高，也跟着养，而且也在这块草地上放，但不知道怎么回事儿，吃起来就是不如李春林的羊味道好。找原因吧，掰着手指头一项项对比，一步步算计，一点点儿琢磨，恍然大悟：羊崽子不是李春林家的。于是，张大贵要买李春林的羊羔，李春林给了他一对儿。张大贵高兴，跟着李春林放羊，也就是说，张大贵放羊采取了"插队落户"的办法，同李春林家的羊吃一块坡上的草，同喝一条河的水，同在一块天底下睡觉。张大贵想：这回绝对不会再有什么差距了。可是，结果就是这么不讲理，就是这么气人，就是这么不可思议，就是这么无可奈何。冬天到了，张大贵把羊卖到县城的饭店里，上了餐桌，老食客只尝了一口，直摇头，说："你这饭店糊弄人，点的是冷村羊肉，咋上来孬羊肉了？"无论饭店怎么解释都没用，人家一口咬定，不是冷村的，你这火锅子糊弄人。后来，张大贵不养羊了，离开了冷村，放了自己的“羊”。

都是羊肉，怎么就差了，差在哪了呢？火焰就这么问李春林。李春林说：“我也纳闷儿，真是怪。”火焰琢磨：差距一定出在饲养方法上，李春林肯定有绝活儿，自己没在意，也就总结不出来。火焰说：“老李大哥，我安排畜牧局的技术员帮你总结总结，看能不能总结出一整套饲养办法。另外，我再琢磨给你搞个牌子，算你的专利。这样，你的技术就可以在全县推广了，你来作技术指导，还可以收费。你看怎么样啊？”李春林听了很高兴，也很感激，说：“过几天山野菜就下来了，给火焰书记送去尝尝鲜。”于是，两个人握手约定，过几天再见。

火焰看着身边的两只羊，忽然问李春林，说：“这两只羊怎么不合群呢？”

李春林摸着一只老羊，答道：“老了，跟不上羊群了。”

这时候，关红锦和于小全两个人撵羊撵疯了，甩掉衣服，玩命地撵，也没撵上一只。于小全累得实在不行了，蹲下来大口喘着气，说：“关主任，实在跑不动了。你不是那么一掰就撂倒一个吗，你来吧。”关红锦还在拼命撵，也是上气不接下气，他喊：“于小全，抓啊，快抓。这群羊太野了，我一个人可不行。”于小全想了一下，忽然转身，往回跑，跑向1号车。

1号车冲出去，围着羊群兜圈儿，羊群无路可逃，吓得聚到一堆儿。

火焰看着两个人，对李春林说：“给我开车的那个小于，胆子大，车开得虎，太虎了，如果有飞机，这小子敢开飞机圈羊。”

两个人终于抓到了两只肥羊。

关红锦扯开了嗓子喊：“抓到了，火焰书记！”

于小全也扯着嗓子叫：“最肥的，火焰书记！”

火焰听了，又好气又好笑，对李春林说：“老李大哥，你听听，这俩小子多会说话。”说着，火焰冲两个人大声喊：“我要是最肥的，你们就不用买羊了。”

领导有油水

关红锦和于小全大汗淋漓，一人抱着一只羊的脖子，朝火焰笑着，表功。

火焰走过来，踢了羊一脚，说："你们两个，跟头把式的，还真抓了两只肥羊。"

李春林看着两只羊，不住地点头说："他俩确实尽力，这两只真是够肥的。这只有128斤，那只130斤。"

火焰问："老李大哥，这两只羊多少钱呀？"

李春林随口回答："两千挂点儿零吧，给2000元就得。"

火焰一脸为难表情道："老李大哥，太肥了吧，吃起来腻呀。我请那帮人都是领导干部，满肚子油水，我想要那种……那种……"他边说边由大往小比划着。

李春林看着火焰，琢磨了一会儿，乐了，说："那我知道了，我给你抓两只，保准让你满意。"

关红锦和于小全纳闷儿了，他们抓的这两只羊多好，为什么不要？他们不想放掉这么好的羊，还死死搂着。火焰说："放了吧，我都不要了，你们还搂着干什么？"听了这话，他们才恋恋不舍地放开两只肥羊。

羊群又四散开来，关红锦急了，说："快抓呀，羊群又跑了。"于小全又想上车，被李春林拉住。李春林不慌不忙，随手捡起几块石头，向羊群四周扔过去，羊群立刻安定下来，站住了，聚成一团。

火焰看了李春林这手圈羊技艺，称赞说："好，这才叫行家里手。你们两个好好学学，看人家怎么放羊。"

于小全说："我们又不想养羊。"

火焰说："我要你养羊了吗？我要你学会抓羊，下回再给我抓羊不能开车撵了，汽油多贵啊。"

于小全朝火焰嬉皮笑脸。于小全每回挨训都这样嬉皮笑脸，虽然没有"悔过"的意思，但同样的错误绝对不犯第二次，这也是火焰喜欢他的原因。于小全很聪明，他会见风使舵，看人下菜碟。身为火焰书记的司机，他处处小心，绝对不敢狐假虎威，他修车、加油都是拉上办公室干部一起去。其实，县委书记司机，谁也不敢监督，更不敢得罪，但他觉得必须这么做。火焰书记清廉，不沾公家便宜，他于小全就必须跟着利利索索、干干净净。否则，没自己的好果子吃。但于小全不否认，在“伺候”前任县委书记李翊明的时候，他确实捞到了不少油水。

火焰数落完于小全，又数落关红锦说：“说得真热闹，‘啪唧’撂倒一个，差点儿没让羊给你撂倒了。”

关红锦擦着满脑袋的汗，不好意思地笑着说：“我真抓过羊，这次就不错了，撵上了肥羊。上次关县长请客，也是我抓的羊，我都跑岔气儿了，只撵上了一只瘸腿羊。”关红锦的态度好，但是啰嗦、磨叽，批他一千回一万回也没用，他下次还和你啰嗦、磨叽，这是性格所致。虽然火焰经常批关红锦，但不烦他，因为啰嗦人有啰嗦人的好处，磨叽人有磨叽的优点，稳重谨慎，细致周全。如果火焰和关久长不喜欢关红锦，怎么能争着要他？一个想要，一个舍不得放，最后不得不让关红锦兼任县委和政府两个办公室主任。这也算破例了。有的干部嫉妒说：“磨叽人的命咋这么好呢？”

李春林走进羊群，轻松抓住两只羊，对火焰说：“火焰书记，过来看看。这两只一定可（北方方言，适合）你的心。”

火焰走过去，围着两只羊直转圈儿，问李春林：“多少钱？”

李春林说：“你给1000元就行。”其实，这两只羊起码值1300块。李春林觉得火焰书记挺亲近的，就抹掉300，只喊了一个整数。

可是，火焰还是摇头。

李春林纳闷儿了，说：“咋的（北方方言，有为什么的意思）火焰书记，还不满意？这两只是半大的羊，没到长肥膘的时候，肉嫩，味儿鲜，膻味轻，价格比那两只便宜一半。”

火焰不好意思地说：“老李大哥，还没长成的羊，不该卖啊。”

李春林感到意外，犯了琢磨：是不是又嫌小了？这个县委书记和上一任县委书记李翊明真是不一样，天地之差。李翊明买羊，关红锦都不用来，打发一个小干部来办。不问价钱，不论重量，估个，一个800元或者1000元。到了年节，一买就是几十只，用卡车装，当土特产往省里市里送。而眼前的这位火焰书记却是亲自买羊，这本来就奇怪，再加上像老娘们儿（东北方言，意指妇女）一样地挑三拣四，就更奇怪了，不是亲眼见到，李春林真不敢相信。

火焰看着两只半大的羊说："我请的客人多，八十多人呐，半大的羊肉太嫩了，不扛吃啊。"

李春林说："买两只羊，肥的不要，半大的不要，这可买不着上品了。"

火焰一脸惆怅，说："这我知道，确实挺难买的。"

县委书记的买卖理论

李春林是个敦厚的人，他不想让火焰书记失望。就算眼前的这个人不是县委书记，就一普通客户，他李春林也得尽心尽意。养羊是养自个儿的秉性，卖羊是卖老李家的名声，怠慢不得。于是，李春林说："火焰书记，那你说吧，你要哪两只，我都给你，就是开好了扎红头绳的头羊我也给你，价格也由你喊，喊多少是多少，怎么样？"

火焰赶紧摆手，说："这可不行！从我个人角度说，我真不是一个爱沾小便宜的人，我做什么事儿只在乎公平，不在乎多少。从公家角度说，我是县委书记呀，走到哪儿，办什么事儿，都摘不下这顶帽子，你说是不是？要是干了不规矩的事儿，大家不说火焰怎么怎么了，都会说县委书记怎么怎么了。所以，我办什么事儿都要倍加小心，不能给党丢脸，不能给东江丢面子，你说是不是？今天，咱老哥俩是在做生意，我买你卖，愿买愿卖，商量价格，一手钱一手货。老李大哥，你说是不是？"

李春林听着火焰的话，有些吃惊，也有些感动，觉得火焰书记像他们农民，实在，厚道。他点了头。

那边的关红锦看看手表，对于小全嘀咕："今天请的是县四个班子领导和40个部委局办一把手。请柬都发下了，蒙古族大师傅也到位了，正在县宾馆食堂备料，都这会儿了，羊还抓不回去。"

关红锦确实着急了，现在已经九点半了，跑回去要40分钟，杀羊要半个小时，烀羊肉得一个钟头，如果顺利，吃上饭也得12点以后。不能再耽误了，再不往回赶，恐怕耽误饭局了。本来，抓羊这种小事儿打发一个干部就能办，火焰书记却要关红锦亲自去抓。也行，关红锦安排好食堂的工作，就调来面包车准备走，这时候1号车来了，火焰在1号车里向关红锦招手。待关红锦坐进了1号车，火焰就笑嘻嘻地说："反正也是走一趟车，不如我们一起去，顺路看看几个绿色食品种植园区。"就这样，火焰书记看了几个园区，一下子耽误了两个多小时。

见关红锦着急，于小全就小声劝："皇帝不急太监急，请客的是火焰书记，咱等着吧。"

这边，李春林想来想去，总觉得过意不去，说："火焰书记到我这儿买羊，要是空手回去了，多不好。"

火焰忽然笑了，说："怎么可能空手回去？老李大哥，你不是说让我挑吗，你别急，让我看看。"他先是看羊群，看了一圈，没有反应，当看到李春林身后那两只老羊时，眼睛忽然亮了，喊道："挺好，不错。"说着，火焰走出羊群，走向李春林身后那两只老羊。

李春林见火焰书记奔着两只老羊来了，赶紧说："火焰书记，你一定是挑花眼了，那是两只老羊，炖不熟、嚼不烂的老母羊！"

火焰向老羊走着，"不对吧，我就觉得这两只羊挺好，不错。"

李春林告诉火焰，"这两只羊一只15岁，一只17岁，太老了，都吃不动草了，瘦得皮包骨头。"

关红锦和于小全跟在火焰身后，两个人都觉得莫名其妙，买老掉牙的羊、皮包骨头的羊，为什么？有什么讲究吗？

关红锦和于小全是火焰贴身的人，也很贴心。所以，他们自认为很了解他们的火焰书记。工作方面，火焰书记刚直不阿，敢闯敢干，兢兢业业，恪尽职守，勤俭执政，克己奉公，等等；生活方面，火焰书记低调做人，生活简约，穿着朴素，饮食简单，花钱仔细，用度极小，等等。但是，生活再俭朴，花钱再仔细，也不至于算计这两只羊吧，这可是请客用的呀。书记请客，请的可是县四个班子的领导和各部门、单位的一把手，不搞得丰盛一点儿、体面一点儿，说得过去吗？就是普通老百姓，尤其是东北人，尤其是东江人，请客都是很悍气（悍气，东北方言，意为彪悍之气）的，那是满桌子菜呀，宁可让菜剩下也不能让菜不够吃。就像做人一样，就像做东北人一样，就像做东江人一样，做事儿必须全心全意，处人必须圆圆满满，对待朋友、同事该出力必须出力，该出钱必须出钱。如果需要，出血都没二话。本来，关红锦就觉得两只肥羊都少了，最好买四只，至少也要三只，但犟不过火焰书记。火焰书记就说两只足够，他说："喝羊汤吗，以汤为主，谁能往死里吃肉？再说了，几杯酒下去，谁还吃得下去？"这个理论乍一听有点儿道理，细琢磨就不对了，谁能保证这些干部光喝汤不吃肉呢？如果真是哪张桌子把肉吃光了，你再添不上了，那多砢碜（东北方言，意即寒碜）啊？领导干部们不会认为你火焰书记没办好酒席，都会说关红锦没搞好服务，也许还会惹恼哪位领导，抢白关红锦一顿。关红锦心想：自己遭到抢白不要紧，丢了县委和县委书记的面子那可是失职啊。关红锦就不明白了，县委书记请客，为什么抠抠唆唆（方言，意指吝啬）、别别扭扭呢？

第三章

县委书记请客，谁敢缺席

由买老羊到“违心说话”

说到这儿，他拍着两个人的肩膀，有点感慨地说：“难为你们了！但是，你们千万别学这一套，违心说话不好，听明白了吗？”关红锦和于小全像听天书一般。

100元钱难倒了县委书记

火焰拍着脑袋，难为情地说：“老李大哥啊，不是你的羊贵，是我……不怕你笑话，我，只有500块钱。”

县委书记“嫌贫爱富”

火焰一摆手，说：“这些单位太穷了，不请他们。”关红锦听了这话很吃惊，他怎么也想不到火焰书记会这样解答这个问题，说出这样世俗的话来。见关红锦的呆相，火焰笑了，说：“又傻了，不知道我嫌贫爱富吗？”

由买老羊到"违心说话"

火焰书记到冷村李春林的羊群里抓羊，不抓肥羊，却看好了两只老羊。李春林不想让火焰书记抓这两只老羊，可火焰书记偏要抓这两只老羊。李春林为难，就站在两只老羊前面，堵着火焰，不让火焰书记看这两只老羊。

李春林有顾虑，一是怕县委书记抓孬羊回去丢了面子，二是担不起糊弄县委书记这个恶名。他已经"威胁"过一个县委书记了，还因此获罪，判缓刑6个月，他不能"屡教不改"，再次"犯上作乱"，给自己戴上永远也摘不下来的一顶永不改悔的"刁民"帽子。李春林苦口婆心地劝着火焰，说："真是两只老羊，一只下了38只羊羔儿，一只下了46只。"

火焰还是盯着两只老羊，笑着说："那这是两只羊奶奶了。"他想绕过李春林。

李春林挪了一步，堵着火焰，恳切地劝说："我跟您说实话，火焰书记，这是两只卖不出去的羊，肉已经不好吃了，再说，这也出不了多少肉啊。"

火焰也挪了一步，想靠近两只老羊，说："那是别人没眼力，多好的羊啊，不大不小，不胖不瘦。"

李春林急了，又堵住火焰，急忙说："活不过今年冬天了，我打算让它们老死。我话说到家吧，我李春林不能卖这种羊，卖了就打了自己的脸了，让人说我做人不地道（东北方言，意为做人不合乎一定的道德规范）。"

火焰终于绕开了李春林，得意地说："老李大哥，你这么想不对！这么好的羊，怎么能让他们老死呢，太浪费了。我要了！"

李春林说："可是，我不能卖。"

火焰抓住李春林两只胳膊摇晃着说："老李大哥，你别想那么多，这是不是两只羊？"

李春林回答："是。"

火焰又问："是死羊吗？"

李春林有些蒙，机械地回答："不是。"

火焰又问："是病羊吗？"

李春林说："不是。"

火焰"噗嗤"一下笑了，说："这不就得了。通过3个提问，可以得出以下结论，这两只羊是合格商品，可以交易，对吧？"

两只老羊总跟着李春林，和人熟了，见人不躲，还亲昵地"咪咪"叫着。

李春林不甘心，苦口婆心地劝火焰说："火焰书记，您不知道啊，咱东江干部都是吃羊的行家，一上口就知道这是老羊。"

于小全也急了，几步跑到火焰前面，说："火焰书记，你看，这两只羊都老掉牙了，我看不像十来岁，倒像七老八十！"

火焰一瞪眼睛，说："胡扯，你家的羊能活到七老八十呀？"

于小全被抢白的不敢吱声了，缩回头去了。

关红锦又跑过来劝："火焰书记，老李说得对，这是老羊，老羊肉嚼不烂，做汤也不鲜亮（方言，意为味道不鲜美）。"

火焰盯着两个人，数落起来："怎么回事儿？你俩？和我扭着来是吧？真没文化，香不香要看是谁买的羊，鲜不鲜要看是谁请的客。你们在县委混了这么多年，白混了。"

关红锦和于小全交换了一下眼色，都意识到替领导操心不能操过了头，惹领导生气就不划算了，不如随领导去，他爱怎么的（dì）就怎么的（dì）。可是，不替领导操心又不行，如果领导没想到，你再不去操心，那领导要你干什么？

关红锦是秘书出身，心里很清楚：领导身边的人很难做，很多时候，你绝对不能想到领导前面，就是替领导想到了，也不能直说，得拐弯抹角提醒领导，引导领导自个儿往那个方向想。领导往那个方向去了，也那么想了，这工夫儿，你还得赶紧拍巴掌，叫一声领导太英明了，我怎么就想不到呢？比如，你给领导写了一篇讲话，已经很完美了，很靠近领导的意思了，甚至有些超越，但你必须弄一两处明显的破绽给领导挑一挑，必须露一两只小“马脚”让领导“踹一踹”。领导修改了、圈阅了，再批评你一两句，就对劲了，你这事儿就算干圆满了，领导也就满意了，说你不错，下回注意啊。你还得低着头，憋红脸说：“领导放心，一定改。”再比如，领导喜欢古董，你花两万块钱买了一件瓷器送给他，他却不高兴，拒收。但是，如果你说这是仿制品，只花了两百块，他会很高兴地笑纳。他看过之后，肯定能看出这是真品，但他绝对会说：“这件仿制品做工很不错，以假乱真啊。”听了这话，你还得说：“真的吗，我就觉得挺好看的，就买了，当时我还觉得两百块太贵了。”

关红锦曾经为此苦恼过，特别是在前任县委书记李翊明时期，他觉得自己渐渐地变了，变得令自己都恶心了。因此，有一个“犯上”的论断会经常冒出来：领导是虚假的，领导身边的人也是虚假的。

话又说回来了，火焰不是那样的领导，是这样的领导——他不会迎来送往，更不会请客送礼，他擅长的是按自己的秉性为人，按自己的方法办事。对于这次请客，火焰肯定有他的打算，该看到的肯定看到了，该想到的肯定想到了，而且看得远、认得清，想得周到。就是看得不远，认得不清，想得不周到也没什么，因为没人敢提出质疑，更没人敢说一个“不”字。

尽管火焰书记不是虚伪的领导，但关红锦和于小全却不敢怠慢，还是要小心谨慎。说话办事还是要随着火焰书记的脾气，投其所好，这样就不会犯错误，这是领导身边人的本分。有的时候，真人面前也得说假话。

于是，关红锦、于小全两人异口同声地说：“这是两只好羊，绝对好羊！”

果然，火焰笑了，说：“就是好羊嘛，不信就等开饭的时候，听听干部们怎么评价。”

见这情景，关红锦只好应声附和说：“一定是一口接一口地吃，都说好羊肉！”

火焰更高兴了，笑着说：“这么想就对了。”

见这情景，于小全只好溜须拍马：“一定是一碗接一碗地喝，都说好羊汤！”

火焰心里更舒服了，说：“对嘛，肯定是这样。”说到这儿，火焰忽然觉得不妥，瞅着关红锦和于小全，抱歉地笑着说：“守着领导，不会见风使舵还真不行哈？你们俩也不容易。其实，我讨厌领导拿着这股‘领导的作派’，这是欺凌部下……我也讨厌跟在领导屁股后头，跟着领导只能学会权术、谋术，学不会做人。换句话说，好人也会学得溜须拍马，阿谀奉承，阳奉阴违，甚至狐假虎威。但是，话又说回来了，领导后面也不能一个人都没有哇，对吧？”说到这儿，他拍着两个人的肩膀，有点感慨地说：“难为你们了！但是，你们千万别学这一套，违心说话不好，听明白了吗？”

关红锦和于小全像听天书一般。

100元钱难倒了县委书记

火焰慢慢靠近两只老羊，两只老羊终于产生了警觉，感觉到“狼”已经来到面前，很笨拙地跑开了。火焰见老羊跑了，撒腿就撵，“嗖嗖”几步就撵到两只羊的前边。关红锦和于小全也跟上，堵在羊后面，抱住了羊屁股。两只老羊“咪咪”地哀嚎着，露出两口秃牙。

火焰乐了，对李春林说：“老李大哥，你听这叫声，多厚重，多深沉，多有沧桑感。多好的两只老羊，老羊有味道啊，卖给我吧。”

李春林长长地叹了一口气，真是服了这位县委书记，非要买这两只老掉牙的羊，真是觉得好吗？肯定不是。那是图便宜吗？也不大可能。那是差钱吗？这就更不可能了，县委书记请客，公家掏钱儿，怎么会差钱儿？县委书记亲自抓羊已经很有乐子了，再缺钱，那就成天大的笑话了。那么，县委书记就不怕他请的客人嚼不烂这老羊肉，说他的闲话吗？真是搞不懂这个县委书记，他是不是在耍什么“政治手腕”？想起政治，李春林就心焦，“政治”摧残了他的尊严，让他受尽折磨。还是不问的好，还是不管的好。他买咱就卖，这永远都不会错，也不会摊官司。想到这里，李春林说：“这两只倒是便宜。”

火焰很高兴，问："便宜是多少钱？"

李春林不看羊，看火焰："两只老羊，能要多少，你看着给吧。"

火焰摆摆手说："不行，绝对不行。老李大哥，还是出个价吧。"

李春林把价让到了底，说："就给600块吧，两张羊皮的价格。"

听了这个价码，火焰不吭声了，脸渐渐的红了，立刻掏出烟来抽，以掩饰自己尴尬。

李春林看着火焰，说："是不是还嫌贵？那我再给你减点？"

火焰拍着脑袋，难为情地说："老李大哥啊，不是你的羊贵，是我……不怕你笑话，我，只有500块钱。"

此时，是火焰最难堪的时候，兜里没钱，腰杆子不硬，办事儿就小家子气，特别是在老百姓面前，很丢脸。虽然知道丢脸，但是火焰却无法避免类似的难堪局面，因为火焰兜里始终没有多少钱。眼下的口袋里还算是很富裕的，有500块。原本，火焰想买一只羊，500块足够，不够也差不了多少，可是，这个啰嗦的关红锦就说一只羊肯定不够吃，要想吃好，需买4只，最少也要3只。两人讨论了一路，最后都妥协了一步，达成一致意见，两只。因此，在后来的路程里，火焰消停了，没心思下车看种植园区了，只闷头琢磨500元怎么能买两只羊。

关红锦看着火焰书记那个窘迫样子，心里难受了，他一手抱着羊一手掏出钱来，急忙说："哎哟，我的书记呀，你这是干嘛呀，你不是叫我来抓羊吗，我带着钱呢。"

火焰问："你有钱，公款私款？"

关红锦说："公款啊，招待各单位领导属公事儿，本该从你的办公经费中列支。"

火焰说："请柬上写的是我个人请客，怎么能用公款呢？"

关红锦说："可你是为工作啊。"

火焰说："胡扯，请客吃饭是干工作吗？"

于小全觉得机会来了，也一手抱着羊一手掏出钱说："火焰书记，我这儿有钱，私款。"

火焰摆摆手说："你的钱我就更不能借了，借你的钱我还得还。

一时半会儿还不上，你那小媳妇那么会过日子，一旦查你的账，你怎么说，把我交代出去，我不丢人吗？一个县委书记都混到向司机借钱的份儿上了。”

于小全献不上殷勤，急了，说：“那请客算我一个不就得了。”

这句话把火焰逗乐了，他拍了一下于小全的脑袋说：“你个小司机，敢和县委书记一起请客，我怎么介绍，我和我的司机于小全请同志们吃饭，行吗？”

关红锦见于小全也碰了一鼻子灰，乐了。

于小全红了脸，说：“算了，算了，火焰书记，你的忙儿我们不敢帮了，你自己克服吧。”

李春林听了这一番对话，很震惊！他怎么也想不到，一个县委书记会不用公款请客，一个县委书记会只揣500块钱出门，一个县委书记会担心还不上钱而不敢借钱。这有可能吗？挺让人怀疑的。

火焰看出李春林有满肚子疑问，便拉着李春林到了一边，小声说：“老李大哥，我有句话想跟你说，不能让他们听到。”

听了这话，李春林又多了一个感觉，这个县委书记挺婆婆妈妈的，买只羊能整出这么多事来。

火焰拉着李春林走到那棵树后，脸又红了，说：“老李大哥，还得请你理解我啊。今天请客，我就预备了800块，100块钱买酒，100块钱买青菜和调料，100块钱蒸馒头，剩多少了？500块。跟老哥说实话，这个月我的零花钱都花完了，不能再跟家里要了。说到这儿，应该交代一下，我家里没老婆，有一个老妈。你说我能伸手把给老妈的钱再要回来吗？不能，对吧？而且我这身份还不能借钱，说起来不知道你信不信。县委书记有县委书记的难处，不过这也得分谁当，我就觉得当这个县委书记难处很多。比如刚才，我如果借了关红锦的公款，那叫挪用公款，而且借了就借了，可还可不还，没人跟我要，也不会有人查我。现在，挪用几百块对于一个领导干部来说根本就不算什么经济问题了。其实，我也不服，挪用一块钱也是挪用啊？所以，我不能借公款，我不能助长这个坏风气，缺钱了就借公款，那是借吗？那是想沾公家便宜。私款我也不能借，第一，领导借钱，手下人敢不借吗？但他们担心啊，换作我，我也担心，领导那么多事儿，忘了呢？谁敢向领导讨债？第二，他们巴不得给领导拿钱，这就不是借了，其实就是替领导付账。这就不正常了，亲兄弟还得明算账呢，对吧？他们为什么这么踊跃给领导付账？打进步、打溜须呗。所以，我觉得作为领导真不能借钱，在某种程度上说，领导借钱就是要钱，就是贪便宜。所以，我认为，领导干部还是拮据一点儿、勤俭一点儿好。所以，这次买羊我只有500，多一块钱都拿不出来。老李大哥，你看，我先欠着行吗？”

听了火焰的一席话，李春林非常惊讶，他被感动了。真是难以想象，一个县委书记会为区区100块钱动了这么多心思，想到了公与私，想到了为官和做人，说得这么明白，摆得这么正确。于是，李春林很干脆地说：“好了，我明白你的意思了，我不拿你当县委书记了，你就是顾客，新顾客，第一次来我这里买羊，那我咋的也得照顾照顾，就500了。”

火焰如释重负，迅速将钱塞进李春林手里，大声说：“正好500，谢谢老李大哥！下回买羊，我一定给你找回来。”

关红锦和于小全见买卖成交了，便迅速地摁倒了两只老羊，开始捆绑。火焰却不让捆，说：“这么老的羊还用捆吗？”于是，关红锦和于小全就像对待老人一样，蹲着身，哈着腰，两边护着，把老羊赶到车后，抱上车。火焰说：“这是羊奶奶呀，这个羊群很可能就是它俩发展起来的。所以，它俩应该享受老年待遇。”这句话把关红锦和于小全逗乐了。

临分手的时候，火焰握住李春林的手，感激地说：“老李大哥，谢谢！多好的羊群啊，等我派畜牧技术员到你这儿来，帮你总结一下经验。我走了，老李大哥，到县城一定找我啊，我请你吃饭，咱哥俩好好喝一杯。”

李春林说：“一定去。”

越野车驶去了，拖着灰尘。

李春林望着远去的越野车，回想刚才所发生的事情，都不敢相信，县委书记怎么会亲自抓羊？怎么会像老百姓一样讨价还价？他的日子真过得这么紧巴吗？真不沾公家的便宜吗？真这么实在吗？李春林想，不会有假，一个县委书记犯不上和农民装相。其实，李春林愿意相信这都是真的，如果他真是一个买东西会讨价还价的县委书记，真是一个过日子紧紧巴巴的县委书记，真是一个不沾公家便宜的县委书记，那这个县委书记一定是实实在在的，一定能和老百姓心贴心。

李春林的眼睛忽然亮了，忽然感觉自己的心敞开了一条缝隙，正接受阳光的照射，接受春风的抚慰。他长长吸了一口气，干枯多皱的脸上多了一丝难以察觉的笑意。

县委书记“嫌贫爱富”

1号车的后屁股里，两只老羊惊恐地看着三个生人，“咩咩”地叫着。

关红锦说：“火焰书记，40个一把手我都通知到了，中午11:30到县宾馆食堂赴宴；而且，还特别强调了一点，火焰书记请客，连司机一同请了，不准请假。”

火焰说：“什么不准请假，这又不是开会。傻，县委书记请客，谁敢缺席？”

关红锦恍然大悟，一拍脑袋说：“还真是。火焰书记，你给我的单子里面好像漏掉了一些部门，工会、团委、妇联、文联、工商联、残联……”

火焰一摆手，说：“这些单位太穷了，不请他们。”

关红锦听了这话很吃惊，他怎么也想不到火焰书记会这样解答这个问题，说出这样世俗的话来。

见关红锦的呆相，火焰笑了，说：“又傻了，不知道我嫌贫爱富吗？”

关红锦确实傻了，不过，他觉得火焰书记不是这样的人，这么做事儿肯定有他的道理。领导做什么都是有意图的，很多时候，下级是弄不懂的，弄不懂也不要紧，只管按指示做就是了。但话又说回来了，懂了装不懂，默默把事情办到了领导心坎上，这才是高手，肯定会博得领导的赏识。

于小全关心的不是政治问题，他关心的是车上的“乘客”。于是，他问：“关主任，那两只羊奶奶怎么样了？”

关红锦回头看看两只羊，心里没底，嘀咕着：“我一个办公室主任，干的就是迎来送往的差事，张罗的宴会不少，哪回也没像今天这样节俭。咱就说上一回，人大闭幕宴会，10桌，也是喝羊汤，两只肥羊，外加一头猪，吃的一点儿不剩。这回是四个班子领导，加各部委办局领导和司机，总共120人，12桌，就两只瘦羊，够吃吗？”

两只老羊趴着，朝关红锦投去哀求的目光。

火焰闭着眼睛，脑袋随车摇晃着，说：“说你没文化你不承认，说你傻你又不服，说你啰嗦你又不改，县委书记请客，属下能往死里吃吗？”

关红锦彻底傻了，于小全笑了。

关红锦不再吱声，给政府食堂管理员发了一个手机短信：半小时到家，准备杀羊。

虽然不再吱声，但关红锦心里照样嘀咕：就这情况，能不啰嗦吗？明摆着嘛，总共800块钱，办12桌酒席，就算能把干部们的脖颈扎上，只填满120张嘴，也不一定填得满。关红锦认为，这么请客不如不请，落了单位落了人不说，还让人没吃好没吃饱，结果惹得请到的人不高兴，没请的人更不高兴。这么简单的道理老百姓都懂，可火焰书记为什么就不管不顾？话说回来了，老百姓可以错，错了产生不了多大恶果，而一个领导干部就不一样了，做事情，尤其是端“盘子”，一定要端平。别小看这端“盘子”，端平了，班子就和谐了，班子和谐了，“官场”就和谐了，“官场”和谐了，政界就和谐了，政界和谐了，社会就和谐了。也就是说，这顿饭不安排则已，安排了就得考虑周全，这也是端“盘子”，端平了、摆正了是策略，吃好了、高兴了是结果，团结了、和谐了是目的。然而，无论关红锦怎么担心都是没用的，情况就是这么一个情况，事情就是这么一个事情，必须就这个情况安排这个事情，他能做的只是盘算怎么把这么少的羊肉处理成一席丰盛的羊肉大宴。

第四章

本县长陪你喝一杯，交流交流

书记请客有蹊跷

张万发说："曲主席，我这些天一直在乡下，家里的事儿没大过问。你这个政协主席知道不知道，火焰书记怎么突然请起客来了？"曲云山说："张主任，你人大主任都不知道，我能知道吗？再说我也一直在村子里，怎么会知道。"

竟然两菜一汤

每张桌子上4个盆子，第一盆，葱爆羊肉；第二盆，羊汤；第三盆，黄瓜、辣椒、大葱、小生菜，另配一大碗鸡蛋酱；第四盆，大馒头，都冒着蒸蒸热气；另外，还配有葱、姜、蒜、香菜、盐、醋、味精、胡椒粉、辣椒油。最醒目的是塑料桶，每张桌子上都有一个，那里面装的是阳村小烧。

县长又遭"围堵"

关久长被团团包围了，他觉得不好，想脱身，说："老英，英奇峰，你凑什么热闹啊，我不是告诉你了，你想办法赊账，坚持坚持嘛。"

书记请客有蹊跷

临近中午，东江县宾馆后院儿里已经停了几十台小车，高档车居多；而且，各式小轿车还在源源不断地驶入，东江县四个班子领导和40个部办委局的一把手陆续下车，都是喜气洋洋的。

卫生局长于大勇是个大大咧咧的人，他拍了一下水利局长张来水的后背，说："张局长，这个春天是真累呀，脚打后脑勺。包村支农，天天泡在村子里，哪年的农村工作也没有像今年这样，落实得这么扎实到位。"

张来水说："于局长，累叫唤了吧？"

于大勇说："为人民服务，叫唤啥呀，就是骨头散架子了。"

张来水闻着从政府食堂里飘出的羊汤味道说："工作不会白干的，火焰书记心里有数，心疼咱们了。这不，请咱们喝羊汤了。"

于大勇也闻着羊汤的味道，点着头说："张局长说的是呀，虽然只是一碗羊汤，可它暖人心啊。"

正说着，"黑N90005"号车驶进来，车身一层泥，县委副书记邱东亚从车上下来，四下看着。

于大勇赶紧凑过去说："邱书记，今天下乡了？"

邱东亚踌躇满志地说："什么叫今天下乡了，天天都在乡下，这一春天就没在家呆过。"

张来水也凑过来说："今年，领导亲自带队下乡，蹲点儿服务，真是辛苦！"

3个人有说有笑，走进设在县宾馆内的政府食堂。

这时，又有两台高排量进口大吉普驶入，人大主任张万发和政协主席曲云山从车上下来，相互打着招呼。

张万发说："曲主席，我这些天一直在乡下，家里的事儿没大过问。你这个政协主席知道不知道，火焰书记怎么突然请起客来了？"

曲云山说："张主任，你人大主任都不知道，我能知道吗？再说我也一直在村子里，怎么会知道。"

张万发四下一望，一院子小牌号公务车，呵呵笑着说：“各大实权单位几乎都来了，席面很大呀，什么由头呢？”

曲云山神秘地说：“火焰书记是单身，会不会是办喜事儿啊？”

张万发打着哈哈：“也没听说过他有对象了，前天我还逗他说，要给他找一个农村妇女。再说，就算他办喜事儿，怎么会这么兴师动众？不像他的风格。”

曲云山想想也是，火焰在工作上那是绝对张扬，但在生活上却极度低调，低得就差吃糠咽菜了，就差破衣烂衫了。曲云山是第一回遇到这样的领导干部，更是第一次和这样的人搭班子。说实话，曲云山瞧不起火焰的这一出儿，他敢肯定，张万发也瞧不起火焰，想想看，再困难也是教授出身吧，而且还当过那丹市委党校副校长，月工资曾经五千多呢，不至于这么寒酸吧？不至于这么节俭吧？再说，现在已经是县委书记了，掌握一方大权的人，也不知道讲究一点儿。不穿新衣裳也行，那你把旧衣裳熨平了啊，他不，就那么褶子吧唧的穿出来。这个可以不笑话火焰，那么你吃饭总得像那么回事儿吧，他不，和谁出门儿都是吃快餐，各吃各的，而且“吃糠咽菜”。这就是东江县委书记，特立独行、剑走偏锋，爱整景儿（东北方言，意为爱出风头），善肇事儿。这样的人怎么会突然请客，而且还是个人请客？而且还涉嫌违纪请了县四个班子领导，而且还把县里各实权部门、单位的领导尽数请到。这事儿蹊跷，肯定有由头，也就是说，这里边一定隐藏着什么目的，就是不知会给大家带来福还是祸、喜还是悲。曲云山想到这儿，不愿意再想下去了，便说：“进去吧，进去就知道了，摆得什么席，唱得什么戏。”

张万发点着头，他也觉得这里面有戏。

请客不是一件简单事情，特别是在“官面儿上”，特别是在领导层，特别是以私人名义，你得找理由。得是那种不经意的或者是偶然间的理由，而且，还是一旦请了就会得到热烈响应的理由，而且，还不能牵扯到工作或者敏感话题，这就是技巧了。领导之间有很多圈子，战线圈子、老乡圈子、同学圈子、战友圈子、晨练圈子、钓鱼圈子、打麻将圈子，吃饭的机会比比皆是，如果不愿意回家，可以天天顿顿在外面赶饭局。比如某某出差回来了接风，某某高就了祝贺，某某儿子结婚喝喜酒，某某打麻将赢了吃大户，某某钓到了大鱼开洋荤，这些理由都不牵扯工作，也不是拉帮结伙，更不是密谋什么。所以，圈外领导知道了都不会猜忌。官场上忌讳搞朋党拉帮派，尤其是一把手，最愿意看到的并不是下面的团结，而是以他为中心的团结。也就是说，你围绕着他，就叫团结；你围绕着其他领导，就叫拉帮结伙搞小动作。在张万发的记忆里，在东江县，就从来没有看到过或听说过有3个以上的县委常委在私下里聚过会、吃过饭。

火焰这次召集四个班子领导和各大部门、单位一把手吃饭，面儿这么宽，场面这么大，是什么理由？大家总在乡下，长时间看不到，想大家了？不会！火焰来东江不到一年，和大家私下里又没什么交往，谈不上有什么感情。他这个人又很怪僻，闲下来的时候，宁可在街市上溜达，也不在"官场"里逗留。他在街上走，不让干部陪着，好像下了班他就不是官了，是平民百姓。但是，有问题就不行了，他会提溜干部出现场。所以，在业余时间里，干部们对火焰敬而远之。那么，是火焰觉得大家最近抓绿色食品种植园区很辛苦，慰问大家？更不会，他觉得这些干部干什么工作、干多累的工作都是应该的，因为都是公仆。那么，今天为什么请客？一定是有话要说，什么话呢？

竟然两菜一汤

东江县政府食堂设在县宾馆后侧的一间大厅内，可放40张桌子。今天，大厅内摆放了12张，12张桌子摆得很齐整，拿出了政府接待水平，其中6张桌子上摆放着就餐者的名牌，另外6张桌子每桌中间摆放一个桌牌：司机师傅席。每张桌子上4个盆子，第一盆，葱爆羊肉；第二盆，羊汤；第三盆，黄瓜、辣椒、大葱、小生菜，另配一大碗鸡蛋酱；第四盆，大馒头，都冒着蒸蒸热气；另外，还配有葱、姜、蒜、香菜、盐、醋、味精、胡椒粉、辣椒油。最醒目的是塑料桶，每张桌子上都有一个，那里面装的是阳村小烧。

关红锦在门口迎接，引导县领导就座，还有几名县委干部引导各部门、单位一把手和司机入座。

食堂里很嘈杂，大多数干部们都是从乡下回来，多日不见，坐在一起免不了寒暄客套，扯犊子（方言：胡扯）、开玩笑。

火焰和关久长走进来，食堂嘎然安静下来，所有的脸都转向火焰和关久长。

关久长四十多一点儿，高个子，长得帅气，他哈哈笑着说："到底是县委书记请客，座无虚席啊。哎，刚才还挺热闹的，怎么不说了？说呀，扯呀，开玩笑也行，胡咧咧也可以，要的就是放松，要高高兴兴喝好这顿羊汤。不然，对不起火焰书记的关怀啊！"

关红锦看着热情洋溢的关久长，越看越敬佩，心想，关县长心真大呀，一点儿也看不出他刚刚被"绑架"过。

火焰和关久长比，矮了半头，而且不如人家白净，不但黑，眼睛还小。他走到12张桌子当中，和悦地看着他的干部们。

关久长热情洋溢地主持起来："同志们，朋友们，羊肉端上了桌子，羊汤也盛到了碗里，咱们请火焰书记讲话。"

领导干部们都站起来，都看火焰，等着火焰讲话。

火焰走到场子中央，笑容可掬地说："同志们，今年，我们东江县实施了绿色食品开发战略，筹集了3个亿，完成了20万亩绿色食品种植园区建设，绿色食品加工基地也如期开工了。这些日子，同志们包村扶持绿色食品种植，很辛苦。今天，我亲自到冷村，抓了两只羊，又请来蒙古族一级厨师上灶，慰劳一下同志们，让大家解解乏。"他一边说，一边转着圈儿，看每一位干部。

领导干部们鼓起掌来。

火焰接着说："我和关县长商量过了，为了把这顿酒喝好，放假一下午。同志们，没有约束了，放开了，可以大块儿吃肉，大碗喝汤，大杯喝酒，喝多了就回家睡觉，包括司机师傅。"

关久长拎起酒桶说："来吧，都把酒倒满了。"

桌上全是大号口杯，干部们自行倒酒。

火焰端起酒杯说："同志们，全县蕴藏着可开发的绿色食品有368个种类，我们决心在两年内开发申报两百个国家绿色食品标志，并推向市场，年销售额要达到50个亿。为了实现这个目标，年内绿色食品加工基地内就会有5个工厂投产，两年内20个工厂将全部落成。前景非常好啊，很鼓舞人心！目前，虽然在资金上遇到了很大困难，但县委和县政府有信心、有能力解决这个问题！怎么讲呢？因为有你们这些干部！你们是东江县的脊梁，是推进东江县快速发展的最强劲动力！有了你们，多大的困难都不怕！"

顷刻，食堂内响起热烈的掌声，打断了火焰的话。

等掌声稍停，火焰高高举起酒杯，激情荡漾地说："你们知道我喝酒不行，一杯就多，两杯就醉。但是，今天我高兴，我要和同志们喝三杯，多一杯不喝，少一杯不行。来，同志们，干了第一杯！"

火焰的激情引发了干部们的激情，此时群情激荡，都高举酒杯。有人喊着："感谢县委、县政府对我们的信任，我们干了！"

于大勇也很激动，说："有这样的领导带着我们，没啥说的，一个字，干！"

城建局长英奇峰也说："我们城建局的干部职工一马当先，再苦再累不说一个不字！"

火焰兴奋起来，一口干了，顿时满脸通红，大声说："好！谢谢同志们！都吃肉喝汤啊！动筷儿，动手也行，怎么得劲儿怎么吃，怎么尽兴怎么喝。"

领导干部们都动筷子了，这才发现，葱爆羊肉里葱多羊肉少，羊汤里，汤多肉少。干部们都很"自觉"，不约而同地"约束"自己，少吃肉，多吃菜，多喝汤。他们各自盛汤，各自添加葱、姜、香菜、胡椒粉、辣椒油等佐料，喝下一口，都是眉开眼笑。

于大勇嚼着羊肉，半天没嚼烂，拿出来用手撕扯了一下，感觉这肉不对，看见火焰看过来，赶紧把肉扔进嘴里，生生咽了下去，而且还言不由衷地赞叹说："这羊肉确实有特色，我从来没吃过这么筋道的羊肉。"张来水喝了一口汤，咂摸着汤味儿，他放下碗，问低头喝汤的英奇峰："英局长，味道怎么样？"英奇峰没抬头，看着羊汤说："我们城建局包冷村，我喝过冷村的羊汤，做法倒是差不多，挺好喝的。"张来水推开碗说："是呀，从来没喝过这么好的羊汤。"这时，火焰过来，笑嘻嘻地问："怎么，不好吃啊？"几个人赶紧喝汤，张来水连喝了好几口，忽而伸出大拇指说："这汤做的，绝了。"于大勇也不甘落后，说："这蒙古师傅的手艺也地道。"火焰高兴地说："那就多吃多喝啊。"

邱东亚听到了张来水和于大勇的话，心里好笑：张来水说肉好，这是直接溜火焰书记的须，于大勇说蒙古师傅手艺好，这是间接拍火焰书记的马屁。

这会儿，首桌上也一样，都在溜须拍马。其实，今天的溜须和宋朝时的丁谓溜须寇准不一样，拍马也和古时蒙古人拍王爷的马不是一回事儿，这是宽容厚道，也是礼貌。人在暴露短处或者办错事情的时候，给两句好话也是宽慰。

邱东亚望着桌上这四个大盆和一壶阳村烧酒，暗自摇头，看着这个情景真是大跌眼镜、惊讶不已。全县重量级官员都在场，这么大的场面，怎么会用不锈钢盆子上菜？菜就是菜，汤就是汤，主食就是主食，不能葫芦叫茄子，用一种家什端上来。这肯定不是政府食堂的事儿，政府食堂就是搞接待的场所，不会这么干，一定是火焰的"瞎"指挥。这毕竟是宴会，毕竟是场面上的事儿，总要讲究一点儿。但是，火焰就这么不讲究，凭他的农民式作风肆意妄为。用不锈钢盆子上菜也成，怎么也不会就两菜吧，一个还是蘸酱菜。邱东亚敢断定：谁都不会相信，真就这一个葱爆羊肉和一个大葱蘸大酱，两个菜。然而，等到开席了，也没上第三个菜，又等到喝下一杯，还没有等到第三个菜。还有菜吗？肯定没了，就是等大家喝到晚上，喝多了喝醉了喝死了也吃不到第三道菜了。有这么请客的吗？原本邱东亚怀疑这顿饭有戏，却没想到还有这么一个意外，真是难以置信，为什么把人请来又要怠慢人家呢？为什么要做这么让人费解的事情呢？不知火焰知不知道，长此以往，会叫人觉得你这个人不可理喻。还有一个道理恐怕火焰也不知道，就是你戏弄了别人，别人就会戏弄你。

此时，张万发也在使劲嚼羊肉，偶然抬起头，看着火焰正在看他，便说：“不错，口感很好。”张万发的边上是曲云山，曲云山用勺子搅着羊汤，就是不喝。张万发问曲云山：“我没见你喝？喝呀。”曲云山喝了一小口，也抬起头来，笑着冲火焰说：“张主任说得对呀，这汤的味儿调得真好，佐料也地道啊！”邱东亚正在寻思，忽然见火焰走到了跟前，便感慨地说：“工作抓得紧，同志们都很累，一碗羊汤暖心暖肺，挺好。”曲云山也应和着：“火焰书记真是很体贴干部啊！”关久长也费劲嚼着羊肉，乐呵呵地违心赞扬火焰：“这羊肉着实不错，这说明什么？火焰书记会抓羊，他是农村出来的，知道啥羊好啥羊孬。”这时候，另旁边桌上的于小全听到了这话便笑出声来，关红锦瞪了他一眼，他便不敢放肆了，憋住了笑。

张万发人胖，爱出汗，这种人吃饭的时候最招人喜欢，几口饭就能吃出汗来，给人一种吃得好的感觉。所以，下面的干部们都愿请张万发吃饭。今天，张万发刚喝了两口汤，就喝出一脑门子汗，光出汗还不算，他还挽起了袖子，大唱赞歌，说：“别看只有两菜一汤，暖人心啊，喝出了凝聚力。”火焰笑着接过话茬儿说：“凝聚力可不是一顿羊汤就能换来的。”关久长也插了一句：“火焰书记说的对，不是一顿的事儿，来个十顿八顿的凝聚力就更强了。”火焰听了这话，便盯住关久长说：“行，我是县委一把手，有一顿了。你是县政府一把手，下一顿该你了。”领导的对话被邻座的干部们听到，引起哄堂大笑。有人还起哄说：“关县长什么时候请啊？”关久长大声说：“妥（方言，好的意思），找个机会杀口猪，咱们吃杀猪菜！”话音刚落，一片叫好声。

县长又遭“围堵”

火焰书记请客喝羊汤，干部们都有受宠若惊的感觉，虽然羊肉老了一点儿、少了一点儿，羊汤膻了一点儿，虽然就这么两菜一汤外加大馒头，但不在于吃什么喝什么，在于这份上下级的感情，在于这份体贴。火焰书记请客，把干部们的司机都一起请了，多大的情谊呀，给了多大的面子啊。因此，干部们很高兴，很激动，食堂的气氛越来越热烈了。

忽然，张来水站起来，举手报告说："火焰书记，我想跟你说句实话，行吗？"

火焰笑着说："好啊，你说。"

张来水是一个很聪明的人，也是一个很会办事儿的干部，这时候，他觉得出现了一个表现的机会，既能诉自己的苦，又能让大家都知道领导更辛苦。于是，他很激动地说："为老百姓干工作没啥说的，咋干都行。可你得批评批评关县长，他光让我们干活儿，不给我们钱。不给钱，我们咋干呢？"

关久长听到这话，乐了，说："好家伙，这酒喝得挺带劲，是吧？状告到饭桌上来了。来，本县长陪你喝一杯，交流交流。"他站起来，边端着酒杯走向干部边对火焰说："火焰书记，我去打个穿插。"

火焰的脸越来越红，他笑着摆手，让关久长去和干部们"理论"。

张来水笑呵呵地迎上来说："关县长，我们天天找你找不着。到了加工基地，说你在种植园区；到了种植园区，又说你上省里申报绿色食品去了。今天可算见到你了。求求关县长了，把县里答应给的补贴拨给我们吧。再不拨款，柴油、钻头都买不起了，你给我们水利局两百口机井和30万米的引水渠的任务真是完不成了！"

关久长拍着张来水的胸脯说："张来水，我不是说了吗？先克服克服，年底一定兑现。"

张来水说："安排任务时你可不是这么说的，你说回头就把补贴拨给我。半年过去了，你才给了5万，才是预算的百分之一。"

关久长说："你怕什么呀，这是板上钉钉的事儿，堂堂县政府能欠你钱吗？堂堂县长大人能说话不算数吗？整天算计那几个小钱儿，有出息吗你？"

这时，张来水看见于大勇站起身，往这儿凑，便觉得不妙，这小子一定是来发牢骚的。张来水本意本来是捧领导，如果再起来几个真要钱、发牢骚的就不是捧了，而是闹场子，这不是弄巧成拙了吗？事儿是他挑起来的，吃不了就得兜着走，这叫聪明反被聪明误。张来水后悔了，他悄悄退下了，让出了场子。

于大勇憨厚，他上来确实不是捧领导，而是真要钱，他说：“关县长，张局长说的对，你确实太忙了，要见到你真难。所以，借这个机会我也说两句。我们知道，县里困难，你已经把县财政潜力发挥到了极致，不容易，我们理解。可是，我们卫生局也有困难，而且困难不小，克服不了。我们已经搭进去八十多万了，再不能搭了，再搭我们就玩不转了！”

关久长指着于大勇，瞪着眼睛，想把这小子吓唬住，说：“于大勇，拿点儿钱支持绿色食品项目不应该吗？”

于大勇不在意关久长瞪眼睛，他笑嘻嘻地说：“应该。可是关县长啊，这些钱我是向各医院借的，我总得还吧，我愁得慌，拿什么还呀？不还，医院的进药钱都没有了。”

这时候，重量级的局长英奇峰端着酒杯，挤进讨账人的圈子，说：“让让，都让让，听我老英说两句。大家都知道，关县长难，确实难，政府主导的建设工程这么多，摊子铺得这么大，头疼的事儿多了，体谅一下啊。”他说到这儿，话锋一转，“但是，话又说回来了，谁急也不如我们城建局急。解放大街主街道都完工两个月了，人行道愣是修不起来，石头瓦块的跸倒多少人？再说，省文明城市评比就要开始了，不能因为这条路坏了东江的形象。给点儿钱吧，关县长，哪怕给个十万八万的，我先干着。”

关久长被团团包围了，他觉得不好，想脱身，说：“老英，英奇峰，你凑什么热闹啊，我不是告诉你了，你想办法赊账，坚持坚持嘛。”

英奇峰不像张来水那么复杂，他真是想利用两个一把手都在场的这个机会，汇报一下工作，说一说城建局的困难，于是，他说：“关县长，让我汇报一下工作吧。该完成的项目我们一定完成，这你放心；但是，有困难你也得给解决呀。实在没办法，人行道缓一缓可以，可是修路的两百民工工资总得解决吧。民工天天堵在城建局门口，我天天中午得给他们买包子加矿泉水。”

关久长以攻为守，表扬英奇峰说：“老英，这个情况我知道，民工工作你做得不错。”

张来水坐不住了，再次凑上来，这会儿不是“捧”，而是“平”，平他惹出的事儿，他故意大嗓门儿嚷嚷：“关县长，工作我们可以玩命干，老婆孩子都可以不要了，可巧妇难做无米之炊呀，到年底实在完不成任务，你可得向火焰书记说明情况，别让火焰书记打我们板子。”

这时，更多的干部凑热闹挤过来，此时的关久长彻底没了那种潇洒，他举着酒杯说：“别靠近我，别碰洒了我的酒！”

第五章

请同志们支持我一把，借我一样东西

许是一场“鸿门宴”

此时，食堂里出奇地安静，通过火焰书记讲的这个例子，再联系这莫名其妙的宴席，大家都产生了一种不祥的感觉，这是不是一场“鸿门宴”啊？

800块不能白花

火焰急了，猛然推开关久长的手，站起来说：“老关，你怎么这样？让开，我的话还没讲完呢。这三杯酒我必须亲自敬，不然我那800块钱就白花了。”

咱们卖车度难关

说到这儿，他极力地端正自己的姿态，发布指令：“我，火焰，以个人的名义，请求大家，把今天开来的公务车，留下来，留给关县长，咱们卖车度难关！”

官字两个口

而“官”字的下半部分是竖着的两个口，这两个口的含义和引申含义很深刻，既可以理解成众口，也可以理解成一个人有上下两个口儿。

领导表扬是“阴谋”

不知是谁，冷不丁儿地流露出一句心声：“领导的表扬，‘阴谋’也！”这一声嘀咕让干部们听到了，引得干部们四下寻找，这是谁呀？说得太好了！

许是一场“鸿门宴”

火焰见关久长被围，无法脱身，便站起来救县长的“大驾”，他端着第二杯酒，走向干部们，说：“同志们，听我讲两句好不好啊？”

干部们静下来，目光转向火焰，关久长借机突出“重围”，站到火焰身边。

火焰和悦地看着干部们，说：“今年，我们财政上遇到了很大困难，这是坏事还是好事？我说是好事！怎么讲呢？因为这是我们自找的！是我们为了让全县百姓过上更好更幸福的生活而自找的！没搞绿色食品开发之前，因为关县长是省委下派干部，能要钱，所以咱们过得很滋润，经费比其他县充足，福利待遇比其他县好。但是，我们自觉放弃了这种滋润，心甘情愿为老百姓吃苦！为此，我们有资格骄傲，我们有资格自豪！眼下呢，各战线各单位都或多或少地出现了一些困难，同志们心急，我心里清楚。东江县干了这么大一个事业，史无前例。事业大，摊子就大，哪里不需要钱？关县长也和你们一样着急，整天在我面前为你们叫苦，整天在我面前唠叨，这儿缺钱了，那儿告急了。不过，同志们请放心，钱不是问题，马上就到。”

干部们一听这话，群情振奋。

火焰接着说：“本来呀，今天想让大家喝口羊汤，放松放松，可你们想的还是工作，急的还是工作，能和这么好的同志们在一起工作，我很幸运。换句话讲，我和同志们一起工作，非常愉快！”

干部们激动了，使劲鼓掌。

张来水激情回应着：“我们能跟着火焰书记、关县长和各位县领导一起工作更是幸运！”

于大勇也激情回应着：“有了好带头人和县四个好班子，必定形成强有力的干部队伍！”

火焰听了，更加激动，大声说：“所以，我常说东江干部素质高。这可不是老王婆卖瓜，自卖自夸啊。你们都知道我是从那丹市委党校调来的，那丹‘官场上’那些事儿我还是比较熟悉的，全市横向一比，东江干部素质真是呱呱叫，堪称第一。”

掌声又一次响起。

关久长听着，忽然感觉出了什么，咂摸着火焰话里的味道。邱东亚也感觉这种“自卖自夸”不对味儿，一定内藏玄机。

火焰接着说：“真的，我给同志们讲一个例子。市里有一位主任，不说哪个单位了，工作还可以。有一次，完成了一项比较大的招商引资项目，自认为有功，就找市委书记邢国梁同志诉苦，说：我们同一批调入市委的干部大多数都副厅、正处了，就我还是个副处；他们都坐‘奥达’车了，就我还坐‘桑塔拉’两千；他们的办公室比我大两倍还多，里边还带卧室洗手间，就我那办公室小，还是土暖气，都不好意思在办公室里接待客人。他越说越激动，甚至流下了眼泪。”

火焰讲到这里，停顿了一下，突然猛一拍桌子，抬手指向前方。干部们都一激灵，莫名其妙地盯着火焰。这一刻，邱东亚终于可以断定，就要进入“正题”了，肯定的。

火焰接着讲：“邢书记‘啪’地一拍桌子，发火了：战争年代，干部们争先锋，争主攻，可你呢？争级别，争待遇，请问，你还是共产党员吗？”

干部们还是愣着。

火焰话锋一转，又和悦地说：“在我们东江县，就没有这样的干部，今天没有，将来也不会有，也绝对不允许有！”

此时，食堂里出奇地安静，通过火焰书记讲的这个例子，再联系这莫名其妙的宴席，大家都产生了一种不祥的感觉，这是不是一场“鸿门宴”啊？干部们进一步感觉到，晴朗和煦的食堂里突然变天了，黑云压顶，不但要下雨，还可能要打雷。于是，干部们都谨慎起来，紧张起来，这食堂的面积太小了，雨下来、雷劈来，没处躲，没处藏，一旦遭到“不测”，找谁来庇护，让谁来救助？

火焰把酒杯高高举起，诚恳地说：“敬同志们第二杯，火焰脾气不好，经常发火，请同志们多多谅解，来，干杯！”

正如火焰自己所说，他喝酒不行，但他敢喝，也就是说他喝酒敢玩命。他先把酒干了，然后看着干部。

干部们都知道，领导先干就是命令，下属能不能喝都得跟着干，没有不干的道理。所以，食堂里的干部们都跟着干了，齐刷刷的，酒虽然喝了，但喝得有些纳闷儿，喝得有些困惑，喝得有些艰难。

往往这时候，有些到站的老干部，或者是没有上进心的一般干部都会觉得很苦，很烦。和领导在一起是个很累的活儿，很苦的差事，很危险的工作，因为你不知道领导能让你干什么，有时候领导不管你能不能干，会不会干，有没有困难，就让你干了本不该干的活儿。不干，得罪领导，干了又觉得窝囊。比如喝酒，领导往往愿意在客人面前命令不会喝酒的你喝酒，他看着你痛苦地喝下去会很高兴，很满足。一是表达了他对客人的热情，二是显示了他在本部门的权威。每当这时候，你不但要高高兴兴的，还得对你并不熟悉且酒席散了以后很可能记不住你的名字的客人表示热烈的欢迎和诚挚的祝福，最重要的是要借此机会向领导表示忠诚，你得感恩戴德地说："谢谢领导的关怀，祝领导身体健康。"这时候你就是一只羊，一只没有自我意识的羊，一只任头羊欺凌的羊。领导就是头羊，凌驾于群羊之上的头羊，可以肆意顶翻任何一只弱小的羊、违背他意志的羊，可以毫无理由地把羊群带到本不该去的地方。

好在，火焰还算实在，他自己也喝，没把你喝多，他自己先醉了，这种喝法儿就不一样了，这叫领导和部下同饮同乐。

这时候，火焰的脸红得跟关公一样，有些摇晃，关久长赶紧过来扶住。

火焰推开关久长，朝大家笑着，大声说："都坐下，先吃口羊肉，喝口羊汤，咱再喝第三杯！"

干部们小心坐下，都琢磨着火焰书记的话。

食堂里渐渐安静下来。

关久长看着一下子冷了气氛，有些不甘，忙打圆场说："火焰书记，你没什么酒量，今天喝得不少了。我代表你敬同志们第三杯，怎么样啊？”

火焰晃悠着，一甩手，大声说：“不行，谁也不行，这三杯酒我必须敬完……其实吧，我还是很有酒量的，你见有几个能喝酒的人说自己能喝？实话，同志们，我，火焰喝上三杯，没什么问题。”

火焰高举着酒杯的手摇晃着，酒洒到头顶，便用另一只手夸张地抹了一下脸说：“这酒怎么直往外淌呢？得赶紧喝，不喝就淌光了。”

关久长赶忙扶住火焰，劝他说：“没问题没问题，火焰书记，您先坐着歇一会儿，给我一个机会好不好，这最后一杯酒由我替你敬，请相信，我一定替你陪好同志们。”说着，他将火焰按在椅子上，端起酒，“同志们……”

火焰急了，猛然推开关久长的手，站起来说：“老关，你怎么这样？让开，我的话还没讲完呢。这三杯酒我必须亲自敬，不然我那800块钱就白花了。”

听了这话，干部们一下子都愣住了，关久长也感到意外，他看着火焰。

火焰醉了，醉得已经失去了意识，他本能地坦诚地向同志们交待了自己的“问题”，他说：“同志们，说实话，我，火焰，对不住同志们，对不住，真对不住！今天请客，我只有800块钱，300买了配料，蒸了馒头，还剩下500。我就用500块钱买羊，买不起肥羊啊，只好买了两只走不动的老羊，对不起了！还有，我坦白，我今天请客是有目的的，是有求于同志们的。怎么讲呢？你们比我还清楚，财政没钱了，一分都没了。关县长难啊，他上午在电话里和我说，他连耗子洞都抠了。我们已经向银行贷款了，可是，银行的程序太复杂，贷款要半年以后才能下来。”说到这儿，火焰险些摔倒，关久长眼疾手快，扶住了他。

关久长接过话茬儿说：“同志们，绿色食品开发项目是6个亿的大工程，这是咱们东江县60万老百姓的大饭碗！政府已经投入3个亿了。到秋天，如果该建成的加工厂建不起来，那绿色食品收购上来怎么办，烂掉吗？同志们说，这个工程敢停吗？”

火焰非常激动，挥舞着手臂说：“‘基地’干砸了，会出现什么后果？遍地都是烂菜、烂果，到处都是伤心的老百姓，那时候东江的天就塌了，我们这些当干部的怎么有脸活着！”

咱们卖车度难关

食堂里静悄悄的，干部们的表情越来越严肃，越来越沉重。此时此刻，干部们都实实在在感觉到了，食堂里的雷雨天已经酝酿成熟，就要打雷下雨了，这时候不打雷不下雨就不对了，不符合火焰的“雷暴”脾气。

火焰干工作确实狠，但他骨子里却是软弱的，这取决于他的善良，在做一项改革性的工作时，特别是在裁撤干部、转变工作职能的时候，善良往往会拖人的后腿，会让改革者瞻前顾后、犹豫不决，难以割舍。火焰就有这个毛病，他清楚自己的弱点，所以在“发狠”之前，在酝酿“雷暴”之前，先咬碎了牙床，捶塌了胸膛，揉碎了心脏，自我“蹂躏”一阵儿，然后才“下手”。好像这样，干部们就能理解他一点儿，谅解他一点儿，他就能感觉好受一点儿。喝大酒（方言，喝多了酒的意思）就是他一种自我“蹂躏”的方法。

张万发彻底明白了，原来火焰既不是结婚，也不是犒劳干部，而是别有用心，他今天摆的肯定是“鸿门宴”了。他拐了一下身边的曲云山，曲云山会意地点着头。曲云山也拐了一下另一边的邱东亚，邱东亚嘀咕了一句：“听天由命吧。”

火焰摇晃着，一个桌子一个桌子走，用醉酒的舌头磕磕绊绊地说：“同志们，其实，我挺笨的，实在想不出办法了。如果有办法，我不会，动这个心思。所以，我先请客，后求人，我火焰，恳请同志们，支持我一把。”说到这儿，他忽然站定，给干部深鞠一躬，幅度太大，险些一头栽倒，多亏关久长在他身边扶着他，而火焰却把关久长一把推开。

火焰摇晃着直起身，继续讲他心中的为难和不忍：“我也知道，同志们已经为绿色食品开发，出了不少力，也垫了不少钱。眼下，日子过得都挺苦的，工作量和工作难度成倍地上去了，办公经费却成倍地缩减了，福利待遇也成倍地下来了。你们不容易啊，可我实在没有办法啊，才张嘴请同志们支持我一把，借我一样东西。行不行啊？”

火焰的肺腑之言感动了很多干部。

张来水感动了，大声说：“一定支持！”

英奇峰也感动了，说：“火焰书记，你看好什么了，拿去就是了！”

于大勇也感动了，说：“只要我们有。”

火焰激动不已，说：“好，太好了，都是好同志，好兄弟！那我就接受同志们的诚意了。”说到这儿，他极力地端正自己的姿态，发布指令：“我，火焰，以个人的名义，请求大家，把今天开来的公务车，留下来，留给关县长，咱们卖车度难关！”

虽然干部们早就有了一种将要“变天”的预感和突遇“雷暴”的心理准备，但还是被震惊了，不约而同地“啊”了一声。谁能想到，火焰能在不征求任何人意见的情况下，以个人名义提出了“收车”，而且还搞了这么一场“羊汤”作铺垫，这是地地道道的“鸿门宴”啊，而且还蛊惑煽情，博得了干部们的同情，然后才伸手要车。

干部们都清楚，这个公务车确实是一个焦点，不光火焰盯着，从中央到省市都盯着，上下都觉得这车越坐越离谱了，就都下决心搞车改。怎么改？谁都没有好办法，那么数数看，全国有几个地区真正改好了？周边有几个县改成功了？哪个不是既赔了“夫人”又折了“兵”？

这个“车”并不简单，可谓人间重物也。纵观历史，横看现实，从古时的马拉战车和人抬官轿，到近现代的木轮马车和四轮汽车，都是官员绅士的标志之物、身份象征，今天也不例外。当官没车坐，等于没当官，谁见过哪位领导干部不坐车，上下班骑自行车或步行的？中国绝无仅有。在中国文化中，官与“车”、“辇”、“轿”是分不开的，没了“车”就没了威，就会被人看不起，恐怕连老百姓都不会相信靠两腿走路的会是官老爷。所以说，“车”是官家重器，和官帽等同，上有官帽“红顶子”，下就得有官架“小轿子”。所以说，虽然汽车只是一个会跑的“铁疙瘩”，但它牵扯到每一个领导干部的切身利益。

官字两个口

“官”这个字，从古至今有多种解释，火焰觉得最为贴切的还是“官”字的象形本意。甲骨文中，“官”字的部首是个“人”字。但是，这个“人”并不是甲骨文本意中的“人”，而是屋顶，就是中国传统房屋的尖形顶，也叫宝盖儿头。这个部首本身就有盖或者罩的意思。而“官”字的下半部分是竖着的两个口，这两个口的含义和引申含义很深刻，既可以理解成众口，也可以理解成一个人有上下两个口儿。如果将“官”字理解成为盖住众口，那就叫御众，自然就是统管民众了，是“官”的本意。如果，将“官”字理解成盖住某人的上下两个口儿，也有道理，将别人的吃和拉撒都管了，还有什么管不了？所以，所谓的“官”就是管人的那个头儿，类似于“首领”、“把头”、“大掌盘”（东北早年间匪话，意为头领）。那么，这些官的头儿怎么管这些官？很难管，因为天下最复杂的人就是官，最不老实的也是官，最容易成为敌对一方的还是官。当下，在社会主义中国，不讲“官”了，都叫同志、干部、公仆，这么称呼的本意大概是相区别于封建社会的“官老爷”，建立新中国的崭新的政治理念和政治文化。但是，是否真正去掉了“官威”？是不是所有干部都是公仆？这就需要制度来约束了，制定制度的是谁？管干部的干部，也就是管“官”的“官”。

管“官”的活儿最具挑战性和危险，北宋的政治家王安石就因“变法”撼动了“官”的利益，导致“身败名裂”，惨淡隐退了。

对于现今的火焰来说，他的第一要务就是管官。

一台小小的公务车，就是一个“祸根”，它消耗着纳税人的血汗，磨损的是领导干部的意志。一台车，好的百八十万，差的也是十几万元，每次开大会都像深秋的瓢虫会聚一样，黑压压的停满广场，有些吓人。上上下下，所有坐在“铁疙瘩”里的干部都知道，领导干部坐公车弊端很多，但谁敢轻易搞这个车改？谁愿意主动放弃这个待遇和享受？谁动了车，谁就打破了五千年沉寂下来的那块石头，谁就动摇了一群人的根基，谁就激怒了这群有模有样的“官”人。谁动了车，谁就可能扭曲了上下级感情，就撼动了下级对上级的忠诚。但是，火焰偏偏就打了公务车的主意，动了这个“铁疙瘩”，而且动得蹊跷，毫无征兆，毫无道理。上级有精神的时候，他没动；群众有意见的时候，他也没动；领导干部们公然公车私用，接亲送葬、打猎钓鱼、游山玩水，他还没动；偏偏在风和日丽的时候，在干部们风尘仆仆下乡包点的时候，不防备的时候，突然下手了。不讲方法，不用手段，出手笨拙，行动“猥琐”；而且，还是以个人名义，类似于儿戏一样，提出了“收车”。

关久长也感到意外，但他很快就激动起来，贴着火焰的耳朵说：“火焰书记你真高，这招儿好，带劲，太带劲了！我赞成，我支持！”

火焰把第三杯酒高高地举了起来，酒又一次洒落到头顶，他夸张地抹着脸上的酒水，还是那样磕磕绊绊地说：“我不难为同志们，喝了这第三杯酒，愿意借车的，把钥匙留下来。60万老百姓，会谢谢你们！不愿借的，可以把车开走，我和关县长，绝对不会，记恨你们。来，干！”

火焰猛地把酒喝干，然后握着空酒杯，笑嘻嘻地看着发愣的干部们，先是摇晃，后来闭上了眼睛，再后来“呼隆”一声跌倒在地。关久长、关红锦和其他干部奔过来扶他，他又一次把关久长和其他人推开，一个人奋力爬起来，双手撑在桌子上，支撑起瘫软的身子，努力地睁开眼睛，四处寻找。

就在这时，懂事儿的于小全跑过来，把车钥匙交到火焰手上。

火焰笑了，抓住钥匙，说：“关红锦，拿去！”说着，一扬手，把钥匙扔了出去，却扔反了方向，扔向了背后，一个干部接到了钥匙。

关红锦赶紧过去，从干部手里取回钥匙。

关久长也把酒杯举过头顶，豪情满怀地说：“为了60万老百姓，别说贡献一台车，就是搭上一条命又能怎么样？干！”

关久长将酒一口闷下去，畅快淋漓，然后掏出钥匙，也扔给关红锦。

虽然，火焰说了“不愿借的，可以把车开走，我和关县长绝对不会记恨你们”，但是谁敢不“借”？在这种时候，领导的话不能信，一定是瞎话，他嘴上说不记仇，但心里却惦记死你了，百分之百的，不

“借”就换人。有那么一句流传很广的话，就是很好地证明。不知是哪级哪个领导首先讲的，“不换思想就换人”，这句话已经成了很多领导的口头语了，甚至被尊为“法典”，动不动就拿出来吓唬干部。实际上，所有的下级干部都厌恶这句话，没道理呀，按宪法、按党章、按纪律、按原则、按条例、按规程、按文件、按惯例干工作有什么错？领导往往一拍脑袋就整出一个新战略或新项目来，他想出政绩，他要超常规，所以，他就逼着部下换“思想”。凭什么非要逼着部下换思想？领导的“思想”就对吗？这种做法是典型的人治，而不是法制。然而，你再有怨言也是枉然，不换不行，甚至是不换就“死”，因为那是你的领导，那是你的“黄世仁”，他掌握着你的生杀大权，“帽子”、“小鞋”就拎在他的手上，随时会给你用上。

干部愣了半天，在无奈之中，忧郁之中，愤愤之中，纷纷将酒喝干，纷纷叫司机交出了车钥匙。

火焰努力支撑着身子，也努力支撑着自己的眼皮，盯着关红锦的手。此时，关红锦手里捧着一个发面盆，那里边盛满了钥匙。火焰看着一盆鳖盖儿虫一样的车钥匙，笑了，越笑越灿烂，越笑身体越软。最后，火焰彻底放松了，放弃了支撑，任自己瘫软，倾斜，然后轰然倒下。

领导表扬是“阴谋”

县宾馆后院儿停车场上，摆放着六十多台公务车，多是黑色，黑压压的，确实像深秋季节集聚在山崖朝阳面的瓢虫群。

领导干部们都在自己的车里收拾私人物品，在他们的脸上看不出什么，一个个都是无所谓的样子，但在他们内心深处却很憋屈，甚至很恼火。什么“有功”，什么“同志们包村扶持绿色食品种植，很累，很辛苦”，什么“你们是东江县的脊梁，是推进东江县快速发展的最强劲动力”，什么“有了你们，多大的困难都不怕”，都是迷魂药。

不知是谁，冷不丁儿地流露出一句心声：“领导的表扬，‘阴谋’也！”这一声嘀咕让干部们听到了，引得干部们四下寻找，这是谁呀？

说得太好了！而且盼望着这个人能再说一句，解解气。然而，再也没有抱怨的声音了。

张万发走到自己的车前，愣愣地看着司机收拾车，忍不住嘟囔一句：“你用不着以个人名义，你是一把手，‘大老板’，你说了算，可是，为什么不事先通个气儿？”这时，他看见司机打开后备箱，拿出一大包渔具，他赶紧走过去，压低声音说，“赶紧收起来，让人看到像什么话？”

曲云山也在看司机收东西，也在嘟囔：“这碗清汤也太贵了，不是咱们喝人家的羊汤，是人家‘涮’了咱的羊肉！”

邱东亚围着自己的车转着，情绪复杂，不由得自言自语：“这笔买卖太合算了，两只老掉牙的羊换了60台车。”

于大勇很难受，摸着自己的新车说：“想了多少年了，跟头把式的刚坐上。叫人收了，倒霉呀！”忽而，他蹬了车胎一脚。

很快，干部和司机都收拾完自己的物品，或者背着或者抱着，陆续离开县宾馆停车场，有的不断回头，恋恋不舍地看已经不属于自己的车。

这时候，关久长和关红锦扶着火焰从食堂里走出来。火焰笑嘻嘻的非要看一看车，关久长和关红锦无奈，只好扶着他跌跌撞撞地看每一台车。

关久长说：“都留下了，都是你的了，别看了，我送你回去睡觉。”

火焰固执地看车，他连续打开了几个车门。发现好几台车有问题，车内像是被洗劫了，导航没了，座垫套没了，地毯也没了。他越看脸色越沉，忽然大声喊着：“把人，都给我叫回来！”

关久长问：“干什么？”

火焰火了：“给我叫！”

关久长赶紧安排：“关红锦，叫他们回来。”

于是，关红锦跑到大街上，扯着嗓子大喊：“请各位领导们留步啊，火焰书记有话要说！”

过了很长时间，干部、司机很不情愿地回来了。

火焰酒后难受，闭着眼睛，一下下拍着车，磕磕绊绊地说：“都回来，看看，你们都把车，弄成什么样儿了？导航、座垫、装饰，都哪儿去了？干什么？打劫呀？别以为我不知道，车里都应该，有什么。”他似乎是睡着了，但嘴还讲着，“怎么拆掉的，怎么，再给我装上。我跟你们，讲，谁的车卖不出，好价格，追究谁的，责任！”

第六章

富人做买卖才需要中介，穷人卖孩子插根草就得

政治明星

火焰扭头盯着关红锦，说：“关红锦你笑什么？站在东江的政治舞台上，面对60万东江老百姓，知名度混不过千里之外的明星大腕儿，我还混个什么劲儿？你说。”……于小全真不信，但他不得不顺情说好话：“信，太相信了，政治明星，卖不出60万来咱丢不起这个人！”火焰乐了，说：“我知道你们都不信，咱等着瞧吧。”

请勿模仿

或许是天生的，或许是世事环境造就的，这“绝技”是火焰独有的，这就像世界上没有走路姿势完全相同的两个人一样。也真像特异功夫表演完以后，主持人提示的那句套话一样：此技艺非常人所能为，请勿模仿。

天马行空

关久长说：“咱们这位祖宗，天马行空，一日千里，咱们几个脑瓜子加起来也赶不上他一个。明白了？”

恐败思维

他始终认为，东江人，乃至很多中国人，他们的思维模式还是有一定问题的，这就是“恐败思维”。这是火焰创造的一个名词，就是事前顾虑太多，把困难想得太重，把后果想得太惨，唯恐失败。

政治明星

东江县政府礼堂外，整齐地摆放着六十多台公务车。火焰、关红锦、于小全正仔细检查每一台车。

火焰望着1号车，问于小全："你把咱的车收拾干净了吗？"

于小全踌躇满志地回答："不敢说一尘不染，也八九不离十。"

火焰走到1号车前，端详着。于小全很自信地打开车门和后备箱，让火焰检查卫生。

火焰不看，走到车前，指着车头说："打开盖子。"

于小全一愣，乖乖地去开发动机盖子。等回来，见火焰盯着自己，便知自己一定留下了"把柄"给领导了。他看发动机，只见发动机上有一层浮尘，他使劲吹了一口气，没有吹走。于是，他后悔自己说了大话，就嘿嘿笑着说："嘿嘿，忘擦发动机了。"

火焰说："就这样还敢说一尘不染？你知道我要把这台车卖出什么价吗？"

于小全摇头。

火焰伸出了一个巴掌，外加一根手指。

于小全赶紧摇头，说："6万太少了。"

火焰很坚定地说："我要卖60万，懂吗？"

于小全大为惊讶，他叫着："啊？火焰书记，新车才50万！"

火焰说："没文化你，县委书记是什么人？最牛的坐地户，县委书记在自己的一亩三分地儿卖车，卖不出高价，你信吗？"

于小全说："太正常了，县委书记又不是明星大腕儿。"

火焰说："你个小司机懂什么？明星大腕在演艺舞台上为观众服务，县委书记在政治舞台上为人民服务，区别大了！"

关红锦忍不住笑了。

火焰扭头盯着关红锦，说："关红锦你笑什么？站在东江的政治舞台上，面对60万东江老百姓，知名度混不过千里之外的明星大腕儿，我还混个什么劲儿？你说。"

关红锦不笑了，立刻说了一通违心的赞美之词：“火焰书记讲话，太有哲理了，用关县长的话说，太带劲了！”

火焰问关红锦：“你话里有话呀，不信是不是？”

关红锦立刻表态说：“信，打死我，我都信，没有火焰书记办不成的事儿。”

火焰说：“于小全，你信不信？”

于小全真不信，但他不得不顺情说好话：“信，太相信了，政治明星，卖不出60万来咱丢不起这个人！”

火焰乐了，说：“我知道你们都不信，咱等着瞧吧。”

关红锦愿意相信这个目标能够得以实现，然而现实是，这是一个不可能达到的高度。二手车，就是你刚买到手就转让，不便宜百分之十都没人要，1号车虽然没有大修，没有磕碰，没有失去应有的光泽，但毕竟是旧车，毕竟是出厂四年之久，毕竟行驶了20万公里。所以说，绝对不可能出现不折价反而增值20%的可能性。火焰书记为什么要出这个价格？他很理解，他同情火焰书记，甚至可怜火焰书记。火焰书记和关县长很难，没钱的人难，没钱的领导更难，因为他要为他管辖的所有没钱的人琢磨钱。处心积虑是一个贬义词，但却能反映私下里千方百计琢磨一件事的急切、坚定、执著的心理，虽然是贬义词，但关红锦还是想用这个词。因为火焰书记要达到目标和实现愿望往往真的必须用非常规的方法，真的要把事儿往死了琢磨，往极致里做。不这样，怎么能从困境里走出来？

请勿模仿

火焰最清楚自己需要怎么做。

这个世界上，根本没有阳光大道。过去提过，那是愿景，今天认真想想，这个词含有一定的欺骗性。应该告诉世人，阳光大道是对应阴暗小路而存在的，只能说明这条路宽一点，目的地好一点，你可以大胆地走，但是不意味着没有坎坷、没有弯道。理智地讲，上路就有风险，世上只有坎坷之路、风险之行，须风雨兼程，须排除万难。一路上，最可能出现的情况就是碰得头破血流，而且永远也走不到路的尽头。所以，走路的人需要有心理准备，这条路根本就没有尽头。一路上，也可能遇到一两处风景，但那只是一时的风光，不可能让你永远停留，你若停留太久，就会被那炫耀的东西侵蚀，或者熬干，只有不停地走才是你生存下去的必然选择。

这时候，关久长带着财政局长成天乐来了。

火焰说："老关，天乐，我正要找你们，说说吧，打算怎么卖这些车？"

关久长说："火焰书记，财政局组织有关单位、行业专家对这60台车进行了评估，评估价总价值为660万元，拍卖行提成15%，约100万元，咱们最低可以剩下560万元。"

成天乐说："我们需要一家专业拍卖行，已经联系了省、市三家公司招标。这几家拍卖行的资质都不错，其中一家专门负责省政府的淘汰车拍卖。"

火焰看着关久长，把关久长看得不自在，就问："你看我干什么？"

火焰说："老关，你不是最少需要1000万吗？"

关久长说："是呀，我是需要1000万。"忽然，他反应过来，"你是不是想拍出1000万啊？这不大可能吧？"

火焰说："就是用拍卖行才不可能，卖不出价来，还要给它提成。"

关久长说："那不用拍卖行用谁？"

火焰说："自己卖！"

关久长说："拍卖是需要资质的。"

火焰说："你怎么这么老实？自己的东西交给别人卖，脑袋进水了？"

关久长说："拍卖就得通过交易媒介，很正常啊。"

火焰说："好一个关博士，愁死我了，你这个博士是怎么毕业的？我跟你讲，富人做买卖才需要中介，穷人卖孩子插根草就得。"

听了领导的谈话，成天乐发愁，忍不住插了一句："要卖出1000万，哪个单位敢牵头卖，谁敢做这个拍卖师？"

火焰说："你这个财政局长怎么这么没有底气？我牵头，我做拍卖师！可以吗？"

几个人听了，深感意外，大跌眼镜。

关久长张着大嘴，愣了老半天，忽而，他陡然兴奋起来，大声说：“带劲，太带劲了！县委书记当拍卖师，这绝对是个爆炸性新闻，绝对能轰动全县，甚至轰动全省，很有可能轰动全国！现在我相信了，这些车一定能卖出1000万来！”

火焰乐了，说：“想通了？想通了你给我当助手。”

关久长乐呵呵地说：“好啊，这工作带劲，乐意效劳！”

成天乐虽然还很糊涂，不知道怎么就能卖出1000万来，但他知道跟随领导的情绪走，因此他也兴奋起来，说：“那就在广场上搭一个台子，搞一个大型拍卖会。”

成天乐的话音刚落，火焰兜头泼了一瓢冷水：“这个主意太没文化了，广场能搞这么重要的商业活动吗？”说完，朝礼堂走去。

关久长、关红锦、成天乐都纳闷儿，紧跟着火焰走进礼堂。

关久长反问火焰：“火焰书记，这和文化不搭界吧？”

火焰说：“你也是没文化，昨天在酒桌上你说我什么？”

关久长一时想不起来，说：“我说什么了？”

火焰说：“什么叫‘火焰书记你真高’？”

关久长想了一下，笑了，说：“那会儿我太高兴了，张嘴就来。呵呵，是不带劲啊，好像火焰书记用了什么计谋，对不起了，我换个词：火焰书记你真有文化！这样行了吧。”

的确，和火焰比起来，关久长自认为学识和修养确实还差着那么一截，这不是因为火焰是教授，而自己是个博士生。其实，教授和博士生不好在一起比较，虽然博士生出自教授，但很有可能青出于蓝而胜于蓝。关久长认为他和火焰的差距是在观念上，在思维模式上，这种差距哪怕只有一点儿，那在创意上、方法上就差之千里，这才是真正的差距。关久长现在就有一种追不上的感觉，常常是紧跟着跑，紧盯着追。跟上一段时间，追了一段路程，关久长了解了火焰的观念，原来很单纯，很直白，很明了，显得笨拙，近乎痴迷，这就是：认准了一个课题或者一件事情，做到极致，死不回头。也了解了火焰的思维模式，很直接，很超脱，很坚决，显得原生态，近乎原始，这就是：用最简单的方法解决最复杂的事情，用最复杂的方式处理最简单的事务，有的时候抓大放小，有的时候抓小放大。说实话，佩服归佩服，跟随归跟随，却很担忧，关久长总下意识地想：火焰的工作方法像婴儿学步一样，蹒跚摇摆，真怕他哪一步走不好会摔一跟头。然而，火焰却总是能走到自己的目的地，尽管蹒跚，尽管惊险。在为火焰长舒一口气以后，再思考，眼前忽然豁亮了，产生了另一种感觉，不得不承认，“蹒跚”的火焰是那么从容不迫，那么游刃有余。“摇摆”的火焰是那么意志坚定，那么继往开来。但是，火焰的这一套关久长学不来，学过，学不出那种“蹒跚”的感觉，却出现了“爬行”的现象；学不好那种“摇摆”的动作，却出现了“跌倒”的疼痛。或许是天生的，或许是世事环境造就的，这“绝技”是火焰独有的，这就像世界上没有走路姿势完全相同的两个人一样。也真像特异功夫表演完以后，主持人提示的那句套话一样：此技艺非常人所能为，请勿模仿。

天马行空

火焰在礼堂内转着，一会儿仰脖看礼堂天花板，一会儿又走到窗前看窗帘，一会儿又跳上舞台，步量舞台面积。关红锦紧跟在火焰后面，虽然一头雾水，不清楚火焰书记要做什么，也不清楚自己该干什么，但他知道火焰书记走到哪儿自己必须跟到哪儿，火焰书记看什么自己必须看什么，要不然跟不上火焰书记的思路。其实，跟了、看了也惘然，仍然是雾水一头。

成天乐看着忙碌的火焰，使劲琢磨：“关县长，火焰书记要干什么？”

关久长说：“咱们这位祖宗，天马行空，一日千里，咱们几个脑瓜子加起来也赶不上他一个。明白了？”

成天乐还是发蒙，还是琢磨。

关久长望着忙碌的火焰说：“做好思想准备吧，肯定会有惊奇给你。”

关久长太清楚了，火焰一旦出手，肯定是一个大动作，不但是大动作，而且是让你惊讶不已的大动作。关久长太了解了，火焰的性格决定了火焰的行为，他就不会稳稳当当，就不会按部就班，就不会四平八稳，就不会思前想后。无论别人有多少疑问，多么怀疑，他都要按着他选择的方向走。

火焰顺着舞台天梯，爬到舞台顶部，悬在空中，向关久长招手。

关久长对成天乐说："这就是咱们的县委书记！"说完，带着成天乐走上舞台，仰着脖子看火焰。

火焰对着脚下的关久长说："老关，给我10万块钱。"

关久长愣了，说："我没听错吧，你是和我要10万块钱吗？"

火焰说："对，10万块，现在就要。"

关久长看了一眼成天乐，又仰着脖费力地说："弄错了吧，是我向你要1000万。"

火焰说："没错，你向我要1000万，我保证一个星期内给你。现在我向你要10万，马上给我。"

关久长说："那我得问问你要干什么。"

火焰没有立刻回答关久长，却喊关红锦："关红锦，把灯打开。"

关红锦打开舞台灯，灯具破旧，很多灯炮不亮。

火焰看了一眼舞台，说："这个亮度，差远了。把音响打开。"

关红锦又飞快地跑进操作室，不一会儿，响起音乐声，伴有"吱吱啦啦"的杂音。

关红锦赶紧解释："火焰书记，这灯光、音响都是20年前买的，当时都是最好的，美国货。那时，我刚分到县委办上班，当时的县委办主任是现在的曲云山主席，他派我到广州去买的。可不好买了，托了好些人、送了好些礼才和外贸公司搭上关系，那个公司经理牛烘烘的，说你一个小县，要这么好的东西干什么用。"

火焰看关红锦，没说话。

关红锦根据火焰的眼神，明白自己又犯了错误，说："知道，我又啰嗦了。"

这时，关久长才恍然大悟，高兴起来，说："我明白了。成天乐，把我留的那10万过河钱拿给火焰书记！为了把这些车卖出好价钱，我豁出去了，扎脖颈（方言，意即断粮、没有吃的了，有调侃之意）了！”

火焰也高兴了，从天梯上下来，走到关久长面前，笑着说：“这态度还差不多。东江县公务车拍卖会大后天上午9点准时在这里召开。老关，你负责邀请省、市、县的企业家和工商业者出席拍卖会，越多越好。”

关久长问：“100人怎么样？”

火焰说：“太少了，至少两百人。”他又吩咐成天乐，“找一家礼仪公司和一家装修公司，马上过来。我要装修礼堂，我要策划拍卖会。”

成天乐领了任务，走了。

火焰又对关红锦说：“你通知贡献这60台车的领导，还有这些领导的司机，后天，就是8号，星期五晚上，都到这儿来排练。”

关红锦虽然没弄明白排练是怎么回事儿，但他知道得赶紧通知，因为通知晚了而产生缺席，火焰书记会发火的，这后果自己可承担不了。他也带着任务走了。

恐败思维

礼堂就剩下火焰和关久长，火焰坐在椅子上抽烟，关久长给发改委、轻工业信息局和商务局领导打电话，让他们联手拉出一个客商名单来。

关久长打完电话，问火焰：“还有什么吩咐？”

火焰说：“给我选两名漂亮的女干部。”

关久长纳闷儿，说：“动用女干部做什么？”

火焰说：“卖车得有车模呀，你都扎脖颈了，我哪敢请专业模特，只能麻烦一下女干部了。”

关久长大感意外：“是不是违背原则呀？”

火焰就见不得东江干部这副大惊小怪的模样，说：“亏你还是哈尔滨人，亏你还是省委下派干部，亏你还是博士生，要不然你得落后成什么样？用车模违背哪家原则了？”

关久长虽然难以回答，但是就是感觉不好，说：“社会上会不会说咱们为了达到目的不择手段？”

火焰说：“看来，你真是没文化。哈尔滨办过车展啊，没看过？下个月北京有一个车展，你去看看，那儿的车模多了去了，什么打扮的都有。”他做了一个开放式动作。

关久长看着火焰的动作，直皱眉头，他认为这不是有没有文化的事儿，也不是落后，而是东江人的观念跟不上。如果对这件事儿产生误解，惹得闲人嚼来嚼去，那就得不偿失了。所以，他还是坚持自己的观点：“火焰书记呀，车展是商业行为，咱们这是拍卖，尤其是你我出场，逃脱不掉四个字：政府行为。让女干部当车模，恐怕会引起不好的影响。”

火焰也听不得东江人说影响不好这句话，事儿没干就考虑影响，这事儿还能干成吗？他始终认为，东江人，乃至很多中国人，他们的思维模式还是有一定问题的，这就是“恐败思维”。这是火焰创造的一个名词，就是事前顾虑太多，把困难想得太重，把后果想得太惨，唯恐失败。所以，导致畏缩不前，或者半途而废。这是一种惰性，严重影响社会的进步、经济的发展。但是，火焰理解关久长，关久长不像他，关久长比较尊重东江人的思维模式，不想硬拧着来。理解归理解，但他还是想把关久长拉回到关久长原本的那个高度上来。博士嘛，县长嘛，就像李春林家的头羊，你不知道哪有青草怎么行？不知道哪有水源怎么行？不知道哪是李春林家的喂料槽子怎么行？于是，火焰用不容辩解的口气说：“别胡扯了，解放前，党可以派女特工潜入敌人内部，收集情报；今天，东江县委为什么不可以派女干部上台，为60万东江老百姓当一回车模？”

关久长虽然不想再辩解了，但还想说明一下：“东江毕竟是个小县城，当车模也许会给女干部的生活造成麻烦，有丈夫的也许会引起夫妻矛盾，有男朋友的也许会闹出误会。”

火焰生气了，说：“怎么看你怎么像个老太婆，磨磨叽叽的。我懒得用你这样的落后分子。我这就发通知，让女干部自愿报名，我择优录取。如果女干部都像县长老爷这么落后，这么胆小，那我就向全社会招聘！我就不信，当一回车模，做一回贡献，有什么不好？上一回舞台，亮一次相，有什么不好？火了还得谢我呢。”

第七章

大戏不在台上，而是在台下

县长是个慵懒人

火焰认为关久长也是一个慵懒的人，原因在于他的背景……但是，火焰认为，关久长还是有他的显著优点的，这就是有知识、有头脑，有正义感，有工作热情。这就够了，够火焰开发的了。

他是“多舛”的

火焰的命运是否多舛？暂不知道，但可以肯定地讲，他的来路是“多舛”的，他的思想是“多舛”的，他的工作作风是“多舛”的，他的办事方法是“多舛”的。

可恨的“竹竿子”

这个“竹竿子”远非宋代的“竹竿子”可比，因为这是一位官身“竹竿子”，大权在握的“竹竿子”，他那个“竹竿拂尘”指挥着千军万马，也会“勾”掉他人逍遥自在的幸福生活。可笑的“拍卖师”，可恨的“竹竿子”！

县长是个慵懒人

火焰认为关久长太软了，你一个县长这么婆婆妈妈的，东江能不磨磨叽叽、拖拖拉拉吗？

火焰急于改掉的就是东江人身上的这种磨磨叽叽、拖拖拉拉的惰性，也就是思想上的懒惰。东江就是这样，天生的慵懒，这种个性是地理环境造成的。凡是资源丰富的地方，人都比较慵懒。东江地处北大荒深处，土地肥沃，就目前而言，拥有着世界仅存的三块黑土地之一的三江平原，还拥有原始森林，北琴湖、东江，自然资源丰富，使东江人衣食无忧。过去，这里棒打狍子瓢舀鱼，野鸡飞到饭锅里；而且，就地取材就可以搭马架子，挖地窨子，盖木刻楞房子（典型的俄罗斯民族居民建筑，我国东北地区也有少量这样的建筑形式）。随便下一个套子就能抓住猎物，随便撒下一网就能捕到鱼；而且，这里自古就是中俄两国通商之地，就连女人都可以用烧酒去对面换来。而现在，这里一个农民至少拥有二十几亩土地，多者拥有几千亩，林业职工和一些社会人士还拥有大片的山林。也就是说，东江拥有产业的人占人口总数一半以上。就是在这样资源丰富的地方，就是在这种相当于“衣来伸手，饭来张口”的宝地，还需要勤劳吗？还需要拼搏吗？还需要斗争吗？无尽的吃食，无尽的快乐，养成了东江人的秉性。所以，东江人不缺幽默，缺思想；不缺朴实，缺灵活；不缺厚道，缺智慧；不缺热情，缺想象；不缺包容，缺志向；不缺酒量，缺胆量。火焰来到东江后，就感受到了东江人的热情好客，朴实厚道；所以，他尊重东江人。也感受到了东江人的包容、海量和幽默；所以，他硬着头皮喝酒，和东江人交流。这些都能接受，只有隐藏在这些优点背后的那种懒惰令火焰不能容忍，不进步，热情好客有什么用？谁来你这里做客！不发展，朴实厚道又有什么用？死性人一帮！不改革，幽默又有什么用？那只能是穷欢乐！不开放，你的包容、你的海量又有什么用？世界那么大，你能装进来多少？

火焰认为关久长也是一个慵懒的人，原因在于他的背景。关久长的政治资源相当丰富，人脉关系相当厚实。关久长是哈尔滨工业大学的博士生，少见的博士生官员，难得的全省最具实力的副厅级后备干部。所以，省委组织部把关久长下派到了东江作了县长，锻炼期为两年。用东江话说，关县长“有来头”、“后台硬”、“很尿性（方言，很行、很厉害的样子）”。但是，火焰却对“下派干部”持否定态度，火焰认为，下派和挂职干部，多少都有一种慵懒的毛病，必定的，谁也别犟。为什么？就因为他（她）们是下来“锻炼的”、“学习的”、“调研的”。地方上的官员也这么认为，觉得他（她）们都是无根的，他（她）们的根在上边，只希望他（她）们能带来项目和资金，没指望他（她）们能具体干些什么。所以，安排的活儿都是协助某某领导抓某项工作。其实，他（她）们自己对于这一点也非常清楚，根本不想把根扎到下面。所以，他（她）们也不好把手插得太深，抢人家的饭碗，干扰地方工作。这不能怨他（她）们，是机制和体制的毛病，也就是说，就不应该存在什么“下派”、“挂职”这个机制。人到哪里都要落地，都要生根，这是上溯八十代老祖宗都懂得的道理，甚至连植物种子都知道，落地赶紧生根发芽，不然就烂掉了。所以，关久长肯定有“走一下过场”、“镀一下金边儿”、“捞一点儿基层工作资本”的心理。上级领导也别生气，关久长也别不服，肯定有，要不然关久长不会这么软，这么得过且过随着东江人的性子。明摆着的，关久长消消停停干满“锻炼期”，回去就是副厅级干部了，没必要干得太猛，把自己陷进东江。如果再在东江弄出麻烦，那就得不偿失了。但是，火焰认为，关久长还是有他的显著优点的，这就是有知识、有头脑，有正义感，有工作热情。这就够了，够火焰开发的了。火焰真就把关久长当作一座宝藏，打算慢慢地、科学地开发，让这座宝藏造福于东江，造福于社会。

这就是火焰的教授级人物分析。

他是“多舛”的

“车改”真是一件天大的事，撼动的可是领导干部的利益，真是牵一发而动全身，拈一根线头而拆掉整个羊毛衫。据悉，国内有很多地方信誓旦旦“车改”了，财政拿出一大堆钱来搞补贴，却弄得领导干部既得了补贴，又变相坐上了所谓的“私家车”。试图拿馒头换蛋糕，结果是什么都给了人家，干部们倒赚得脑满肠肥，屁股底下仍然冒着烟，嘴角上还多了一层油，致使“车改”狼狈收场，老百姓怨声载道、嘲笑政府、蔑视领导。这样一来，“车改”还怎么改？干脆不了了之了，或者死胎，或者流产，或者夭折，几乎没有十分成功的案例。

东江县从来没嚷嚷搞什么“车改”，从来没有搞过什么方案，从来没有制定过什么措施，甚至有几个领导前几天刚换了新车。在没有一丝风声，没有一点儿迹象的情况下，就凭一顿冷村老羊汤、三杯阳村小烧酒就把六十台公务车轻而易举地收上来了。也不管你同不同意，有没有意见，也不管你今后是走着上班还是坐“大客”下乡，而且不给一分钱补助。做得那个绝，来得那个彻底，让男干部顿足，让女干部咂舌。这个干法太绝了，太毒了，简直就是一个屠夫做法，一刀致命，不给你逃离的时间，甚至不给你喘息的机会。这个干法儿没人可比，什么前铺后垫都不需要，也就是说，没有前期工作，没有后续政策，好像就是一个偶然决定——县财政揭不开锅了，大家都得表示表示，勒紧裤腰带支持一把。车就这么“收”上去了，而且，人家还没说从此不让坐车，也没说从此不让再买。

提到再买？谈何容易，关久长把钱看得死死的，把能抠的钱都抠走了，拿什么买？就算小金库里还藏了一点儿钱，谁又敢买，虽然没有态度，但是买了就是病，这叫顶风而上，一查就完蛋。再说，1号车都卖了，火焰书记都不坐车了，谁还敢买车？在官场，一把手不干的事儿，你干了，你就是一个“死”。

这次收车，不是“车改”，但是，却把车“改”了。改没了，而且不敢再谈论车，“车”字从此成了忌讳字眼儿。干部们有怨言，有怨言又能怎么样，人家事先有话——“借一样东西”，咱们事先也答应过“一定借”，还能说什么？这叫哑巴吃黄连，只能任栽，只能生闷气，只能自我煎熬，只能静待事态发展。想象一下，往下，东江还会发生什么？自从火焰主政东江以后，东江政界流传这样一句话：摊上一个教授当书记，你就不得不当学生，不得不由着他给学生们出难题，不得不认同他灌输的解题方法。这就是东江所有党员干部所面临的境遇。

火焰教授出身，而且还是正教授，而且还是研究经济管理和行政管理的教授，而且还是在学术研究上取得成果的教授，而且还是被省委党校看重并推荐到中央党校讲过课的教授。火焰还是副校长，而且还是市委党校的副校长，而且还是专司干部培训的副校长。一个教授怎么会当上县委书记？把一个没有任何党政管理经历的教授放在县委书记的位置上是否妥当？关于火焰怎么当上的东江县委书记，有好几个版本的说法，而且都很传奇。有一种说法是：火焰是学术尖子，不但坐过中央党校和省委党校的讲堂，而且还给省委领导讲过课，课后又被省委书记苗岭同志留下，进行过长谈，所以，才有这个教书匠的机会。还有一种说法是：火焰和市委书记邢国梁的爱人单红丽是大学校友，单红丽高两届，都在党校工作，关系一直处得很好，所以，县委书记这个“大馅饼”才砸到这个教书匠的脑袋瓜儿上。哪个说法是真的？谁信谁就傻了。其实，哪个说法都是“野（在野）”揣测，为什么这么说？因为提拔使用干部的真正理由只有一个人最清楚，那就是上一级党组织的老大，如果你真的没有政治素养，非要弄明白一个教书匠为什么会当上东江县委书记，那你就问那丹市委书记邢国梁去。

火焰的命运是否多舛？暂不知道，但可以肯定地讲，他的来路是“多舛”的，他的思想是“多舛”的，他的工作作风是“多舛”的，他的办事方法是“多舛”的。也就是说，他做事习惯不按套路出牌。据说，这样的人可成大事，也可坏了大事；这样的人可用，但注定可恨。火焰虽然“多舛”，但他的意志坚定，因为在他主政东江的一年里，谁也没见到他“软”过，对上级不软，对下级更不会软。下这样的结论也有所不妥，因为火焰在老百姓面前还是很“软”的，就因为这一点，谁也没法儿和他正面较量，因为他做什么都围绕着这些让他心软的老百姓。可以肯定地讲，火焰今后的命运会因他的“多舛”而“多舛”。

“多舛”的人真要命，自己爱折腾不说，还要折腾别人。

然而，不管心里有多别扭，不管干部们是不是还沉浸在失去爱车的痛楚之中，不管有多少不解和疑问，接到“排练”的通知后，都得溜溜地听火焰书记的话，溜溜地到政府礼堂来，溜溜地来“排练”，溜溜地配合火焰书记“演戏”，溜溜地配合火焰书记把自己的爱车卖掉。为什么？因为你是党员，因为你是干部，因为你怕丢了前途，怕丢了那个很容易获取利益的职位，怕丢了那个可以耀武扬威的权力，怕丢了那个混二十一天半就能得到两三千块钱的工作。所以，你可以有情绪，但你不敢顶牛，更不敢闹事儿。

可恨的“竹竿子”

8号那天晚上，县政府礼堂装修一新。舞台上，硕大的蓝色背景图案，上写：东江县公务车拍卖会。一条坡道贯穿走廊，通向舞台，那是给拍卖车辆做的通道。台中间是一个转盘，用于转动车辆，展示品相。舞台一侧设一个讲台，台子上摆着一个台式麦克风，一把木槌，一张公务车清单。火焰站在讲台后面，关久长站在一侧。

舞台下，通道上，有两支学生鼓乐队整齐地站着，等待安排。通道两侧，坐着几百名干部，嘻嘻哈哈议论着。

1号车沿着坡道，开上舞台，舞台转盘把它旋转了90度。火焰敲了三下木槌，现场的嘈杂声嘎然停止。

火焰说：“同志们，明天就开始拍卖了，今天排练一下。同志们可能想问，这又不是文艺演出，有什么可排练的？就算是文艺演出，排练的也应该是演员而不是观众，是不是啊？”

干部们笑了。

火焰说：“怎么讲呢？咱们这个拍卖会必须排练，因为拍卖会的大戏不在台上，而是在台下。你们是这些车的原主人，你们的表现决定着现场气氛，你们的情绪影响着竞拍者的兴趣。所以说，拍卖会上你们就是演员，你们各有任务，必须各司其职才能唱好这台大戏。”

干部们又笑。

关久长撂下了脸子（方言，意即翻脸、生气的样子），批评干部们说：“不准笑，这是工作，知道吗？要认真对待，听火焰书记安排！”

火焰接着说：“这次拍卖会，我担任主拍卖师，关县长是我的助理。”

干部们又笑。

关久长又批评说：“怎么这么不严肃，不许笑，我们这是带头走向市场！”

火焰敲了几下木槌，说：“拍卖在即，相关事宜安排如下。”

会场安静下来。

火焰忽然扔下木槌，离开讲台，跳下舞台，东一头西一头安排起来：“最前边这两百个座位是贵宾席，参加竞拍的企业家坐在这儿，两边各站一名女干部，谁拍了咱们的车就给谁佩戴上大红花。”他跑向左侧安排，“这四排给贡献公务车的60名领导坐，编号都知道了，到时候依次登场，各人介绍各人的车况。给你们也都佩戴大红花。不给奖金就很对不起你们了，红花必须戴上，电视播出去，老百姓知道感谢谁。”他又跑向右侧安排，“这四排给60名司机师傅坐，也按编号就座，随时准备开车上台。也给他们戴上大红花。”他又跑到左侧走道，指挥学生，“这是县第一小学鼓乐队。”他又跑到右侧走道，指挥另一帮学生，“这是县第二小学鼓乐队。谢谢了，同学们，你们也要努力呀，为东江经济建设做贡献！”

干部、学生都乐呵呵地听从火焰摆弄，挪动位置，坐错位置的干部也找准了自己的位置。

火焰在舞台下正当中的地方停下来，把整个场子看了一遍，满意地笑了，然后快步走上舞台，喊了一声：“请车模上台！”

场内一片惊讶，干部们四下看着，看到两名年轻女干部身着超短西装从观众席上站起来，走上甬道，登上舞台，干部们的目光也随着她们登上舞台。

火焰走近女干部，鼓励她们说：“小李、小王，不好意思是吧？别这样，我跟你们讲，这是工作，重要工作！能不能卖出1000万，你们起着很大的作用，多光荣啊，是不是？既然上了舞台，就放开一点儿。来，拿出车模那种身姿和神态来。”

女干部摆出了姿势，火焰不大满意，但没说什么。

火焰又回到拍卖桌前，说：“都看着我，我这么一捋头发……”他示范，右手捋了一下头发，“鼓乐队就敲鼓，5秒，试一下。”他又用右手捋了一下头发。

鼓乐立即响起，持续5秒。

火焰高兴地说：“好！我双手捋头发，鼓乐和掌声一起响起来，要热烈。试一下。”他双手一起捋头发。

掌声四起，鼓乐也随之响起，持续5秒。

火焰更高兴了，说：“太好了！关红锦，你准备10个人，我这么一抠脑门儿……”他做示范，一根手指挠脑门儿，“你就示意你的人叫好。”他扯着嗓子做示范，“这台车真不错！这台车太神奇了！就这意思，具体喊些什么？自己琢磨去。”

台下又是一阵欢笑。

张万发真觉得好笑，笑着想起了一个历史名词，“竹竿子”。

据历史学家考证，我国演艺活动中的节目主持人古已有之，其中记载较为翔实的应属宋代。宋代对演艺活动中的主持人有个十分有趣的称谓，叫“竹竿子”，这个名字源于他们在主持节目时手里拿的一根“竹竿拂尘”。“竹竿子”多由教坊内的“参军”担任。可能是因为他们擅演“参军戏”（类似今天的相声），口齿伶俐，能够胜任。一个节目上场前，先由“竹竿子”上前致词，“勾”出节目，相当于今天的报幕；表演结束时，“竹竿子”还要念七言诗一首，然后以“歌舞既阑，相将好去”之类的话语送别观众。“竹竿子”有时可根据需要变通，不拿“竹竿拂尘”，而拿其他什么东西主持节目。如每年春季诸军种聚集宝津楼下为皇帝所表演的“百戏”，由于开场的节目是声势浩大的锣鼓表演，因此，“竹竿子”要敲着腰鼓上台致词。

今天的火焰就是一个活脱的“竹竿子”，那个木槌儿就是他的道具“竹竿拂尘”，“勾”出一台台车，“勾”出一个个干部。

这个“竹竿子”远非宋代的“竹竿子”可比，因为这是一位官身“竹竿子”，大权在握的“竹竿子”，他那个“竹竿拂尘”指挥着千军万马，也会“勾”掉他人逍遥自在的幸福生活。

可笑的“拍卖师”，可恨的“竹竿子”！

第八章

谁会卖东西，上来教教关县长

县委书记示范车模

火焰盯着车模，边琢磨边说：“这是逼着县委书记亲自示范啊。好，我给你们做个样子，不一定准确，大概意思吧，好好体会。”他忽然指着台下，“先说好啊，同志们不许笑我，谁笑，我就叫谁上来教！”

书记、县长二人转

这个时候，无论是谁，见到火焰都会这么想：这个县委书记到底是党校教授变的，还是二人转演员变的，要不然就是他喜欢二人转，或者他爹他妈喜欢二人转，反正他曾经被二人转的那种“得瑟”习气熏染过。所以，他擅长“二人转”，硬拉着关久长满场子“得瑟”。

哼哈二将

火焰回到他的拍卖台，乐呵呵地向台下介绍：“我先介绍一下，这两位是右河乡冷村支部书记周大龙和村主任王文良，这可是两位能人，哼哈二将。农民兄弟常年买卖牲口，他们懂得怎样把旧东西卖出好价钱，请周大龙和王文良给我们示范一下。开始吧。”

骡子的六大优点

王文良迅速举起周大龙另一只手，掰下周大龙的第六根手指，说：“第六大优点，这匹骡子认识路。各位领导，你们说说，这骡子多好，周书记他爹都找不着的道儿，骡子找到了！”

火焰把台上台下都安排完了，已是满头大汗，擦了一把汗，他说：“关县长，差不多了，咱们开始吧。”

台下，干部们基本进入了状态，只是很不严肃，像是在做游戏。

台上，关久长站到火焰身边，调整状态，适应着助理拍卖师的角色。

两位女干部还是不自在，很死板地站在1号车旁，躲避着台下无数双眼睛放射出的火辣辣的目光。

火焰望着台下，认真严肃地讲：“这次拍卖，咱们采取一个国内外都没有先例可循的办法。这就是，谁的车谁登台介绍。我第一个介绍，我卖出多少，后面的就得按照比例跟着卖出多少。换句话讲，就是我翻一番，你们都得翻一番，谁卖不出去就追究谁的责任。”

领导干部们大为惊讶，这也太离谱了！原本想：车你收了，收了就收了，爱怎么折腾就怎么折腾，爱怎么卖就怎么卖，跟这些人就没关系了。这些人呢，该干什么还干什么，有车快点儿干，没车干慢点儿。然而，谁能想到，火焰还有这么一步棋等着这些人。有的干部气得都快疯了，真是咄咄逼人啊，这是见到好处不收手啊，这也是见人老实下死手啊。

关久长敲着边鼓说：“我具体说明一下，火焰书记的1号车估价是30万元，他要卖60万元才算完成任务。那么，估价10万元的车就要卖出20万元，以此类推。”

火焰说：“你别跟我说你的车太破了，卖不出来好价钱。这我可有数，我看了这60台车的行车执照，都没超过5年，不到5年就把车开破了，这车你是怎么开的？一台车用不到年限就成了破车，你有没有责任？”

干部们如坐针毡了，这是欺人太甚！这车开5年能达到什么状态，有标准吗？没有！那你县委、县政府曾经定过这个公务车使用规章吗？没有！那你火焰书记来了以后，做过什么关于公务车辆使用的要求吗？没有：没有“限”，就不存在“过”，对不对？那干什么追究车辆使用“过限”的责任？你一个县委书记，怎么能“肆意妄为”、“乱开杀戒”？

关久长又敲边鼓说：“明白了吧，在任务面前不许讲价钱，不许谈困难。”

干部们有了掉进火坑的哀伤感，火焰已经在他们身底下架上了火，关久长又在他们身上撒盐和辣椒面，上下火辣辣的，还能活吗？

火焰接着说：“压力就是动力，相信通过这次排练，我们都能充分发挥自己的才能，把自己的车卖出好价！好，关县长先来做个样子。开始了啊。下面拍卖3号拍卖品，请看……”他看看车模，感觉别扭，就走到两名女干部跟前说：“小王、小李，你们这么无精打采的可不行，要做各种与车合为一体的动作……自己琢磨琢磨。”

两位女干部真是不会做车模，无所适从，既感到紧张，又觉得窘迫。

火焰无奈，他看着关久长说：“助理拍卖师，你不能光看啊，教一教啊。”

关久长也无所适从，挠了半天头皮，笑着说：“报告拍卖师，我哪会这个呀，你还是找别人吧。”

这时候，憋屈生气的干部们都被逗乐了，气氛轻松了一些。

火焰说：“还哈尔滨工业大学的博士生呢，听说你还想读博士后，我看，这个书你还是别读了，读了也没用。”他又冲着台下，“谁会？”

没有人回应他，都是国家干部，谁都不可能会这套功夫，有几个搞文化的，都是写写画画的，也有一半个是从文工团出来的，那顶多就会个挽胳膊、踢腿儿，不会搔首弄姿。

火焰指着台下说：“我点名了，文化局毕局长，你来教！”

文化局毕局长是个女同志，怯怯地站起来说：“火焰书记，我没学过。”

火焰笑了：“这叫商业文化，你这个文化局长还需要学习呀，请坐吧。妇联崔主席，你来教。”

端庄含羞的妇联崔主席站起来，声音很小地说：“火焰书记，你让我和她俩谈谈心我会。”

火焰点头说："是，让你教车模是难为你了。团县委刘书记。"

团县委刘书记站起来，是个男同志，膀大腰圆，他笑嘻嘻地说："火焰书记，这个我真不会，但我可以教她们做广播体操。"

火焰想笑，但没笑出来，说："你会的真不少，回家自己做一百遍，坐下。"

干部们哄笑着。

火焰又叫："文联的翟主席，你是舞蹈演员出身，是吧？你肯定会，你上来。"

文联翟主席是个大胖子，很费劲地站起来说："火焰书记，你看我这身材……"

火焰看着文联翟主席，愁得慌，说："你说你也不是开饭店的，怎么这么胖，减减肥吧。以后的工作要加码的，我不能因为你胖，就给你少安排活儿。"

干部们又笑起来，把翟主席笑成了一个大红脸。

火焰盯着车模，边琢磨边说："这是逼着县委书记亲自示范啊。好，我给你们做个样子，不一定准确，大概意思吧，好好体会。"他忽然指着台下，"先说好啊，同志们不许笑我，谁笑，我就叫谁上来教！"

火焰开始做动作，一会儿车外，一会儿车内，很难看。台下的干部们觉得好笑，太好笑了，但都不敢笑，使劲憋着。然而，笑是很难憋住的，憋到一定程度就形成了井喷。没多大工夫儿，一个笑声突然爆发出来，紧跟着全场一片笑声。关久长也没憋住，一边笑一边说："别笑，别笑，自己不会，还笑别人，这样不好。"关久长这么一说，笑声更大了，有人竟乐得前仰后合。

火焰不愿意了，板起了脸，盯着台下，台下立刻安静下来。忽而，火焰自己却憋不住了，"噗嗤"一下笑起来，笑着做示范，不成想，动作好看了，车模重复着火焰的动作，也好看了许多。火焰乐了，冲着台下说："我这也是没办法，不过这充分证明了赶鸭子也能上架。效果不错！"

关久长不失时机地大声称赞："火焰书记多才多艺，大家掌声鼓励！”

掌声响起。

张万发看了看曲云山，露出一丝不易察觉的微笑，笑容带着一丝鄙夷。曲云山却哈哈笑了，笑中则带着明显的揶揄。他们都心照不宣，火焰很像是在搞杂耍，关久长则是在敲边鼓，这可能就是东江今后的政治景象了。真是天下什么鸟都有，有爱做活儿的织巢鸟，有爱唱歌的百灵鸟，有爱跳舞的天堂鸟（极乐鸟），还有爱争斗的画眉鸟，这几种鸟性在火焰身上都能找到。这会儿，火焰应该就是那只爱跳舞的天堂鸟。

书记、县长二人转

火焰回到拍卖桌前，继续主持他的拍卖排练：“下面，由车主关久长先生介绍3号车。”

关久长精神抖擞，用新闻发言人的语调非常认真地做了开场白：“女士们、先生们，你们好！”

火焰一只手捋头发，鼓乐声响起。

看着火焰的捋头发的滑稽动作，干部们又忍不住笑了。

火焰往前跨两步，指着台下说：“不能笑，正式拍卖会上，谁笑我处理谁。”他退回原位，“关久长先生，你继续。”

关久长开始介绍他的“坐骑”：“女士们、先生们，3号车是东江县县长的公务车。这台车是有来历的，可以说是出自望族。”

台下又笑开了。

火焰又跑到台前，指着台下说：“怎么回事儿？‘出自望族’也很可笑吗？这是真的。别说是真的，就是假的，你们也应该表现出惊讶、赞叹，只有这样才能烘托出这台车的神奇，懂吗？你们笑了，竞拍的企业家就会认为关县长这是在吹牛。这一笑叫什么？自爆破绽，把真事儿笑假了，把好事儿笑坏了。这一笑能败家，知道吗？”他退回到拍卖桌后，“继续介绍。”

关久长继续介绍：“本助理拍卖师便是东江县县长，是省委下派干部，这台车是省委调配给我的！”

火焰挠脑门儿。

关红锦忙站起来大喊：“好车，这车太好了！”

台下又一阵哄笑。

火焰指着关红锦说：“关红锦，你不能自己叫好啊，谁不认识你两办的关大主任？换个脸生的。你就示意你的人，使眼色呀。”

关红锦愣了一下，忽而点头，捅了一下身边的人。

那人猛一下站起来：“好车！”

火焰无奈地一摊手，说：“这不行，太愣了，也太假了。”说着，他跳下舞台，跑到观众席，坐在一个空座上，“什么都得我教，看我的……”他一本正经地坐好，用不高不低的发自内心的语气赞叹着，“关县长来自省委，他的车当然是出自望族了！”

干部们肆无忌惮地笑着。

火焰转圈看看干部，说：“关红锦，记下来，谁笑扣谁工资。”

干部们捂住了嘴，或者憋住了嘴，有的侧着身，有的低着头，但还是笑。

这怨不得干部们，不论火焰是真发火还是佯装生气都没用，刚才说了，笑是憋不住的。火焰的上上下下忙活，里里外外的“得瑟”（得瑟，东北方言，意为不安分，好显示自己），笨笨啦啦的示范，暴露无遗的暗示，自以为是的演绎，的确好笑！另外，一个县委书记应该这个样子吗？不该！屁大的事儿都要亲临一线，不管谁的事儿都要插手，都要过问，而且总是一套一套地折腾，这个折腾本身就很多余，很无聊，当然也很可笑。这个时候，无论是谁，见到火焰都会这么想：这个县委书记到底是党校教授变的，还是二人转演员变的，要不然就是他喜欢二人转，或者他爹他妈喜欢二人转，反正他曾经被二人转的那种“得瑟”习气熏染过。所以，他擅长“二人转”，硬拉着关久长满场子“得瑟”。这个时候，干部们十分可怜关县长：和一个爱“得瑟”人搭班子，遭罪呀；遭罪不说，还丢人；丢人不说，还“玩命”，玩政治生命。不知道关县长知道不知道，这么“得瑟”太悬了。不用怀疑，找遍全国，恐怕都找不到这样的县委书记，这样不讲究形象的“活宝”书记。

火焰跑回台上，极其认真地讲：“我知道同志们笑什么。我跟同志们讲，有没有好的结果绝对要看过程设计得是否细致，安排得是否周到，包装得是否特别。没有好的过程，就没有好的结果。如果有，那是天上掉馅饼，你们见过天上掉馅饼吗？既然天上不掉馅饼，那我们就得自己做馅饼吃。我们要好好设计、安排、包装，把气氛做足，把工作做到极致，才能做一个既有好味道又够吃的大馅饼。明白吗？关先生，继续介绍。”

关久长继续讲：“这台车无论在县里、市里、还是省里，都被视为特殊车辆，交警不查，城管不问，出入县、市政府大院无需登记，进入省委、省政府大院只需按一下喇叭。”

火焰一根手指挠脑门。

台下没有反应，看关红锦，关红锦正盯着车模发呆。

火焰火了，大声说：“关红锦，你盯着车模干什么？盯着我！”

干部们又哄笑起来。

关红锦脸红了，说：“我想叫她们活跃一点儿。”狠狠捅了身边的干部一下，“叫好啊，你！”

那干部想了一会儿，说：“这台车太牛了，可惜我没钱。”

火焰听过，乐了。

关久长继续介绍：“这台车的第一个主人是省委常委、省委组织部长，第二个是本县长，第三个可能就在在座的女士们、先生们中间！”

火焰激情地双手捋着头发，鼓乐倒是响起来了，但等了半天没人鼓掌。

关久长都看不过去了，大声提醒下边的干部说：“都干什么呢，火焰书记做暗示呢，鼓掌啊！”

干部们慌忙鼓掌。

这时才鼓掌，晚了，火焰已经生气了，连说：“停，停，停！”

掌声嘎然而止。

火焰很无奈地说：“这不是耽误情绪吗。关红锦，拍卖会上你盯着我，看到手势你带头鼓掌。大家听到掌声不会忘了跟上吧？关县长，继续。”

关久长继续介绍：“这台车爬雪山过草地如履平地，共行驶了25万公里，等于20个两万五千里长征，等于绕地球多少多少圈，这个具体圈数我晚上再查查书，计算精确了。换过发动机，换过减震，换过刹车，换过轮胎……”

火焰听到这里，打着暂停的手势，走到关久长面前说：“停！停！停！”

关久长感觉正好，不明就里，就问：“怎么了？”

火焰说：“我说助理拍卖师同志，你这是想卖还是不想卖啊？听你这么一介绍，我咋感觉这车该报废了！”

关久长解释：“火焰书记，我这么介绍是为了突出这车的光辉历程。”

火焰说：“不行！不行！这么介绍肯定不行。”他低头看看台下，像是想找什么人，“一个哈尔滨工业大学出来的学商贸的博士生，不会卖东西，愁死我了。谁会卖东西，上来教教关县长。”

关久长为自己辩解：“我觉得我还行。”

火焰说：“行什么行，把好东西当破烂卖，差远了。”

哼哈二将

就在这时，礼堂大门打开一条缝，随后，右河乡冷村支部书记周大龙和村主任王文良小心地溜进来。两个人盯着舞台，嘀咕了几句，然后坐到后排上，看起了热闹。

火焰正在给关久长找师傅，忽然发现这两个人，眼睛一亮，就大声叫他们：“那是周大龙、王文良吧？你们两个干什么来了？”

周大龙赶紧从后排角落里站起来，笑嘻嘻地回答：“火焰书记，我们找关县长，有事儿。”

王文良也站起来，很恳切的样子说：“急事儿，火焰书记。”

火焰为难了，说：“急事儿？急事儿也没办法。”他指着关久长接着说，“关县长没把他的车卖出去，下不了台了。”

关久长无奈地向周大龙和王文良摊着手，一副身不由己、无可奈何的样子。

周大龙不明白，斗胆问了一声：“卖啥车？”

火焰说：“他自己的车呀。”

王文良问：“关县长要换新车了？”

周大龙瞪了王文良一眼说：“不会说话别说。”

火焰向他俩招手说：“你俩过来，过来。”

王文良抬腿就走，被周大龙一把拉住。

王文良说：“火焰书记叫咱们了。”

周大龙把王文良的脑袋扒拉过来，头对着头，眼对着眼，嘱咐说：“等一等，这是啥地方，县政府大礼堂，庄严肃穆，懂吗？大庭广众的，不能乱说话，懂吗？该说话的时候我会让你说的，看我眼色，懂吗？”

王文良有些厌烦，但还是点了头。

周大龙踏实了，这才带着王文良小跑来到台前。

火焰蹲在台沿儿上，等周大龙和王文良跑过来，笑呵呵地问：“找关县长办事儿，还是急事儿，对吧？”

周大龙仰脸看着火焰说：“对呀。”

火焰说：“我看这样，你俩来教教关县长怎么卖车，教会了我就放他走。”

当火焰看到这两个人，就认定他们一定会卖东西，而且很可能有他们叫卖的方法和讨价还价的手段，因为他们常年卖粮卖菜、买卖牲口。

周大龙和王文良对视着，交换着眼神儿，周大龙夹咕眼睛（方言，指用夸张的眼神提示别人），而王文良却没看懂，一直挠头。

火焰问：“怎么样啊？”

王文良憋不住了，冒出一句：“火焰书记，我俩咋那么大胆子敢教县长？”

周大龙瞪着王文良说：“我说什么了？不让你说话，你偏说。再这样，我不带你出门了！丢人！”虎着脸训完了王文良，又换上了笑面，问火焰：“火焰书记，真教呀？”

火焰认真地说：“你们俩都卖过牲口，就把关县长的车当骡子卖，试试。”

关久长虽然委屈，但没忘自己的身份和职责，凑过来敲边鼓：“你周大龙不是号称东江第一嘴吗？谁的钱你都能忽悠到自己口袋里。还有你王文良，最擅长和泥溜缝儿，滴水不漏。上来试试吧，看你们两个到底有多大本事。”

周大龙看着王文良说：“听这话音儿，不试巴（方言，试试的意思）试巴还真不行了，试巴试巴？”

王文良仰起脸，看看蹲在台沿儿上的火焰和关久长说：“那就试试吧，要不然火焰书记不让关县长跟咱们走啊。”说着，就把一条腿搭在台沿儿上，想就近爬上舞台。

周大龙一把拉下王文良说：“带你出门真是丢死人了。”然后，拽着王文良的衣襟，从一侧登上了舞台。

王文良一边跟着周大龙走，一边不好意思地冲观众席上的干部笑。

火焰回到他的拍卖台，乐呵呵地向台下介绍：“我先介绍一下，这两位是右河乡冷村支部书记周大龙和村主任王文良，这可是两位能人，哼哈二将。农民兄弟常年买卖牲口，他们懂得怎样把旧东西卖出好价钱，请周大龙和王文良给我们示范一下。开始吧。”

骡子的六大优点

关久长把周大龙和王文良带到立式麦克风前。

周大龙看着火焰，试探地问：“就假装卖骡子？”

火焰点头回答：“可以，就卖骡子。”

王文良说了一声“得令”，然后冲着周大龙笑着说：“你爹家不是有一头骡子吗，就卖那头吧。”

周大龙不愿意了，说："把我爹家的骡子卖了，你给我爹拉犁杖趟地呀？"

台下笑开了。

王文良告状："火焰书记，你看他不执行你的命令。"

周大龙无奈地说："得得得，就卖我爹家的骡子吧。"说到这儿，他像祈祷一样嘀咕，"我爹会舍不得的，会骂我败家的，没办法啊，爹。"嘀咕完，像是解脱了，来了精神，"开始了啊。我爹家这头骡子是山西毛驴和蒙古马那什么……下的。"

台下大笑不止。

周大龙也笑，接着说："真的，块儿头像马，胃口像驴，一天能趟10亩地，只吃一斤九两苞米。"

王文良也笑，附和着说："对，差一两就是二斤，多一两都不吃。干得多，吃得少，多好的骡子呀。"

周大龙极其认真地掰下一根手指头，说："第一大优点，这骡子干得多吃得少。"

王文良掰下周大龙的第二根手指头，说："第二大优点，这骡子聪明，趟地你不用太经管，到地头它自个儿就知道窝回来趟下一垄。"

周大龙掰下第三根手指头，又说："第三大优点，骡子这玩意儿就是肯下力气干活儿，因为啥呢？因为它不会爱情，没那份儿心思。"

台下的干部们笑得前仰后合。

周大龙也笑，又掰下第四根手指头，说："第四大优点，这骡子没脾气，不尥蹶子，不闹圈，套上车拉脚，走到哪儿都不用拴，你是吃饭还是上茅房随便，它一步都不会动。"

王文良不笑，掰下周大龙的第五根手指头说："第五大优点，这头骡子太老实了，傻子都能养活。"

台下的干部们已经笑得人仰马翻了。

周大龙不愿意了，踢了王文良一脚，说："咋说话呢？那是我爹养的。等回去收拾你！"

王文良见周大龙生气了，佯装害怕，赶紧补救："那什么，我正式声明一下，周书记他爹可不是傻子啊。”

场内爆笑，连火焰和关久长也绷不住，火焰搂着拍卖槌，紧闭着嘴用鼻子笑，但笑意还是从眼睛里放射出来了。关久长则转过身，背对台下，但笑意还是从颤动的后背上暴露无遗。

王文良一本正经地摆着手说：“别笑！周书记他爹真不傻，不但不傻，还很聪明，讲个故事领导们就知道了。那天夜里，周书记他爹赶着骡车进山，黑天进山干啥，咱不知道啊，知道了也不能讲。到了半夜，老爷子装了一车东西下山，啥东西我也不能讲啊。”

周大龙不愿意听了，推一把王文良，说：“我爹去偷山是吗？”

王文良提着麦克风，躲了一步接着说：“夜里办事儿不得眼啊，老爷子迷路了，老百姓讲话叫走麻达了。那天夜里，天那个黑呀，岔道那个多呀，走了好几个钟头都没找对路。到了后半夜，老爷子寻思，睡一觉吧，天亮再找。于是乎，老爷子就对骡子说：‘老伙计啊，咱们歇歇吧，我躺着睡，你站着睡。’说完就躺到车上睡着了。我真服了，这老爷子的心也太大了，在骡子车上也能睡着。你说黢黑的天，黢黑的山，来个黢黑的啥玩意儿把黢黑的骡子和他这把黢黑的老骨头祸害了可咋整。可是，老天就是照应周书记他爹，不但没让黢黑的啥玩意儿祸害了，却给了一个意外惊喜，咋回事呢？周书记他爹呀，一觉醒来，睁眼这么一看，我的妈啊……各位领导猜猜，咋了？”

干部们痴痴地听着。

王文良卖了一会关子，忽然眉飞色舞起来，俏皮地说：“到家了，骡子看到骡圈了，还看见槽子里的苞米了。周书记他爹看见他那三间草房了，还看见周书记他娘了。他娘叫着‘你个老不死的，咋这会儿才回来，急死我了’。他爹半天才缓过神儿来，哭了，眼泪哗哗的，说：‘要不是这匹骡子，我这条老命就扔在山上了，要不是这匹骡子，你就得改嫁。今后你得好好伺候咱家的骡子，就拿它当我了。’”

周大龙推了王文良一把，瞪眼说：“你啥意思你，拿骡子当我爹，你找不自在是吧？”

王文良说：“你爹那晚上走麻达了，有没有这回事儿吧？”

周大龙乐呵呵地说：“是，有这回事儿。”

王文良迅速举起周大龙另一只手，掰下周大龙的第六根手指，说：“第六大优点，这匹骡子认识路。各位领导，你们说说，这骡子多好，周书记他爹都找不着的道儿，骡子找到了！”

周大龙又踹了王文良一脚，说：“我爹不认路，骡子认路，我爹还不如个……你咋胡说八道呢？你咋编瞎话儿骗人呢？”

台下的干部们又一次笑翻了。

忽然，王文良高声喊道：“周书记他爹的骡子卖了，谁买？”

台下干部们齐声喊道：“我买！”

火焰也笑了，与周大龙和王文良握手，笑着说：“不错不错，谢谢谢谢。”他又对台下说，“大家都笑了，为什么笑？因为他俩说的精彩，咱们要学农民这种机智和幽默，将我们的车卖出好价来！”

全场鼓掌，鼓乐齐鸣。

周大龙和王文良洋洋得意，此时，他们觉得自己胜利了，赢得了掌声，赢得了关县长。

周大龙冲关久长美滋滋地笑着说：“咱们走啊，关县长。”

关久长凝眉望着周大龙说：“很得意，是吧？你这个周大龙，为了得到好处，就是把你爹假装卖了，你都乐意。”

周大龙赶紧点头认同：“那怕啥的？也不是真卖。”

关久长忽然揪住周大龙，小声问：“怎么这么巧，这时候来找我？”

周大龙也小声回答：“是火焰书记叫我们来的，说是你找我们。”

关久长松开了周大龙，看火焰，看了一会儿，乐了，心想：这个祖宗，太有意思了。

第九章

一个县委书记，把车都卖了，笨到家了

谁的脚趾头都是肉长的

火焰已经把石头搬起来了，没那么大力气却搬起了原本搬不动的石头，憋得脸通红，玄玄乎乎、晃晃悠悠的，看样子随时都有挺不住脱落下来的危险。这时候，他们能干什么？赶紧想法子把脚收回来呀，别让大石头砸自个儿的脚丫儿，谁的脚趾头都是肉长的。

真是个活祖宗

火焰麻利地抽出一支，随后把一盒烟揣进口袋，点着了烟，边贪婪地吸烟边说："这烟，才真叫好抽。刚才我说你聪明，这个评价不全面，我得补充一点，其实，你这人不怎么样，看人下菜碟。有好烟为什么不给我抽？我比企业家贡献小吗？没有我，有这次拍卖会吗？没有我，企业家今天能来吗？"关久长哈哈笑了，捂着肚子说："你，你真是个活祖宗！"

1号拍卖品

"女士们、先生们，下面，由本拍卖师为大家介绍1号拍卖品。这台车是世界知名品牌'大地'，型号是巡洋舰4700，V8发动机，原装进口，手续齐全。这台车是县委书记使用的公务车，只有两个人使用过，一个是东江前任县委书记、现任那丹市副市长李翊明先生，另一个就是我，俗称东江1号。这台车陪我去过市里、省里，还去过北京……"

有了一种死了的感觉

不知谁扔掉了牌子，"啪啦"一声。随后，竞拍者都放下了手中的牌子。火焰低下头，闷在那儿，有了一种死了的感觉，他想：这会儿不能死，还可以"苟延残喘"，还可以"垂死挣扎"。

谁的脚趾头都是肉长的

这天，真是一个好天气，晴空万里不说，还不冷不热；不冷不热不说，还没有风；没有风不说，湿度还正好合适。因此，人们心情挺好，感觉不错。

在这个好天气里，东江县政府礼堂装扮一新，氢气球升起两个，悬挂彩带，上面写着“为发展东江经济艰苦奋斗”、“为六十万老百姓贡献力量”。

礼堂外，垂挂四条彩带，写着“欢迎各地客商来我县考察”、“感谢支持东江的各界朋友”、“预祝公务车拍卖会圆满成功”、“为东江县建设发展添砖加瓦”。沿台阶向大门架设了一条坡道，铺着通红的地毯；还有两排鲜花篮，争奇斗艳；还有二十多名礼仪小姐，手捧鲜花在门口迎候；还有很多群众围观。最重要、最抢眼、最带劲的是礼堂院子里停放的60台车，板板正正，铮明瓦亮，像新的一样，60名司机都西装革履，戴着白手套，站在车旁。

“黑N90001”号停在最前边，于小全恋恋不舍地守着1号车。火焰一身笔挺的西服，走过来，也看他的1号车。愁眉苦脸的于小全见火焰来了，忍不住嘟囔了一句：“车没了，我干什么？”火焰没说什么，伸手要毛巾，于小全从车里拿出一块毛巾，火焰接过毛巾，旁若无人地擦拭着1号车。

群众围上来，一个中年人问火焰：“火焰书记，看你是舍不得这台车啊。”

火焰一边擦车一边回答：“一样东西一旦跟上自己了，就像自己身上的一块肉。”

中年人说：“都这样，我那天卖驴，在市场和人谈价一点儿事儿没有，可是一回到家，看着驴圈，心就不得劲儿了，这个难受啊。”

旁边有人插嘴：“哭了没有？”

中年人说：“说实话，哭了。”

火焰长吸了一口气，说：“我也想哭，一个县委书记，把车都卖了，笨到家了。”

火焰的确很难受，收车确实是无奈之举，下策。很简单，一个高速运转的政府机构怎么能没有现代化交通工具？虽然公务车制度要改革，但不是把车改没了，不是不坐车了，而是要合理调配公务车，完成相应的工作，这是火焰曾经思考过的。今后，公务车不再是一把手的专车了，也不再是各单位的了，应该设立一个政府公务车调配中心，统一配备车辆，统一调配使用，合理使用。这个思考虽然不成熟，但这条路必须走！东江县绝对不能像外县那样搞，“车改”以后给“车补”，没这个道理呀，不给车坐就得给坐车钱，凭什么？是国家有钱烧得慌，还是官老爷们太无赖？这种“车改”比不改更危险，给车坐，怎么说钱也是花进公家车里了；给车补，怎么说钱也是花在个人家里了。这是瞒天过海的把戏，这是变相搞福利的伎俩，这也是一种腐败转向另一种腐败的开始。

火焰在1号车前流连了一阵子，毅然走了，沿着坡道走进礼堂。

这时候，张万发、曲云山、邱东亚走来了，望着礼堂的热闹场面，没有一丝高兴。

张万发说：“60台车要卖1000万，难以想象。”

曲云山摇头说：“看昨天的排练，像小孩儿过家家。”

邱东亚点头：“我有同感。”

张万发说：“一个县委书记，一个县长，做拍卖师，总觉得不严肃。”

曲云山茫然地说：“这哪是县委、县政府做的事啊。但愿有奇迹出现。”

张万发叹了一口气，说：“不然……”他嘎然刹住，没敢往下说。

几个人都是东江县的核心人物，都捏着一把汗，火焰可以义无反顾，撞南墙不回头，他们不能。他们不是教授，他们有政治头脑，考虑得非常全面，想得非常深远。如果这次拍卖不成功，事情就闹大了，不光是丢脸的问题，是谁来收这个场的问题。火焰已经把石头搬起来了，没那么大力气却搬起了原本搬不动的石头，憋得脸通红，玄玄乎乎、晃晃悠悠的，看样子随时都有挺不住脱落下来的危险。这时候，他们能干什么？赶紧想法子把脚收回来呀，别让大石头砸自个儿的脚丫儿，谁的脚趾头都是肉长的。

不知道火焰有没有这种顾虑？他做事怎么从来不考虑后果呢？难道他的脚趾头是铁打的？人无远虑必有近忧啊。

邱东亚走在最后，他扫了一眼满院子的车，心里忽然揣摩起火焰来了。火焰一定厌恶干部摆官架子，因此他不喜欢干部坐好车、豪车。

对于“官架子”，不单单有火焰的那种理解，还有另一种解释。人类自从产生了阶级，就产生了阶级矛盾，而且始终是不可调和，因为始终存在着利益的冲突，官僚总是侵害民众利益。因此，民众总是痛恨官僚，看不惯摆谱造势拿“官架子”。但是，从另一个层面看，“官架子”却是威信，管理上少不了的东西。比如，在人类的经营管理中，“官架子”就在管理者和被管理者之间拉开一定的距离，给管理者平添了威严感。中国人喜欢交往，拉家常、扯犊子（方言，胡说八道开玩笑的意思），不是拉同盟就是闹敌对，在工作中，如果掺杂这些东西，是不利于开展工作的。管理者与被管理者拉开距离、拉开档次是有利于单位、组织、社会发展的。邱东亚认为，差着级别就得多些尊重，假如昨天两个人还是一个级别，还在一起喝酒论兄弟，但今天其中一个人升迁了，高了一个级别，那另一个人就得毕恭毕敬，没有半点脾气才行，这是社会的规矩，世间的法则。

官与民就是有区别的，不承认也好，痛恨也好，都是客观存在的。社会有治必有官，有官必有威，有威必有“架”。因此说，公务车不是问题，问题在于怎么看，怎么用，而不是怎么“改”，怎么废。“改”车就是改官性，改人性，这是能做到的吗？

中国是最看重“礼教”的国度，也是最早制定“礼”的国家。孔子还是孩提的时候就曾带领一群小伙伴演习“周礼”，将一些象征着神圣的“礼器”摆放规整，然后教唆伙伴怎么膜拜这些“礼器”，还特别教了膜拜的秩序、程序。看来，从那时起，官威、“官架子”就包含在国“礼”之中了。这么深的根，你火焰挖得了吗？

真是个活祖宗

礼堂内播放着歌曲《和谐中国》，会场座无虚席。两侧，站立着两支学生鼓乐队。台前，连着一条坡道，通向走廊。礼仪小姐正引导企业家入场，到前边贵宾席就座。

台后，火焰和关久长正在准备上场，关红锦忙着给关久长打领结。

关久长厌烦地看着黑领结，说："大热天的，戴这玩意儿，热不热？"

关红锦系好领结，又给火焰戴拍卖师的佩饰。

火焰挺着胸任由关红锦摆弄，说："这是对竞拍者的尊重，还要戴上佩饰。"

关久长拿着助理拍卖师的佩饰，愁眉苦脸道："不戴这个好不好？给关红锦带吧。"

关红锦笑嘻嘻地过来，边给关久长戴佩饰边说："我一个办公室主任可承受不起这个头衔。助理拍卖师，多带劲！"

关久长不看佩饰，仰着脸说："跟结婚似的，另一个是个女人也好啊。"

关红锦悄声说："谁让你赶上了呢，我想戴可是不够级别。"

关久长悄声说："关红锦，你别幸灾乐祸，我戴完了非让你戴一个月不可，我能找来很多东西拍卖，你信不信？"

关红锦悄声相求："行行好吧，关县长，整不过火焰书记别拿一个小主任撒气呀。"

关久长说："谁叫你是小主任了？"说完，又对火焰书记说，"火焰书记，你知道吗，这60台车一年最少要消耗我300万，早都烦透我了。"

火焰用鼻子笑。

关久长盯着怪模怪样的火焰说："笑什么？你这笑不怎么样啊，没你醉酒后笑得好看。"

火焰不笑了，盯着关久长。

关久长躲着火焰的目光说："看我干什么？我知道你想什么。"

火焰不吭声，还是盯着关久长。

关久长说："你在想，老关你既然知道这些车每年消耗300万，为什么早不收缴。"

火焰哈哈笑着说："到底是博士，聪明。"

关久长一笑，问："想知道我为什么不收吗？"

火焰看看拍卖现场，回答："不想，我注重的是今后不再有触目惊心的数字出现。"

关久长解嘲地挠了挠头皮。

已经拾掇妥当，只等登场。火焰溜达到台口，他眼睛看着拍卖现场，手却向关久长伸去，勾着两根手指说："来一支。"

关久长佯装不解地说："我不抽烟，怎么会有烟？"

火焰说："我看到了，你有，招待企业家的。"

关久长朝关红锦伸手，关红锦掏出一盒"中华"烟，给关久长，关久长握在手里说："我不是舍不得……"

火焰回答道："知道，你是想拿它馋我。"

关久长笑了，想从里边抽出一支烟给火焰，手指刚伸进烟盒里，被火焰一把抢过去。

火焰麻利地抽出一支，随后把一盒烟揣进口袋，点着了烟，边贪婪地吸烟边说："这烟，才真叫好抽。刚才我说你聪明，这个评价不全面，我得补充一点，其实，你这人不怎么样，看人下菜碟。有好烟为什么不给我抽？我比企业家贡献小吗？没有我，有这次拍卖会吗？没有我，企业家今天能来吗？"

关久长哈哈笑了，捂着肚子说："你，你真是个活祖宗！"

关红锦说："这就是关县长给你留的，一条呢。"

火焰乐了说："这还差不多，但是，一盒足矣。"

1号拍卖品

礼堂内音乐渐落，嘈杂声渐止，随着气氛的逐渐安静，人们的兴趣逐渐昂然了，期待着大幕的拉开。忽然，鼓乐响起，追光灯打到舞台幕布前，火焰、关久长从侧幕走出来，站在幕前。火焰微笑着，捋着头发，台下的关红锦反应很快，立刻举起双手，带头鼓掌，随即一片掌声，鼓乐也同时响起来。

于是，火焰在热烈火爆的气氛中热情洋溢地主持仪式："女士们、先生们，大家好，我是火焰，是本次拍卖会的拍卖师。"

台下，关红锦带头鼓掌，又是一片掌声。

火焰又介绍关久长说："这位先生大家也认识……"

关久长自我介绍："我是关久长，助理拍卖师。"

台下，关红锦带头鼓掌，又是一片掌声，同时鼓乐响起。

火焰说："先生们、女士们，欢迎你们光临东江县！"

激昂的音乐响起，幕布徐徐升起，紧接着舞台灯光突然点亮，雪亮的"黑N90001"号车赫然出现在台上，伴着两名别有风味的车模。随后，火焰走向拍卖台，关久长在侧翼站定。

火焰致开幕词："这次请各位企业家来，主要是考察东江县的投资环境和可开发资源，顺便做客我的拍卖会，亲身感受一下东江县的商业氛围。目前，东江县的形势一派大好，东江县已经驶入改革发展的快车道。现在，我宣布，东江县公务车拍卖会正式开始！"他说到这儿，单手捋了一下头发。

台下，鼓乐响起。

火焰说："这次拍卖的60件拍品，不仅仅是60台公务车，而是东江精神的凝结体，它们凝结着东江干部廉洁奉公、勇于吃苦、心怀百姓、甘愿奉献的精神！这次拍卖所得资金将全部投入农村，用于农村经济发展，用于提高农村生产力。希望女士们、先生们能伸出你们慷慨的手，为东江建设出一份力，为东江60万百姓尽一份心！你们的博爱精神将永载东江史册，将牢记在东江人民的心中！"

台下，关红锦带头鼓掌，一片掌声，鼓乐也同时响起。

火焰说："下面，请看1号拍卖品。"

鼓乐响起，转盘转起来，披金戴银的"黑N90001"号车在聚光灯下耀眼夺目地旋转着。台上，火焰双手捋头发示意。台下，一片掌声，同时鼓乐响起。车模身着优雅的职业装，摆着各种姿态，楚楚动人。竞拍者兴致很高，看耀眼的车，也看耀眼的车模。

火焰开始激情介绍自己的“坐骑”：“女士们、先生们，下面，由本拍卖师为大家介绍1号拍卖品。这台车是世界知名品牌‘大地’，型号是巡洋舰4700，V8发动机，原装进口，手续齐全。这台车是县委书记使用的公务车，只有两个人使用过，一个是东江前任县委书记、现任那丹市副市长李翊明先生，另一个就是我，俗称东江1号。这台车陪我去过市里、省里，还去过北京，特别值得一提的是它随我进过中南海，有幸和副总理的车并排停在一起。”说到这儿，他双手捋了一把头发。

台下，关红锦带头鼓掌，一片掌声，鼓乐也同时响起。台上，火焰又顺手抠着脑门，台下，关红锦捅了前排一名干部一下。前排的干部嚷着：“买了这台车能沾到中南海的喜气！”旁边一帮干部搭腔：“哎呀，了不得。好车啊，好车。”

火焰更加兴奋，他宣布：“现在开始拍卖1号拍卖品，底价40万元。”

贵宾席上，有人举起2号牌：“40万。”

火焰高声复诵：“好，2号先生出40万！”

26号女士举牌：“41万。”

火焰叫着：“26号女士出41万！”

124号举牌：“42万。”

火焰高声复诵：“124号先生出42万！”

关久长也兴奋起来，说：“42万，42万，一部展现彪悍强劲的‘大地’车，一部显示身份地位的品牌车！”

26号女士举牌：“45万。”

火焰高声复诵：“45万！”

关久长激情荡漾地说：“这可是东江县1号车，县委书记的公务车！”

台下，再无人举牌。

关久长的情绪瞬间低落下来，但还是强调说：“这台车的发动机从来没有修过，这是一台不知什么是疲倦的车！”

台下，还是无人举牌。

有了一种死了的感觉

县政府礼堂内的空气陡然沉寂下来。

在场的领导干部们都很清楚，这次拍卖的底线是什么，必须把车卖出好价。如果超越这个底线，一好百好，全盘皆活；如果达不到这个底线，全线崩溃，一损俱损。这次拍卖的走势到底会怎么样？没人能够预测？试想，如果干工作和玩牌一样，可以不按常理出牌的话，那么就必须有一个前提，这就是你必须赢！如果输了，那你就是臭手，臭手的最终下场是没人再和你玩牌。这是轻的，更可怕的后果是：很可能出现反目为仇的现象，被陪你一起输钱的人啐骂，他们会指认你的“罪行”，而且，你很有可能会走上“认罪服法”这条终结之路。目前，应该是最危急的时刻，火焰瘪在那儿了，拍卖是否能达到预期，神仙才知道。干部们为火焰捏了一把汗。

火焰何尝不知道这个后果，卖不动或卖不好都是“大罪”一宗，这叫搬起石头砸自己的脚，这叫自己酿的苦酒自己喝，这叫自己给自己设了一个局还挖了一个坑，把自己一步步逼到墙角，再逼到坑里，等着人家活埋。

火焰深情地望着他的1号车，似乎忘记了自己的拍卖师身份，他动情的讲述：“我很爱惜这台车，不到万不得已，我是不会卖它的。请允许我讲一个故事。去年冬天有一场大雪，都记得吧？半米深，我带队到冷村下乡，冷村的路都是山路，十多台车不是陷进雪里，就是滑进沟里，只有这台车四平八稳地停在路上。司机小于拿出牵引绳，我说干什么？小于说拖后面的车呀，我问这么大的雪能拖动吗？小于说，这车为啥叫巡洋舰，就是多大的风浪都能闯过去。我真没想到，十多台车愣是让这台车给拖出来了，其中有一台车滑到了山坡下，二十多米，小于用这台车的绞盘，硬是给绞了上来。”讲到这儿，他一根手指抠着脑门。

台下，关红锦示意后排的人赶紧“烧火”，那人恰到好处地喊了一声：“哎呀妈呀，这车神了！”

沉默了一阵，56号很捧场地举起了牌子：“46万。”但是，他动作显得迟缓，语气显得犹豫。

火焰保持着平静的姿态说：“56号先生出46万！”

2号举牌：“50万。”

关久长又兴奋起来，抢先高声复诵：“举2号牌的先生出价50万，50万了！”

火焰故作平稳，随意地双手捋了一下头发。

台下，关红锦带头鼓掌，全场掌声四起，鼓乐也跟着响起来。但是，很快就消沉下来，再无人举牌。不知谁扔掉了牌子，“啪啦”一声。随后，竞拍者都放下了手中的牌子。

火焰低下头，闷在那儿，有了一种死了的感觉，他想：这会儿不能死，还可以“苟延残喘”，还可以“垂死挣扎”。

关久长焦急起来，他诚恳地说：“感谢举2号牌的先生，感谢参加此次竞拍的女士们、先生们，你们对东江的厚爱将随着有线电视传达到东江千家万户！”

无人举牌，全场寂静无声。

第十章

能帮助这样的好书记，吃再大的亏，我心甘情愿

最好把司机也一块儿卖了

张万发瞪着关久长，说风凉话儿："助理拍卖师先生，上台去吧，最好把司机也一块儿卖了。"曲云山也没好气儿地说："对，卖了，还能省了一份儿工资。"

为老百姓做事的感觉真好

这时，掌声响起，经久不息！火焰不好意思了，低下头。这时候的他更激动了，心里有了一句话，很想跟干部们交流：为老百姓做事的感觉真好！

自己还不如车值钱

火焰可能没有意识到，他把他的1号车卖了，是有意识的；但是，他又把他自己给卖了，这却是无意识的。等他意识到的时候，他就会知道，原来自己还不如车值钱。

最好把司机也一块儿卖了

任何一个领导人都希望掌控他能掌控的一切事情，都希望在事前就将所有应该考虑的全都考虑进去。然而，这只是一种美好愿望而已，尤其在官场，你所能考虑充分的仅仅只是自己怎么做，却不能考虑到别人会怎么应对，事态会怎么发展。愿望与现实一定是有差距的，比如今天的公务车拍卖会，是几百人参与的事情，那么这个事情就至少有几百个变数。火焰只能用自己的执著和意志来应对，他目前的办法就是讲故事，用传奇故事打动竞拍者，他早就编好了几个自认为动人的故事。

火焰抬起头，又很有信心地讲起来："女士们、先生们，请再允许我讲一个故事，这台车真是我的心头肉啊，它曾经救过我的命……"

关红锦急了，亲自喊："火焰书记，给大家讲讲吧，一定是一个传奇故事。"

火焰继续讲故事："那次我去省里办事儿，十万火急。司机小于开得快，160迈，刚走进一个山口，突然从山上滚下来一块办公桌那么大的大石头，'轰隆'一声落在我们前面不到一百米的地方。小于同志的反应真叫一个快，一脚就把刹车踩死了，就听着这台车'吱'地一声……你们猜，160迈的速度，不足一百米距离，能刹住吗？"

不光众人听得入神，就连于小全也听傻了。昨天，火焰书记是向于小全提过这个问题，包括大雪天拽车的问题，当时于小全的回答是：拽车可以，位置站好了，时间充裕，还是有可能的。但是，160迈的速度，在100米之内把车刹住，可是悬！这得有三个先决条件，一是司机反应极快；二是路面条件极佳；三是刹车性能极好，三者都在最佳状态了，才有可能刹住这台"彪（方言，借飚音，指狂暴猛烈的意思）"车，反正是悬。火焰书记问：你能不能做到？于小全回答说：这个也不能做实验啊，我不敢说。火焰书记又追问：我就问你，理论上可以不可以吧？于小全说：可以，不过真要是遇到这种情况也不好说。于小全以为火焰书记就是随便了解一下，谁想他竟然真把"急刹车"编进故事里来了。于小全想：悬，不是这场"事故"悬，是这个"故事"悬，明白人真不会相信。

火焰嗓子发干，岔音了，喝了一口水，接着说：“我下车一看，离那块大石头只有一巴掌那么远。把小于吓傻了，等缓过神来，他又乐了，拿出两瓶矿泉水要和我干杯。”

台上，火焰双手捋着头发说：“太惊险了！”

台下，关红锦听傻了，忘了带头鼓掌了，鼓乐也没响起。

关久长反应过来了，说：“这车，刹车性能就是好！”说完，带头鼓掌。

关红锦也反应过来，连忙喊：“这车，性能真好！”

干部们使劲鼓掌，掌声一片，学生们使劲敲鼓，鼓乐声铿锵。

关久长不失时机地大声说：“这是一台火焰书记十分爱惜的车，是东江老百姓认识并喜欢的车，是东江交警倍加关照的车。”

火焰微笑着说：“女士们，先生们，这是一台吉祥的车，和谐的车，会给你带来好福好运的车，还有出价的没有？”说到这儿，他又抠脑门儿。

台下，关红锦给一名干部使眼色，那名干部聪明，用适当的语气语音发出感慨：“东江1号，仅此一台，能坐上这台车多好啊，享受县委书记的礼遇，可惜我就是没钱……”

忽然，2号竞拍人站起来，止住那名干部的话：“等等，请让我说两句。”他又对台上说，“火焰书记，关县长，你们别忙活了，台下也不用配合了，我们看着心疼。我有句实话要说。”

“阴谋”被人戳穿，火焰很尴尬，说：“你，请讲吧。”

2号竞拍人说：“你坐这台车，用的是1号牌照，我们买了，就要换成普通牌照，就成了普通车，怎么能沾到你的福气，能不能连牌照一起卖？”

火焰突然意识到——巨大的商机来了！这是他事先没有想到的。于是，他又兴奋起来，说：“带上牌照你加价多少？”

2号竞拍人说：“10万。”

台下又一次哗然。

火焰听了这个数字，非常震惊，但他却笑着摇头。其实，火焰根本不知道这个1号牌应该值多少钱，如果早意识到，他可以上网查一查，肯定有这类的先例和报道，但现在他只能凭感觉、判断和胆量要价了，想到这儿，火焰说："不行，我的堂堂1号牌照就值10万？起码20万。"

2号竞拍人一笑，不假思索地说："钱不是问题，你知道，来你拍卖会的人图的不是这几台旧车。火焰书记，你要是真卖，我就加20万。"

这时候，捋头发、抠脑门儿都没用了，也不能再捋头发、抠脑门儿了，再整这套就好笑了。虽然没人暗示，没人领头，但礼堂内却响起经久不息的掌声，鼓乐也跟着响起。

火焰激动了，脸都红了，大声喊到："好，本拍卖师郑重宣布……"

就在这时，关久长一步跨上去，抓住火焰的胳膊。

火焰愣了，说："老关，你干什么？"

关久长没搭理火焰，冲台下大声宣布："本助理拍卖师宣布，休会5分钟。"宣布完毕，不由分说，拉着火焰就往后台走。

见此情景，全场哗然，音响师很有经验，立刻播放《和谐中国》，音乐掩盖了会场的纷纷议论。

在"贡献者"席位上就座的领导们感到不妙，张万发豁然站起来说："不好，快去劝他。"

曲云山、邱东亚都赶忙起身，跟着张万发快步走到幕后，把火焰团团围住。

关久长瞥了一眼舞台，小声提醒火焰："火焰书记，排练的时候可没有卖牌照这一场，你整过头了，怎么能连牌照一块儿卖呢？"

张万发压低声音相劝："火焰书记，我们真佩服你，这个价格已经很令人惊喜了，可以了！"

曲云山也悄声相求："火焰书记，多少是多？收手吧。"

邱东亚提醒说："100号以内是党政机关专用的牌照，从来都是这样。"

张万发赶紧补充："没了小号，不方便的地方多了，就说出门办事儿，到省、市大机关没有小号你都进不了大门。"

关久长又瞥了一眼舞台，小声恳求："听听各位领导的意见吧，尤其是1号车，那是东江县的核心号码！"

火焰摸出中华烟，抽出一支，闻了闻，点上，美美地抽了一口，不以为然地说："1号就是核心，谁说的？哪个文件规定的？"

张万发说："全国各市县都这样，你不是不知道啊，火焰书记！"

曲云山说："县委书记亲自做拍卖师卖公务车，连1号牌照都卖了，这很可能是国内首例，也是史无前例啊，传出去人家以为我们穷疯了。"

邱东亚很担忧地说："会造成混乱的，你想想啊，火焰书记，一个老百姓或者一个商人开着1号车招摇过市……不可想象啊！"

关久长也很有顾虑地说："一个有素质的人买了还好，一旦落入不法之徒手里，出乱子怎么办？"

火焰用夹着烟的手指着关久长说："越说越离谱了，就是开1号车违法犯罪了又能怎么样？我看还好抓了，小号，老百姓记得还准！"

关久长被噎了一下，赶紧加以辩解："你生活在真空里吧？老百姓第一反应是你出事儿了。"

火焰看着几个同僚，不屑地一笑，说："一个号码有这么重要嘛？算一算，一个号码卖20万，咱这是60台车，得卖多少？放着成千上百万不要，你们要一个号码，脑袋进水了吧？"

关久长有点犹豫了，说："你说得对，但是，火焰书记，咱们是不是冷静下来再想一想？"

火焰大声回答："想什么？想有别于群众是不是？想搞特权是不是？我问你，本次拍卖会是你助理拍卖师说了算，还是我这拍卖师说了算？"

关久长再次瞥了一眼舞台，压着声音恳求："祖宗，小声点儿。"

张万发忽然举起手臂，振振有词："好了，咱们别争了，我提议，是否开个常委会讨论一下？"

火焰看着这几个东江政界的“大员”，生气了，一个个圆脑袋、长脑袋、胖脑袋、瘦脑袋、葫芦脑袋，都是进了水的脑袋，都得了“脑淤水”的重症。火焰知道，他们车上都有两套牌子，一个是小号，一个是普通号，关久长还有一个军号，于小全说1号车里也有一个军牌，但火焰一次没用。一个领导为什么要这么多车牌号？小号，显示了“大员”的特权，满足了“大员”的虚荣；普通号则是“大员”的遮羞布；军号则是“大员”的横行“符”，其实都是假牌。领导的车号都不是真的，那可不可以说：领导也不真实呢？

县一级的领导车牌号大体上是四个班子一起排，4个号是铁打的，就是1号县委书记，2号县人大主任，3号县政府县长，4号县政协主席，其他领导是县委常委在前，人大、政府、政协领导依次往下排。因为领导干部流动的缘故，所以排位经常变化。比如副县长谭明相，原来是县委常委、宣传部长，后来到政府作了副县长，但不是县常委了，所以排位就靠后，从10号落到16号。所以，关红锦就得把前任副县长使用过的18号车牌换成16号。新上来的这个宣传部长景华是从外县交流过来的，资格较老，常委排名靠前，他的车就是7号。组织部长王剑，他是新提拔的，县常委里排名最后，所以用了10号。18号给了一个新提拔的副县长齐达山。一个县级以上的城市，30号以内，甚至百号以内的车牌号都控制在政府手里，而且都是不落“死”的，便于灵活调整。所以，中国公路上就跑着这么一群小号车，假牌车。

还有什么人用假车假牌？是作案分子吧？

火焰把烟头递给关红锦处理，然后说：“一个车牌号，说到底是交警大队的事儿，开什么常委会，不怕老百姓笑话吗？拍卖场上，拍卖师说了算！一切责任与后果由我承担！”说完，他毅然转身，撂下他们4个人，走向拍卖台。

看着火焰的背影，4个人干瞪眼。

张万发瞪着关久长，说风凉话儿：“助理拍卖师先生，上台去吧，最好把司机也一块儿卖了。”

曲云山也没好气儿地说：“对，卖了，还能省了一份儿工资。”

关久长哭笑不得地说："怎么冲我来了。"说完，也撂下他们3个人，向拍卖台走去。

为老百姓做事的感觉真好

火焰回到台上，站到拍卖台前，先是和悦地向着台下笑了一会儿，然后说："对不起，耽误了大家一点时间。下边继续竞拍。举2号牌的那位先生，号牌可以跟车一起卖，你出价吧。"

2号竞拍人毫不犹豫地举起牌子："70万！"

这会儿，没有示意，鼓乐声、掌声响成一片，台下，欢腾起来。

听到这个数字，火焰非常兴奋，但表面上却装得很稳重地说："70万，还有出价的没有？"

火焰又忍不住使用了那套小伎俩，抠了一下脑门儿，而关红锦正处在兴奋中，忽视了火焰，却像追逐明星一样望着2号先生，火焰无奈地看着关红锦。关久长也在发呆，呆呆地盯着"黑N90001"号车牌。

在这个局面下，火焰只好举起木槌儿，说："女士们，先生们，买了这台车，你就是和火焰坐过一台车的朋友了！70万一次……70万两次……"

这时，又有一个牌子举起："80万！"

全场又一次沸腾了。

听到这个数字，火焰终于满足了，这才是他的理想的价位。于是，按捺不住了，露出小富即安的喜色道："好，这位先生出80万了，80万一次，80万两次……"

突然，26号女士再次举起了牌子："100万。"

关久长惊叫起来说："26号，100万！是100万吗？"

26号放下牌子，笑着说："110万。"

关久长又惊叫起来，大声重复了一遍："110万！"

全场惊叫起来，很多人站了起来。

这个价位大大超出了火焰的预想，这种惊喜让火焰热泪盈眶，引发了他的“小市民”心理，他想：我的妈呀，能卖这么多，赶紧落锤吧，别给她反悔的时间。于是，他抑制着自己的情绪，庄重地大声宣布：“26号女士出价110万。110万一次，110万两次，110万三次，成交！”

木槌“当”的一声重重落下，敲定乾坤了，教书匠欣喜若狂了，险些扔了木槌。他想：我又赢了，用小“啪唧（象声词，东北儿童自制玩具，纸叠，放在地上对拍，把对方打翻，即赢）”打赢了大“啪唧”，得赶紧把大“啪唧”捡起来，揣进怀里，系上扣子，这样才踏实。于是，他叫道：“戴花、收款、交割！”

这时，没有示意，全场起立，鼓乐声、掌声响成一片。礼仪小姐给26号女士戴大红花，女士却推开大红花，向着舞台走去。

26号女士走上舞台，紧紧握住火焰的手，说：“火焰书记，我想说几句话，可以吗？”

火焰感激地看着26号女士，说：“请讲。”

26号女士握住话筒，动情地说：“朋友们，我想，在场的人都能看出来，这是一台旧车，价值不会超过30万，一个县级的1号牌，最多也超不过10万，加一起顶多40万。那么，我为什么要拿出110万买这台吃亏的车呢？”说到这儿，女士动容了，“我是被火焰书记感动了！他一个堂堂的县委书记，绞尽脑汁，用尽办法，满头大汗，声嘶力竭，想把自已的车卖个高价。他这是为什么？我想大家都看得出来，他是为了全县的老百姓！能帮助这样的好书记，吃再大的亏，我心甘情愿！火焰书记，请让我以一个老百姓的身份，给你鞠个躬！”

26号女士向火焰深鞠一礼。火焰受宠若惊，深还一礼。

这时，掌声响起，经久不息！

火焰不好意思了，低下头。这时候的他更激动了，心里有了一句话，很想跟干部们交流：为老百姓做事的感觉真好！

这时，很多干部被这个场面感染了，他们没有想到虎了巴叽（东北方言，意为蛮干，不考虑后果）地整，得了巴瑟（东北方言，同“得瑟”的意思相同）地弄，会整出这么好的效果，会弄出这么感人的场面。他们的心里也有一句话，很想跟别人交流：火焰有如神助一般，又一次走出了他给自己设置的原本走不出去的困境，爬出了他给自己挖掘的原本爬不出来的陷阱。

当然了，不是所有的公务车都按着火焰那个如意算盘，跟着他的1号车飚涨，但仍有30台车超越了梦想，11台车达到预期，8台车保住了底线，另有11台车砸在了手里，这已经很惊喜了，拍得资金1236万元。

自己还不如车值钱

剩下的11台车落到县政府办公室，成为全县公务机动用车，各部门单位用车可以申请。火焰责成县政府成立公务车调配中心，拿出公务车使用办法和费用核算规范，力争于年底前摸索出一套切实可行的公务车改革方案。

拍卖会后，火焰跟干部们讲："同志们，这次借车给县政府，很令老百姓感动，拍卖的效果也很好，很令人鼓舞。我看，已经到这个节骨眼儿上了，不如借此机会尝试一下'车改'。我们的'车改'不是把车改掉，改得没车坐，而是要把车改好。我保证，今后我们的普遍使用公务车条件一定会比以往要好。如果我们的经济条件好了，县政府要搞一个标准化、规范化公务车调配中心，有日常公务用车，有上省市办事用车，有来宾接待用车，有上山下乡用车。车辆管理调配一定要有规矩，办什么事儿要什么车，干什么工作配什么车，必须保证，公事有公车。所有单位的副手及普通业务干部用车要比过去方便了，唯一觉得不方便的人就是一把手们，他们没有专车了。公务车怎么调配？无论领导干部还是普通干部，如果有要务，只需添一张《请车单》，就可以坐上你过去坐不上的公务车。这样好啊，最起码堵住了公车私用，也杜绝了参加行业会议一个领导带一台车的浪费现象，也杜绝了开一天会游一个星期山水的违纪现象。不瞒大家说，我就看不上有些一把手，把公务车当成专用车，谁给你把公务车据为己有的权利？你屁股底下冒烟，让同志们脚后跟冒烟，怎么忍心你（东北人特有语法）？人品有问题你！我这么说，可能有的一把手不服，心里说，我也没说是我专用的呀，也没说不让别人坐车呀，他们不坐能怨我吗？如果哪个一把手真这么想了，那就是不要脸了。你为什么不想想，你自己上下班坐，老婆孩子节假日坐，恨不得长在车上，谁还敢和你提用车？那不成争车坐了吗？虽然你没说这是你的专用车，但是，事实上已经是了！”

听了火焰书记这个讲话，领导干部们生气了，气不打一处来，这不是骗人吗？这不是忽悠人吗？原来说是借车，说的动心动肺的，感天动地的，可现在呢，却成了收车，而且还翻脸了，要搞“车改”。这不是失信于干部吗？他就不怕得罪干部们吗？就不怕干部们闹情绪吗？就不怕上级来考核班子时，画你个不称职的票吗？

火焰又讲：“有的干部可能会说，你火焰书记当初说是借车呀，没说是收车，这也太不讲信用了。我跟同志们讲啊，你们的大度，你们的付出，你们的奉献不会白费，党组织会给同志们记着这份功劳，东江60万人民群众会为你们叫好，这就是党组织和人民群众给予的最高的报酬和最高的奖赏！我们还要什么？”

会场鸦雀无声，干部们想，这是狡辩，这是蒙蔽。火焰可能没有意识到，他把他的1号车卖了，是有意识的；但是，他又把他自己给卖了，这却是无意识的。等他意识到的时候，他就会知道，原来自己还不如车值钱。

第十一章

火焰书记呀，守着女厕门口，不大合适吧

啰嗦的自行车

关红锦发起牢骚来："关县长，哪是我啰嗦，是这辆车子啰嗦，需要修理。"

特殊材料制成的

3个人不约而同地去看火焰越来越小的背影，不约而同地想，这个人确实与众不同，突出的个性，异常的习惯，像是"特殊材料制成的"。

此事万万不可外传

最后，邱东亚嘱咐崔主席和两位女交警，此事万万不可外传，传出去，追究责任。

东江县委、县政府有一半以上的领导干部是那丹市派来的，据说党组织有规定，县级党组织里，书记、县长、纪检委书记、组织部长不能是本地人，这就是4个人，再加上1个副书记和3个副县长，总共7个领导是那丹人，家跟着搬来的只有组织部长王剑一个，剩下的6个人都住在县宾馆。火焰住在201房间，关久长住在202房间，都是套间。

这天早晨，关久长从202走出来，敲201的门，“火焰书记。”

房间里半天没有回应，这时，窗外传来链条“哗，哗”声响，还有关红锦和火焰的对话。

关红锦啰里啰嗦：“火焰书记，我把能擦的地方都擦了一遍，擦也擦不亮了；该紧的螺丝都紧了一遍，有的紧也紧不住了；该上油的地方都上了一遍油，上油了也不一定就滑溜了。”

火焰说：“你这个关红锦，啰啰嗦嗦的，就是嫌我的车子破是不是？”

关红锦说：“就是破吗，给你换一辆你不让。我不啰嗦了，你试试！”

关久长听到自行车牙盘“哗哗啦啦”地响了一会儿，肯定是火焰骑了一圈。

火焰说：“矮了一点儿，再起高两公分。”

又是一阵工具的叮当碰撞声响。

关红锦说：“就是这儿，紧不住了，再紧你骑一会儿也得落下来，换一辆吧，我从哪儿都能给你省出来一辆自行车钱。”

关久长一边听着对话，一边走出宾馆大门，看见关红锦正在为火焰修理旧自行车，就对关红锦说：“关红锦，你又啰嗦火焰书记了？”

关红锦发起牢骚来：“关县长，哪是我啰嗦，是这辆车子啰嗦，需要修理。”

关久长看着旧车，边琢磨边问火焰：“火焰书记，你这是干什么？”

火焰说：“老关，你那个副县长王永远到右河煤矿有20天了，一直没把收购煤矿的事儿谈下来。今天有空儿，我去看看。”

关久长赶紧说：“这我知道，确实遇到了一些麻烦。我去吧，我比你熟悉这个煤矿。”

火焰挡住他的话头说：“好好抓你的‘基地’建设，这件事麻烦，我来处理。”

关久长指着旧自行车问：“骑车去？”

火焰点头：“对呀。”

关久长说：“那可是80里路啊，知道吗？要不，把武装部借我的这台车开走吧。”

县宾馆的停车场内确实停着一台军用越野车。

火焰看了一眼军车，觉得关久长还是放不下官架子，于是拿话敲打关久长：“还是县太爷自己享用吧。我跟你讲，骑车有好处，山路土路、田间地头、犄角旮旯，哪儿都能走，想见谁见谁，逍遥自在。”

关久长还是看着旧自行车：“哪来的？”

火焰说：“我的呀，叫人从那丹给捎过来的，骑了13年了。”

这时候，远处响起了车铃声，吸引了几个人向院子外望去。

很快，邱东亚喜气洋洋地骑着一辆新车拐了进来，大嗓门儿嚷着：“火焰书记，今天下乡我陪你。”

关久长很惊讶问：“邱书记也骑车？”

火焰也感到很意外，问：“东亚，我不是让你在家守摊子嘛。”

邱东亚边下车边说：“那不行，你刚来不久，还不熟悉山路。这一路荒山野岭的，走丢了我还得找你。”

火焰笑着点头说：“我知道，东亚是东江的活地图。”

邱东亚说：“活地图不敢说，东江100个行政村，我都去过，17个煤矿，我走过一大半儿。”

这时，关红锦已经紧好了那个螺丝，他看看邱东亚的新车，拍着火焰的旧车说：“火焰书记，你再试试。”

火焰上车，在院子里骑了一圈，乐了，说：“正好。”

两位书记骑自行车了，这不仅让关久长感到无奈，也使于小全非常郁闷。于小全一直给关红锦打下手，修这辆破自行车，不敢插嘴，到了火焰就要出发的时候，终于忍不住问："火焰书记，你骑自行车了，我干啥呀？"火焰一愣，说："就是啊，车没了，司机干啥？关红锦，党校有学习班吗？"关红锦说："有一个经济管理学习班。"火焰一拍于小全的肩膀说："送他去学习。"于小全一听就不干了，往外挪着步子说："我不去，我一个小司机学什么习，不去。"说着，跑到一边，不敢靠近火焰。几个人看着于小全，都笑。关久长说："多好的机会你不要，你能开一辈子车吗？"

火焰熟练地骑上自行车说："老关，我们走了。日常工作你多操心啊，没大事儿别烦我。"

邱东亚也骑上车，跟上了火焰。

特殊材料制成的

关久长望着两个骑车的背影说："我可不跟这个祖宗学，开车多过瘾。关红锦，于小全，都跟上我，咱们走。"

关久长把车钥匙扔给于小全，于小全接住钥匙，乐了，殷勤地给关久长开车门。3个人都上了车，越野车加着油，"嗡"地蹿出去。

关久长说："于小全，你就跟着关红锦吧，帮他管管那十几台公务车。权力也不小，全县就这11个'铁疙瘩'了。"

于小全高兴地说："这还差不多。"

关红锦还是不放心火焰，说："关县长，你还是劝劝火焰书记吧，骑车不要紧，换辆新的吧。"

关久长说："你心细，会照顾领导，值得表扬，但是，你也不想想，火焰书记到东江快一年了，你见他穿的、用的哪一件是新的？"

3个人不约而同地去看火焰越来越小的背影，不约而同地想，这个人确实与众不同，突出的个性，异常的习惯，像是"特殊材料制成的"。

"特殊材料制成的"，这是20世纪那个革命年代里的一句描述，这句话放在今天说，不完全是赞扬的意思，其字里行间流露出一种不解，或者不屑，或者无奈，甚至是嘲笑。火焰不讲究穿衣，穿着常常不合季节，胸前常有吃饭落下的一两点油渍，衣襟或裤腿常有抽烟烧破的小洞。他拿包也不挑剔，常常用党代会或者人大和政协会议的文件包。在东江，火焰没安家，住在县宾馆，吃饭住宿本是政府负担，领导异地工作，食宿政府买单，全国都是这样。但是，火焰却瞪着眼睛硬要付账，宾馆又不敢不收，收了不敢入账，报给关红锦。关红锦犯难，县委书记交了住宿和伙食费，其他领导怎么办？报给关久长，关久长也挠头，想来想去，觉得可以由他“胡来”，但不能由着他破坏“纪律”，更不能让他带坏了“风气”，破坏了“和谐”。于是，关久长就告诉关红锦，别惹他，他交你就收，收了给他存上，将来他有个大事小情一块儿还给他。他喜欢抽烟，但抽的是两块钱一盒的“大前门”，这不免让人费解，一个县委书记，工资三千多块，就算不收礼，自己买烟抽，抽不起10块钱的烟吗？这个标准不高，也就工薪阶层的水平。还有，他不吃请，每回和部下吃饭都不让部下付账，部下当然也不敢让他掏钱。所以，形成了一个惯例，和火焰书记在一起吃饭须AA制。他吃饭，太随便了，一碗面条，一小碟咸菜足矣，或者一盘炒土豆丝，或者西红柿炒鸡蛋，或者尖椒炒肉，或者炖豆腐，或者炒豆芽，反正就是一碗粗饭就着一盘淡菜。吃饱了打响嗝，“嘎嘎”的，如入无人之境。他愿意席地而坐，顶多铺张报纸。坐下来以后，他愿意就地划棋盘下五子棋，随便捡拾块什么东西，能分成两色的就行，和随便什么人极其认真地下三盘，下完了必定请人吃面条。他还习惯捡烟头抽，当然是自己的烟头。抽烟的时候如果遇到了事情，他便把烟掐了，放在烟缸里，或者窗台边，或者花盆沿儿上，办完事儿回来，第一件事儿准是奔他的半截烟，捡起来继续抽。也真让人服气，这么大一个县委书记，脑袋里装着这么多事情，竟然还能记住花盆里还有他没抽完的半截烟，还有这样的县委书记吗？不用调查，很好回答，县委书记这个位置是一个稀缺型资源岗位，守着这么优厚的资源不搞开发的“傻瓜”不大可能有第二个了。他如此节俭，如此随便，如此不雅，实在是让人费解，让人不适，让人忍俊不禁，让人听了不敢相信，看了又难以相信。他为什么要这样？因为他是教授，有怪僻？因为他是农村长大的，不讲究？都解释不通。想来想去，绕来绕去，还是觉得那句话最合适，他是“特殊材料制成的”，而且是先天的，不是后天打造的，这样的人，谁都拿他没办法。

也就是火焰这样的人，才能把60台旧车卖出49台，能卖出1236万元。回头想想，其方法简单得不能再简单，就是自己的东西自己卖。这个方法好处在于，领导干部和农贸市场的农民一样了，吆喝着卖自己的一匹马或一头驴，这样很能招得人们的敬佩、同情和支持。正像那位2号竞拍人说的：来你拍卖会的人图的不是这几台旧车。也像26号竞拍人说的：火焰书记是为了全县的老百姓！能帮助这样的好书记，吃再大的亏我心甘情愿。其实，火焰就是抓住了投资者的这个心理，这证明火焰书记是大智慧之人，洞察人的心理非常到位，把握他人的意识和行为非常准确，并借用了美国国务卿希拉里的“巧实力”外交策略，软硬实力融合在一起，赢得了竞拍人的心。

60个领导干部把车“借”给火焰了，但他们绝对不是没车坐了，他们会调下属单位的车或关系单位的车，一样跑。

关久长嘀咕了一句：“如今，只有这个祖宗才会骑车下乡。”

此事万万不可外传

今天，阳光明媚，空气清新，微风轻拂，杨柳飘荡。总之，天气挺好，温度也不错，风光旖旎，景色宜人。因此，火焰和邱东亚的心情比较爽朗，斗志比较昂扬。

解放大街上，火焰和邱东亚悠闲自在地骑着车，边骑边看县城景色。正当邱东亚为县城这一年来的变化大发感慨的时候，火焰突然指着左边大喊了一声：“哎，翻栏杆的那位女同志，下来！”这突如其来的喊声把邱东亚吓了一跳，险些把自行车拐到马路牙子上。顺火焰手指的方向望去，看见一位中年妇女正在翻越马路中间的护栏，人很胖，动作很笨拙，护栏两侧车辆来往如梭，此举无疑很危险。妇女听到喊声，回头白了火焰一眼，继续笨拙地翻越，笨拙地落地，险些摔了跟头，然后大大咧咧地走过马路，惹得车辆纷纷刹车、避让。火焰生气了，将自行车往路边大树上一靠，大步追过去。中年妇女见有人追来，也慌了，撒腿就跑。火焰见女人跑了，抬腿就追。

邱东亚第一反应是跟上去，但是迈出一步，又停住了。邱东亚想：一个妇女，翻了一次栏杆，能有多大罪过？至于追赶吗？就是抓到了又能把她怎么样？把人吓哭了，整急了，哭爹喊娘的，骂爹啐娘的，你还得哄她，光天化日的，大庭广众的，多不好看！再过来一大堆围观群众，咋解释？解释得清吗？如果换作别人，心没这么狠，一个妇女，跑就跑了，可是这个“倒霉”的妇女遇到的偏偏是火焰，这个权力最大的人，这个说一不二的人，这个不舍不弃的人，这个一根筋认死理的人，这个一条道跑到黑的人。这样的人做事，必定要把事情做绝，必定要抓住这个违反交通规则的现行，而且还要把事情弄人，弄得当事人心烦、心痛、心软，直到心服，弄得全社会都知道此事，直到弄得和这个妇女一样翻栅栏的人也不敢翻了为止。也算这个妇女走背点儿，就像大家都喝一口锅里的粥，就她这碗里有一粒沙子，硌掉了她的槽牙。也就是说，这位妇女翻栏杆的地点选得不好，时间赶得也不对，碰上了火焰。所以，她注定逃不过这次“劫难”了，注定推不掉这个“典型”了。邱东亚的脑袋飞快地转着，想自己该怎么办。

追赶一位妇女虽然是火焰的行为，但却让邱东亚脸红了。这个脸怎么能不红？是男人都得脸红，和一个女人不依不饶，是男人做的事儿吗？不像话，太不像话。如果我邱东亚再追上去，那就是两个县委书记追赶一个妇女，那就更不像话了，传出去太不好听了。如果，两个书记追的是“敌人”，撵的是“逃犯”，那是英雄书记，可是他们撵的却是一个柔弱女人，这不成了“流氓书记”了吗？然而，苦就苦在邱东亚必须配合火焰抓这个“逃犯”，不配合不行，理由有二：一是一把手上去了，二把手跟不上，显得不团结；二是如果火焰因为他没跟上而翻脸，自己还真不好解释。政治就是这样，跟上一个一把手，未必就配合这个一把手，未必就和这个一把手合得来，但你必须装作服从这个一把手，必须逼着自己的思路、想法甚至做法跟这个一把手保持一致，而且还要在生活习惯上向这个一把手不断靠近，这叫围绕，这叫团结，这叫和谐，这叫向心力。一个班子是一荣俱荣，还是一损俱损，就取决于是否“跟随”了，是否“靠近”了。所以说，“跟随”和“靠近”是班子成员有政治素养的表现，所以说，作为素有政治素养的邱东亚来说，必须跟上，不能考虑是否合适、妥当、正确。因此，今天，在东江县城的解放大街上，必定要上演一出两男追一女的“闹剧”，情景是这样的：妇女在前面“妈呀妈呀”地跑，火焰在后面“呼哧呼哧”地追，邱东亚在一旁“吭哧吭哧”地围堵。这个情景编都很难编出来，这就是“火焰时代”的特有情景，可以肯定，这情景前无古人、后无来者。邱东亚想，这个千古一遇的情景偏偏让他邱东亚赶上了。因此，自己也就成了千古的一个倒霉蛋。

邱东亚终于做出了决定，用自己的链锁锁上两辆车子，然后迈出了步子，红着脸从一侧“包抄”过去。妇女气喘吁吁，边跑边回头，见火焰穷追不舍，见有人包抄，情急之下忽然一转，钻进一所女厕。

火焰真做得出来，真就在女厕门口守候上了。邱东亚真是觉得砢碜死了，佯装解手，钻进男厕。但是，他不能总呆在厕所里呀，一是厕所这个味道让他受不了，二是他觉得不能也跟妇女一样躲事儿，躲也躲不过。他在厕所里给交警大队打了一个电话，让他们派女警来处理。好一会儿工夫儿，邱东亚实在坚持不住，从男厕走了出来，见火焰仍然理直气壮地守在女厕门口。有几个行人已经注意到了火焰，有几个进出厕所的妇女也盯着火焰，议论着。邱东亚尴尬的要死，好像自己没穿衣服，好像自己是光着腚从厕所里出来的。邱东亚忍了又忍，终于忍不住了，踅摸过去说：“火焰书记，算了吧。”

火焰仍在火头上，冲着女厕大声说：“算了？交通秩序不好，都是一次次‘算了’造成的。”

等了好久，妇女就是不出来。

邱东亚实在不想让他的县委书记成为别人的谈资和笑柄，苦苦相劝：“火焰书记呀，你看，你我守着女厕门口，不大合适吧？”

火焰想了一下，终于意识到守在女厕门口确实不合适。但是，他有办法，他打电话把妇联崔主席叫到了现场，命令崔主席进入女厕“请”人。

终于，中年妇女被崔主席“请”出了女厕，但她仍然不服，一挺胸，一跺脚，说：“你要干什么？不就是翻一次护栏吗，没事儿找事儿啊？”

这时的火焰不急不恼，很和蔼地讲道：“这位女同志，请你息怒，我这样做是为了你和他人的安全着想。”

中年妇女自知理亏，口气软了下来：“你是好人，行了吧？谢谢你！行了吧？”说完，转身要走。

火焰拦住妇女说：“对不起，女同志，为了让你加深印象，并以此警示他人，还得请您再翻回去。”

中年妇女感到好笑，嘲笑火焰说：“我好不容易翻过来，再翻回去，是我有病，还是你有病？”

火焰不吭声，做了一个请的手势。

妇女看着一派正气的火焰，又看到一男一女两个“帮凶”对火焰毕恭毕敬的样子，有些气馁道：“可以问一句吗？你是干什么的？”

火焰掏出工作证，递给中年妇女。

中年妇女拿过工作证，仔细比照火焰，低声叨咕：“你就是县委书记？！”

火焰说：“是，我叫火焰。”

邱东亚脸红了，下意识地捂了一下脸，像是牙疼。

中年妇女软了，不知所措了，说：“真是火焰书记，我知道，你说到哪儿做到哪儿。我认错了，还不行吗？这就翻回去，还不行吗？”

这时，女厕门口聚集了很多人。

这时，女交警来了，两位，向火焰和邱东亚敬礼。

火焰说：“你们来得正好，去指挥来往车辆，暂停一下。这位女同志翻了栏杆，已经认识到错了，要以再翻回去的方式认错，警示别人。”

女交警听明白了，但是不明白该不该说，再翻回去就是错上加错。最终，女交警采取沉默，并且按着火焰的要求上路指挥来往车辆暂停。

火焰领着妇女走向大街，邱东亚和崔主席在后面跟着，后面还跟着很多群众。解放大街上，两位女交警打开中间的隔离带，分别站立在道路两边指挥，两面的车辆都在女交警的指挥下停了下来。火焰带着这支队伍浩浩荡荡地来到道路中间，隆重地举行了交通违章处罚“仪式”，自己在这边守着，又叫邱东亚到那边护着，然后对妇女说：“请吧。”

中年妇女低下头，认认真真地翻了回去，翻过以后，她没走，低头站在护栏那边，好一会儿，忽然抬起头，大声说：“火焰书记，难为你这份心。”说完，站直身体，整理好衣服，向火焰深深鞠了一个躬，然后转身快步走进人行道，消失在人群里。

火焰欣慰地笑了。

邱东亚跟着笑了，但笑得很难堪，妇联崔主席也跟着笑了，但笑得很尴尬。两个人对望一眼，心照不宣。两个人都不理解火焰的做法，这是一件普遍的不能再普遍的小违章，正管是交警或城管，你县委书记亲自处理合适吗？对于一名妇女来说，犯了一次小违章，用得着这么步步紧逼吗？有很多办法可以纠正错误、教育妇女，为什么非要选择这么直接、这么简单、这么笨拙、这么尴尬的而且是错误的方式呢？虽然效果不错，妇女认识到了错误，而且还鞠了躬，但这个做法绝对不易推广，更不宜宣扬。

最后，邱东亚嘱咐崔主席和两位女交警，此事万万不可外传，传出去，追究责任。

第十二章

你看那个山坡，映山红开了

买1号车的26号女同志

火焰觉得这女人面熟，觉得这车也面熟，仔细一看，原来是1号车，那这个女人不就是26号竞拍人吗？他脱口而出：“你是那位26号女同志，是吧？”

我叫你栽活了吗

张大贵壮着胆子说：“这时候，啥花儿都开了，栽不活了。”刘红骏大发雷霆道：“我叫你栽活了吗？”张大贵赶紧说：“明白了，我这就派人去找。

热饭碰上冷脸子

刘红骏饭都做好了，站都不站一下，我都下车子了，你还不理不睬，你这是给了我们一个不屑，一个尴尬，一个难堪，知道吗？我们这是热饭碰上冷脸子了，热脸贴上冷屁股了。什么人这是！

你们不是来吃饭的

于德厚师傅也不示弱，用勺子敲着餐桌说：“我看你们不是来吃饭的，是来捣乱的。出去，给我出去。”

买1号车的26号女同志

一条山路眷恋在山峦中间，火焰和邱东亚骑着自行车缠绵在这条山路上，一会儿爬坡，一会儿下岭，虽然一身大汗，但是心情十分舒畅。他们看到了茂密的森林，婆娑的树影，弯弯的右河，涓涓的溪水，看到了奔跑的狍子，嬉水的野鸭，都伴着这条山路。

右河是境内河流，全长120公里，虽然不长，但一路造就了辽阔的湿地，肥沃的良田，它流经一城三乡26个村子，20万人生活在它的流域里。在东江人心里，右河是命根子，在刚踏上这块土地不久的火焰眼里，它是美丽的富有母爱的河流。在文化局主办的东江县2008年新年音乐会上，有一首歌叫《母亲的河》，火焰很欣赏：

阿拉赫赫尼娜
天边有条河
她的名字叫东江
那是母亲的河
母亲的儿呀那丹山
母亲的女儿哟大平原
搭一顶马架子
守在她面前
一年又一年
母亲的怀呀暖又暖
母亲的眼泪哟咸又咸
做一叶兽皮船
舶在她身边
一年又一年

阿拉赫赫尼娜
美丽的东江

你是天边的河、母亲的河

你的千年之水在我心中流淌

你的古老歌谣在我心中荡漾

我的心海啊

随着你澎湃激荡

我的心潮啊

跟着你潮落潮涨

右河就在山路下面，随着山势蜿蜒流淌，坡陡，流儿就窄就急就翻卷着浪花儿；坡缓，流儿就宽就回转就留连荡漾。白桦树和柞树生长在岸上，河柳生长在水里，其实也分不清是水还是岸，有的地方白桦和柞树在水里，而河柳却在岸上。河流没有明显的河床，哪低就往哪儿蔓延，水泽是河流，河流也是水泽，林是水中林，水是林中水。河里，水鸭在觅食，水中搜寻，草里穿梭，林间漫步。穷等（鸬鹚）长长的腿，长长的脖儿，长长的喙，正耐心守望着河水，不时地以迅雷不及掩耳之势捉住一条鱼，又以极优雅的姿态，用长喙把鱼摆顺，头朝下尾朝上，咽下。此刻，穷等的脖颈忽地被鱼撑起，而后，撑起的部位慢慢地向腹中游走。河水里不时走着一簇浪花儿，许是水耗子（麝鼠）在追逐鱼群，瞬间又消失在水泽中。偶有裸露的泥滩落了一片蓝色的蝴蝶，悠闲地张合着翅膀，它们把卷曲的喙管伸直，摄取泥土中的矿物质。午后的斜阳穿过树梢，把缕缕阳光撒到水面上，水便像有了碎金子一样耀眼。秋季的山林色彩斑斓，以褐红淡黄为主色，色调映在水里，被水流儿调和，河流便红了，像一条彩带，飘动在东江的山峦之间，原野之上。

邱东亚说：“火焰书记，骑车下乡还真是不错，没有前呼后拥，自由自在。”

火焰说：“拉倒吧，有车坐谁骑自行车？”

邱东亚说：“真的，多好啊，景色好，空气好，阳光好，心情也好，还能看到坐车看不到的情况。”

火焰说：“假话，县领导骑自行车，心情能好吗？再说，县领导连车都坐不起了，叫人笑话。怨咱们东江县穷，怨咱们干的事太大，也怨我这个县委书记无能。”

邱东亚说：“利用一切可利用资源谋发展、搞建设，很正常嘛。”

火焰说：“等绿色食品加工基地建好，咱县的财政缓过劲儿来，一定给你们配备好车，上山下乡，出门在外，也抖一抖东江风采。累不累？累了就歇一会儿。”

邱东亚喘着粗气说：“还行，20年前就是骑自行车下乡，到冷村，一天打个来回儿。”他望着前方的山，“火焰书记，过了这座山就是右河乡了。”

这时，一台“大地”车从后面驶过来，忽而停在火焰和邱东亚的前边。

从车上下来一个女人，很漂亮，穿着白色的小衫，褐色短裙，雍容华贵，她打招呼道：“火焰书记，邱书记。”

火焰觉得这女人面熟，觉得这车也面熟，仔细一看，原来是1号车，那这个女人不就是26号竞拍人吗？他脱口而出：“你是那位26号女同志，是吧？”

女人笑了，回答道：“我是北琴湖造纸有限公司的丛蓉。”

邱东亚很熟悉这个丛蓉，就垫上一句：“北琴湖造纸有限公司董事长。”

火焰知道这个大名鼎鼎的丛蓉，但是没见过面，这也不奇怪，火焰重视工业，重视经济，但很少和企业家们接触，他抓的是县委工作，一般不插手政府的具体工作。这次和丛蓉的意外见面，让火焰有点儿莫名的紧张，说不太清楚为什么，可能是生理反应，他和漂亮女人说话都有些紧张，还有点儿不好意思，但最多的还是心里一直存放的那一份感激。他说：“丛董事长，你好！谢谢你对东江县的支持，也谢谢你对我本人的支持，你帮了大忙了，公务车拍卖会的火爆和你的贡献分不开。”

丛蓉看着一新一旧两辆自行车，最后目光落到火焰的自行车上，说：“叫我丛蓉吧，好记，上口，也符合我的个性。两位领导，去哪里？”

火焰回答：“到右河煤矿去。”

丛蓉说："那我送你们一程吧。好像自行车可以塞到后备箱里。"

火焰说："谢谢你的好意，就快到了。东亚，不远了是吧？"

邱东亚说："对，过了右河乡，再过一个山头就到了。"

火焰说："丛董事长，你忙你的去吧。有时间到县政府坐坐，给关县长一个机会，好好谢谢你。"

丛蓉直视火焰道："那火焰书记不谢我吗？"

火焰脸红了，说："谢，当然要谢，是吧，东亚。"

邱东亚没有马上回答，他和火焰一样，都面对着丛蓉，他从丛蓉的眼睛里看到了更丰富的内容，这种内容就是一种发自心灵的东西，不好多想什么，也不能多说什么。

丛蓉这个人，邱东亚还是很了解的。她曾经是北琴湖国营农场北琴湖造纸厂销售科的科长，丈夫是副厂长，10年前在造纸业不景气的时候，买下了这个濒临倒闭的造纸厂。后来，北琴湖造纸厂在两口子的辛苦经营下，一天天好起来，但随着它的发展对周边环境的污染也日益加重了，特别是对北琴湖和东江，一个是界湖，一个是界江，如果不加以治理，会引起国际纠纷。所以，东江县环保局一纸罚单开下去就是50万元，并且准备把造纸厂关停两个月，要求上污水处理系统。就是这一段时间，东江社会开始关注这个女董事长，这个女强者了。这个女人从此进入了东江领导层的视野，经常出入政府各职能部门，如履平地。后来，罚款变成了5万元，造纸厂并没有关停，环保局也同意了她的边生产边解决污染问题的计划。前年，造纸厂改称纸业公司了，下设好几个子公司，但污染并没有彻底解决，离造纸厂一公里外都能闻到刺鼻的味道。那时候，赚得盆盈钵满的丛蓉两口子买了一艘游艇，穿梭在湖上江上。在游艇刚买回来的第二天，丛蓉的丈夫邀了他的朋友驾船到北琴湖深处钓鱼，结果意外死在了湖中，据说是被一条大白鱼拽下船的，再没上来。之后，丛蓉就把游艇拉上岸，塞进仓库，再也没开出来。

邱东亚心里是比较清楚的，这个女人肯花110万买1号车，一定是有目的的。他说："火焰书记，丛董事长，你们闲聊着，我先到右河乡跟刘红骏说点事儿。”说着，邱东亚骑车走了。

火焰急了，也蒙了，说：“东亚，你等等啊，我们一起走。”

邱东亚消失在山坡那边了，火焰一直看到邱东亚的脑袋一点点沉到山坡下面，才看了一眼丛蓉，却像被烫着了似的又把目光转开，看1号车，讪讪说道：“用着挺好的？”

丛蓉说：“当然了，进过中南海的车吗。”

火焰尴尬地笑了一下，看车内。车里还是以前的装饰，只是在驾驶座的前后添了一些女性喜欢的小物件。他说：“还是那样哈。”

丛蓉在火焰侧面，盯着火焰的红脸，说：“火焰书记的车保养得很好，装饰又很朴实，很儒雅，我很喜欢，不打算改掉这种装饰风格了。”

火焰说：“还是焕然一新的好。我这次下乡就想随意走走，不带人，不坐车……关久长给我借了一台，还是军用越野车，我没坐。上农村、下矿井，还是骑车好一点儿，你说是吧？你去哪里？”

丛蓉说：“整天泡在厂子里，总是面对白纸，满脑子没有一点色彩，随便走走。”她顺手一指侧面的山坡，“你看那个山坡，映山红开了！”

火焰看过去，确实，淡淡的粉色洒满山坡。

我叫你栽活了吗

这时候，山那边的右河乡党委书记刘红骏，已经得到了火焰书记要经过的消息，正指挥机关干部打扫卫生，准备留火焰书记歇一下脚，吃一顿午饭。

刘红骏朝办公室的张大贵招手喊道：“张大贵，你过来一下。”

张大贵跑过来：“刘书记。”

刘红骏一边琢磨一边说：“中午安排四菜一汤，不求多，但求硬。小鸡炖蘑菇，不要肉鸡，要笨鸡，当年的不行，老的也不行，要第二年的公鸡。排骨炖土豆，要肥肉型的猪排骨，净排，就是挂点儿肥肉的那种。家常炖鲤鱼，要东江鲤鱼，小了不好吃，要3斤以上10斤以下的。小葱炒鸡蛋，到冷村去买野鸡蛋，网棚养的野鸡吃虫子，蛋黄焦黄的。

酒就别准备了，给火焰书记酒喝，找病。备两条好烟，两位书记都会抽烟，叫领导无论走到哪儿都抽咱们的烟。快去整吧。”

张大贵答应了一声，走了。

刘红骏又指着花坛露土的地方问：“那个地方怎么秃了一块儿？”

跑出去的张大贵听到了刘红骏的训斥，赶紧跑回来解释说：“刘书记，春天栽的时候死了两棵苗。”

刘红骏火了，问：“为啥不补苗？”

干部们都一哆嗦，没人敢吭一声。

刘红骏问：“谁家里有？麻溜儿抠两棵来栽上。”

张大贵壮着胆子说：“这时候，啥花儿都开了，栽不活了。”

刘红骏大发雷霆道：“我叫你栽活了吗？”

张大贵赶紧说：“明白了，我这就派人去找。”

刘红骏余怒未消地说：“一年之计在于春，春天吊儿郎当的，这时候就得受累。”说完，溜达到门口，站在大街上，手搭凉棚向一侧望去，“该到了。”

热饭碰上冷脸子

其实，邱东亚离开火焰以后没走多远。他过了山坡，就停下了，下路方便了一下，然后找块石头坐了下来，开始抽烟，开始想丛蓉。其实，丛蓉这个女人还是很可爱的，不光他这么认为，恐怕整个东江男人可能都有这种感觉。目前，在东江，只要是丛蓉出面，就没有办不成的事情，甚至在那丹市也是这样。目前，她为人做事还没有不良记录。也就是说，她很会为人处事。她从来不给领导送钱送礼，但她和领导们的媳妇儿都是铁姊妹，而且“拜把子”了，排行她是小妹。所以，小妹为姐姐们做些事就理所当然了，什么系列化妆品，什么美容护理，什么名牌服装都是她来安排，把姐姐们打扮得都水水灵灵的。邱东亚媳妇儿就是其中之一。所以，丛蓉从来不找领导办事，但领导却处处为她着想。邱东亚一笑，这个女人精死了，替她张口的人都在领导枕头边儿。

1号车开走了，一会儿，火焰骑车翻过了山坡。邱东亚从路下走上路基，骑车和火焰并行。

火焰问："这个丛蓉你熟悉吗？"

邱东亚淡淡地说："认识。"他不想提丛容的茬儿，因为据他观察，火焰不善于和女人接触，所以也就没必要和火焰谈论一个女人。他转了话题，"火焰书记，前面就是右河乡政府，在这儿歇个脚、垫垫肚子？"

火焰接这个话茬儿说："东亚，交给你一个任务，找机会替我答谢一下这个丛蓉，拍卖会上给我们打响了第一炮，带了个好头，真得好好谢谢她。饭钱算我的。"没等邱东亚答应，又问，"小学校在哪儿？"

邱东亚回答："过了乡政府就是。"话音刚落，他看见了刘红骏，远远的站在路旁。

刘红骏也发现了火焰和邱东亚，跑步迎上来说："火焰书记，邱书记，听说两位领导到右河煤矿视察。晌午了，到乡政府歇歇脚吧。"

邱东亚流露出一丝欣慰，却冷着脸说："刘红骏，你怎么知道我们要来？"

刘红骏笑着说："在基层干工作，没个政治敏感度怎么行啊。"

邱东亚骑到刘红骏跟前，偏腿儿下车，说："谁叫你安排了？"

火焰没停车，"刷"地骑过去了，边骑边说："红骏，我们到小学校看看，不进去了。"

望着火焰渐行渐远的背影，刘红骏大惑不解地喊："那我陪领导去。"

火焰已经走远，摆着手说："不用了，忙你的去吧。"

刘红骏很失落，恳求地望着邱东亚。

邱东亚已经下了车子，望着远去的火焰，产生了被人甩掉的那种尴尬，很厌烦，他对刘红骏说："他就是这样的人，无论你多热情，捂不热他的心。你们自己改善一下吧，干部都很辛苦。"说着，又偏腿儿上车，追赶火焰去了。

邱东亚看着火焰轻快的蹬车身影，看着他左扭右扭的屁股，真生气！太不懂人情世故了，这是我邱东亚有心安排的啊，看不出来吗？给你安排好行程，这是对你这个班长的尊重和热爱，不懂吗？我邱东亚为什么死乞白赖地跟着你下乡，还骑自行车，出了一身臭汗，不就是为了给你做个伴儿，遇到大事小情的好有个帮手嘛，这也是尊重和热爱，就是不明白是吧？一起出门，你说站就站，说走就走，不跟我邱东亚商量也就罢了，但心意你不能冷了呀。刘红骏饭都做好了，站都不站一下，我都下车子了，你还不理不睬，你这是给了我们一个不屑，一个尴尬，一个难堪，知道吗？我们这是热饭碰上冷脸子了，热脸贴上冷屁股了。什么人这是！

你们不是来吃饭的

右河乡中心小学学校的学生食堂宽敞明亮、干净整洁，孩子们正排队打饭。

火焰和邱东亚走进来，看到干净整洁的食堂，井然有序的管理，很高兴，两个人就自觉地排在了孩子们的后面，想打一份学生饭，尝一尝学生食堂的伙食。孩子们发现了陌生人，用亮亮的眼睛看。

一个学生问："你们是新来的老师吗？"

火焰摸了一下孩子的头回答："不是。"

另一个学生问："你是找我们于校长的吧？于校长在教师食堂吃饭。"

火焰又摸了摸这个孩子的脸说："我不找校长。"

第三个学生说："县里来人都到外边吃。"

火焰笑着说："我想和你们一起吃，欢迎吗？"

学生们用疑问的目光看着火焰和邱东亚，他们不理解，为什么两个大人要排在他们身后。

火焰和邱东亚排到窗口，看到了窗内案板上的饭菜：一大盆土豆炖猪肉，只见土豆不见肉。一大盆白菜炖豆腐，多见白菜少见豆腐。

做饭师傅于德厚望着火焰和邱东亚问："请问，您二位是学生家长吧？"

邱东亚说："我们是县里的，来学校办事儿，想在这吃顿饭，饭钱该多少算多少。"

于德厚师傅嘿嘿一笑，说：“看来，你们是既没权又没势的城里人。正好剩一点儿，给你们吃吧，一人两块。”

于德厚师傅将饭菜打进二人的饭盒，二人先是看饭菜，然后看于德厚师傅。

于德厚师傅很强硬地瞪着两个人，大声说：“看我干什么，吃饭啊！”

火焰和邱东亚交换了一下眼色，坐到了学生们中间，吃起来。他们边吃边看学生们，学生们都静悄悄地吃着饭。

邱东亚是老东江了，东江大小单位、大小事情都知道一点儿。这个右河乡中心小学是省教育系统的先进单位，升初中的比率在11个农村中心小学里排名第一，校长于田园曾荣获全国优秀教师称号。刚才一走进校园，邱东亚感觉不错，新盖的教学楼，宿舍，平坦开阔的操场，火焰就夸奖说：“挺好，不错。”进入学生食堂，也感觉挺好，不错。可是，当看到饭菜，再吃到嘴里，就立刻变了滋味儿，感觉这个学校在食堂管理上太寡淡了，这个于田园的综合能力太没味道。他看看火焰，火焰不吃了，看学生。

火焰吃了第一口，心里就一哆嗦，这饭太难吃了。于是，他就看学生。他发现有一些学生用筷子在饭盒里挑拣着什么，就凑到一个男学生身边问：“小同学，你挑什么？”学生悄声说：“肉。”火焰也开始在自己的饭盒里挑拣起来，翻了个底朝天，只有两小块肉嗞啦（焙过油的肥肉残渣），于是问男学生：“告诉我，在食堂吃饭能吃饱吗？”男学生很小心地看了一圈，小声回答：“吃不饱，难吃死了。”于是，火焰站起身，满大厅溜达，看每一个饭盒，并且让学生把菜里的猪肉挑出来，然后叫学生们报数，结果都是肉嗞啦，最多的三块儿，最少的一块儿也没有。火焰的脸色逐渐沉下来，难过地问：“同学们，我问你们一个问题，能吃饱吗？”一名女学生回答：“能吃饱。”一名男学生推了女学生一把，抢过来说：“吃不太饱。”火焰又问：“同学们，你们都说一说，这饭菜好吃不好吃？”学生们都愣愣的，不知怎么回答。邱东亚启发同学们说：“说呀，说了就有肉吃了。”学生们笑了，众口一声道：“不好吃！”火焰又问：“怎么不好吃呀？”学生们踊跃起来，争先恐后地举手发言，一个女学生说：“没油星儿。”一个男学生说：“肉太少了。”一个说：“成天都是一样的菜。”另一个说：“开学到现在都没吃鱼。”又一个喊着：“还有，还有，两个星期没吃到鸡蛋了。”

这时候，于德厚师傅才发现这两人有些不对头，好像在学生们中间挑事儿。他握着勺子，火冒三丈地从厨房跑出来问：“你们两个，不好好吃饭，干什么？”

火焰毫不客气，迎面回答：“这饭太难吃了！”

于德厚师傅指着火焰的鼻子大声呵斥：“我请你们来的吗？嫌不好吃走人啊！好心好意留你们吃饭，却调皮捣蛋！”

火焰厉声回应：“把你的手指头收起来。饭不好吃不能提意见吗？”

于德厚师傅好像怕火焰咬了他的手指头，迅速收回来，但仍强硬地说：“要饭吃还嫌馊。”

邱东亚凑上前来，指责于德厚师傅：“怎么说话呢？”

于德厚师傅嘲讽地一笑，不屑地说：“就这么说话，有钱你下馆子，别上这儿来呀。”

邱东亚捡起一个饭碗，“当”地一蹾，怒斥：“伙食这么差，你还有理了？”

于德厚师傅也不示弱，用勺子敲着餐桌说：“我看你们不是来吃饭的，是来捣乱的。出去，给我出去。”

火焰一把抢过于德厚师傅的勺子，扔了，说：“你这么说话，我很生气！我跟你讲，孩子们吃得好不好，社会上每一个人都有权力过问，我就是要代表学生家长问一问你，这个食堂的伙食为什么这么差？”

于德厚师傅愣了一会儿，小跑过去捡回勺子，说：“你有权力过问，你是谁呀？我看你就是没事儿找事儿，你出不出去？不出去我就叫人来把你赶出去！”他忽然指着门口，“那个，靠门口的男同学，去叫于校长来，多带些人来。”

第十三章

谁要像我这样耍官僚，谁就该挨打

犯了低级的错误

邱东亚也愣神了，他压根儿就想不到火焰会这么冲动，会犯这么低级的错误。一个领导，无论你的脾气有多急，在大庭广众面前必须保持冷静。

我们报的是假账

目前是老师学生一起给背着，学生交两块钱吃一块四的饭，老师更低，只有9毛。因为怕没交钱的学生自尊心受不了，所以，刚才当着学生的面，我们报的是假账。

请你打我3个嘴巴

火焰非常诚恳地说："于师傅，我得给孩子们一个交代啊！你是一个好师傅，为孩子尽职尽责，我打错人了，错了就得认账，错了就得受罚。我不但给你鞠躬赔礼，还要诚恳地请求你的惩罚，而且要加倍惩罚，刚才我打了你一个嘴巴，现在请你打我3个嘴巴。"

该换换你们的脑袋

这个聂平科长很有头脑，很会干工作。一个年轻干部能想出来这么好的办法，你们为什么就想不出来？给领导干部买超标车，你们有办法；给自己发福利，你们有办法；轮到给孩子伙食补助，没办法了？我看，该换换你们的脑袋了！

犯了低级的错误

右河乡中心小学的校长于田园带着几名男老师气冲冲地走进学生食堂，火焰和邱东亚迎着于田园，巍然站立。

于田园像审视淘气学生一样审视面前的火焰，目光是冷冷的，当审视后边的邱东亚时，先是一愣，然后换上笑容说："邱书记呀，你什么时候来的呀？"

邱东亚沉着脸，指着火焰，介绍："不认识吧，这是县委书记火焰。"

于田园一惊，然后转惊为喜，最后又转喜为忧，尴尬地说："哎呀，欢迎火焰书记来我校检查工作！真是一点儿也不知道，也没人通知我。"

这个时候，于德厚师傅也大感意外，忐忑不安，他悄悄蹲下身，想溜回后厨。

火焰没回头，从学生们的眼神里看出，身后的于德厚师傅想溜，便说："这位师傅，请你等一下。"又对于田园说，"于校长，我和邱书记下乡路过贵校，过来讨扰一顿饭吃。"

于德厚师傅还是后退，边退边说："我不知道，真不知道，于校长，让我给领导加两菜吧？"

火焰回身对于德厚师傅说："别价，你这饭虽然不好吃，但我们能吃进去。我问你，学生能吃饱吗？"

于德厚师傅犹豫了一会儿，又看了一会儿于田园，一咬牙说："能。"

火焰追问："那能吃好吗？"

于德厚师傅没有底气了，话软了，但还是说："能。"

火焰又问于田园："是吗？"

于田园支吾着："是，看每顿用的米面数量，足够孩子们吃的。"

火焰一笑，说："既然这么肯定，那我们就听听学生们的反应。"他笑咪咪地问学生们，"同学们，你们都是好孩子好学生，请告诉我真话，对学校食堂的饭菜满意吗？"

学生们异口同声："不满意！"

火焰又笑眯眯地问："为什么不满意呀？"

学生们众口一词："不好吃！"学生们说完，都望着于田园。

食堂内，寂静无声，火焰紧盯着于田园不离目光。

于田园望着盛着饭菜的大盆，脸上挂不住了，一拍饭桌，责问副校长："你负责后勤，学生们对伙食这么不满意，你不知道吗？"

副校长无以回答，憋了一会儿，突然责问管理员："这食堂你是怎么管的？"

管理员聪明，立刻责问于德厚师傅："于师傅，早就告诉你了，不仅要让学生们吃饱，还要让学生们吃好，为什么不改！"

于德厚师傅先是惊愕不已，然后摊着双手诉苦："巧妇难为无米之饮，就这么点儿钱，怎么吃好？"

火焰火了，说："相互推诿，是吧？一个神圣的学习殿堂，怎么会有官僚的腐臭气。好，都坐下，我给你们算算账，看看到底是谁的责任！"

几个人忐忑地坐下来，学生们围拢过来，把几个人围在中间。

火焰问于田园："请问，食堂做饭有标准吗？"

于田园回答："有标准，我们是目标管理，每个学生'一两荤、半斤素、三两米'。"

火焰问管理员："该拨的伙食费都拨给食堂了？"

管理员回答得有些迟疑："拨了。"

火焰命令炊事员："请把今天中午的伙食账拿来我看。"

于德厚师傅立刻跑向后厨，一会儿，捧着一个油腻的本子回来。

火焰说："于师傅，请你将今天中午的标准向所有就餐学生通报一下。"

于德厚师傅捧着本子的手哆嗦着，他舔了舔嘴唇照本子念着："今天中午计划就餐100个学生，每人按两元钱成本核算，总计两百元。其中，大米40斤，每斤按一块五算，共60块。两个菜，猪肉炖土豆，买猪肉10斤，一斤8块钱，总计80块。土豆20斤，一块一斤，20块。白菜炖豆腐，买白菜20斤，5毛钱一斤，10块。豆腐10斤，一块一斤，10块。豆油用了2斤，5块一斤，共10块。盐、味精、花椒面、酱油等调料算5块钱，柴火费5块钱，水和我的工资不算，正好是200块整。”

于德厚师傅一口气说完，清楚明白，没有漏洞，让校领导们松了一口气。

火焰也长长呼出一口气，却不是放松，而是稳定自己愤怒的情绪，他压着火问：“账报得很细致，就不知与实际是否相符？来呀，同学们，把饭盆给叔叔端过来。”

几个胆大的孩子将饭盒端过来，举到火焰面前。

火焰接过一个学生的饭盒，端给于德厚师傅看，说：“一百人吃饭用了40斤米，那每个孩子应该是4两米。”

于德厚师傅说：“饭管吃管添。”

火焰撂下一个饭盒，又接过学生的菜盒，端给于德厚师傅看，问：“饭够吃了，那咱看看菜。你买了10斤肉，每人应均摊一两吧？”他把饭盆端到于德厚师傅的眼皮底下，“你看看，肉呢！孩子们的肉呢？你说实话，你今天一共往锅里下了几斤肉？”

于德厚师傅彻底崩溃了，带着哭腔交待：“四，四斤半肥肉，焙油了。”

火焰一蹾饭盒说：“这就对路了。”他随即掏出计算器，“啪啪”摁着，“36元钱的肉，你报成80元，就这一项，你一顿饭就克扣了我们孩子44元。一个孩子一天只有两元饭钱，你一出手就给每个孩子克扣掉了四毛四分。一天四毛四分，10天四元四，100天44元，一个学生一年在校220天，就是96.80元，100个孩子就是9680元！”他擎着计算器，给校长们看。

校长们不敢看。

火焰“啪”地合上计算器，站起来，怒视着于德厚师傅，说：“孩子们正是在长身体的关键时刻，学习又这么紧张，你竟然克扣孩子们的伙食费，你、你怎么下得去手？”他越说越气愤，无法控制自己的情绪，突然，他给了于德厚师傅一个嘴巴，“吞进去多少给我吐出多少，少一分都不行！”

孩子们尖叫了，校长们惊愕了，于德厚师傅更是震惊，愣愣地看着火焰，老半天，然后气哼哼地掉头走了。

邱东亚也愣神了，他压根儿就想不到火焰会这么冲动，会犯这么低级的错误。一个领导，无论你的脾气有多急，在大庭广众面前必须保持冷静。无论发生了多大的事情，事态有多严重，都要稳住架子。对热的，实行冷处理；对冷的，实行热保护。稳不住，发脾气，批评人，甚至责骂干部都是不成熟的表现。那么，打人算什么？算愚蠢，当着孩子面打人算什么？愚蠢加疯狂！你这一巴掌下去，打坏的不是于德厚师傅的脸，不是于田园的面子，而是党组织的脸，而是东江县委的面子！一个县委书记，纵然有一万个理由，打人也是错的，当着孩子面打人错上加错，什么水平？地痞还是恶棍？仅此一条，如果告上去，特别是于德厚师傅告上去，你这个县委书记恐怕就当不成了。人的命运往往就是在这一念之差，控制住这一念就是成熟。显然，火焰离成熟还有很大的差距。

于田园从惊愕中缓过神来，解释说："火焰书记，你这是误会了，你别生气，请到办公室，我向你解释。"

火焰一摆手道："不用去办公室。听说有一个教师小灶，请带我去看看。"

于田园堵在火焰前面，恳求："火焰书记，别看了……"

火焰一把推开于田园，走出食堂。

我们报的是假账

"教师小灶"设在学生食堂一侧的教师办公室里，火焰气冲冲地走进去。

一进"教师小灶"的门，火焰愣住了。这是一个狭小的库房，昏暗破旧。餐桌上，有白菜炖豆腐，品相与学生食堂的一样，却少了那道土豆炖猪肉，还摆着几个罐头瓶子，里面是大酱、咸菜。几名老师正在吃饭，见于田园带人来，都站起身。

火焰惊讶地看着餐桌，问："教师的伙食标准是多少？"

于田园回答："和学生一样，一顿饭两块。"

一阵沉默之后，火焰语气缓和下来，说：“看来，教师的伙食比学生还差……这个于德厚师傅是什么人，怎么这么嚣张？”

见火焰的语气有所缓和，于田园便借机解释：“火焰书记，是这么回事。住宿的学生大多都是山里的，家里都很困难，有一半学生家开学时交不上现钱，答应年底卖了粮食补交。目前是老师学生一起给背着，学生交两块钱吃一块四的饭，老师更低，只有9毛。因为怕没交钱的学生自尊心受不了，所以，刚才当着学生的面，我们报的是假账。我们几个校领导也在想办法，有钱垫付的时候，学生们就能吃得好一些，没钱垫的时候，学生们吃得就差一些。火焰书记，你误会于师傅了，他不但一分钱没贪，还垫进去不少。”

火焰望着教师的伙食，坐下来说：“请把我和邱书记的饭盒拿来好吗？”

管理员跑出去，一会儿端着两只饭盒跑回来，端到火焰和邱东亚面前。

火焰和邱东亚接过饭盒，站着吃起来。火焰还在老师的大酱坛子里撅了一筷子大酱拌在米饭里。吃着吃着，火焰的眼睛潮湿了，他一边慢慢地吃，一边轻轻地说：“东亚，请你通知四个班子领导、财政局班子，包括文教科长、教育局班子，包括各中心学校校长，还有11个乡镇长，立刻到这里来，我们开一个现场会。”

请你打我3个嘴巴

右河乡中心小学校的操场上，停泊着各色车辆，甚至有几台农用车。

领导们都小心地走进学生食堂，坐在学生的小凳子上，看见火焰站在一张餐桌旁，餐桌上是一盆剩饭、两盆剩菜。

邱东亚提示：“火焰书记，人到齐了。”

火焰没反应，还是默默看着领导干部，把领导干部们看得忐忑不安。好一会儿，火焰才开口，讲了事情经过，讲得很动情，最后，他说：“事情经过就是这样，我犯了错误，诬陷于德厚师傅贪污学生伙食费，还动手打了于德厚师傅。犯了错误就应该接受惩罚！于师傅，请你过来。”

于德厚师傅不敢过来，萎缩在角落里，邱东亚把他拉过来。

火焰走到于德厚师傅面前，端正地立着，定睛看了一会儿，忽然弯下腰，给于德厚师傅鞠了一躬：“于师傅，我错了，我向你道歉。”

领导干部们都惊讶了，难以想象，火焰会错，会承认错误，会“低头认罪”。换句话说，在场的领导干部们从来没见过县委书记主动承认错误，并且勇于承担责任，这样做对吗？在大家的意识里，县委书记是不会错的，错了还了得？那是要闹地震的，会动摇县委书记的地位、县委的权威，甚至动摇军心，撼动全局。同时，大家也承认，县委书记不是完人，确实存在这样或那样的失误。但是，换作别人会怎样？换作自己怎么样？绝对不会认错，绝对不会。

于德厚师傅见火焰给他鞠躬，大惊失色，赶忙跳开，慌张地说：“火焰书记，不能这样，我承受不起呀！”

火焰非常诚恳地说：“于师傅，我得给孩子们一个交代啊！你是一个好师傅，为孩子尽职尽责，我打错人了，错了就得认账，错了就得受罚。我不但给你鞠躬赔礼，还要诚恳地请求你的惩罚，而且要加倍惩罚，刚才我打了你一个嘴巴，现在请你打我3个嘴巴。”

火焰的举动让所有人为之震惊。四个班子领导都被这突如其来的“负荆请罪”弄蒙了，特别是邱东亚，他甚至不相信自己的耳朵。真是难以想象，火焰会这样弥补自己的错误，这样惩罚自己，这可不是党内的认错和接受惩罚，这是向社会承认错误，接受社会的惩罚。这样做确实值得敬佩，需要具备超凡胆略和博大胸襟。但是，这么做对不对还需另行讨论。

火焰不懂，一位县委书记在公开场合说什么、做什么都是代表县委的，不是代表他一个人。他不明白，一个县委书记走到哪里，走到什么时候，哪怕是独自一人，哪怕是睡在被窝里，都是县委书记。白天不能乱走，晚上也不能梦游，别笑，这都会影响县委书记的声誉，何况大庭广众下要求别人打自己三个嘴巴，影响有多大可想而知。虽然，官方不会发表什么新闻报道，但不能保证干部不把这件事儿讲出去。如果讲了，被一个网民听到，写到他的微博里，点击率一高，再被人转载，那全世界就知道了，那还了得？所以，火焰你不能这样糟践县委书记，不能这样践踏党组织的威信，你没这个权利。另外，这种承认错误的方式，老百姓也许可以接受，可能会体谅你、原谅你，但在组织纪律和国家法律面前却是不算数的，得不到纪律和法律上的承认。然而，谁能和这个自以为是的人说清楚？谁能制止他？是火焰疯了，还是大家的感知错了？在场的领导们都很心急，特别是关久长，但却无计可施。劝火焰别这样任性，当着学校教师和于德厚师傅的面，不妥；听之任之，又唯恐失去了组织的尊严和集体的荣誉。

于德厚师傅难以承受这么重大的事情，万分紧张，用近似于哀求的口气说："算了吧，火焰书记，你刚才已经检讨了。"

火焰抱住于德厚师傅的双肩，极其恳切地说："你一定要打，我打你的时候是用力打的，我觉得我是替学生家长打的。但是，我打错了，现在我请你代表全县60万老百姓打我，惩罚我的官僚主义。"

于德厚师傅激动不已，颤抖着说："我怎么能打你，你也是为孩子好，这是个误会。"

火焰也很激动，他用坚定的口气说："于师傅啊，如果这是我们哥俩的事儿，我请你喝顿酒，陪个礼，也就过去了。但这不是我们之间的事儿，是关系到全县，关系到所有孩子的大事。你打我是给全县的领导干部敲一个警钟，让我们这些大大小小的领导干部长长记性，谁要像我这样耍官僚，谁就该挨打！"

于德厚师傅彻底被感动了，泪水情不自禁地流下来，好一会儿，他说："既然这个巴掌这么重要，那好，我打……对不起了，火焰书记。"

火焰伸过脸去："这就对了，动手吧。"

领导干部们都屏住了呼吸，瞪大了眼睛，看着这一切，明明白白的一切，却又是糊里糊涂的一切，令他们难以置信。

于德厚师傅一咬牙，快速地重重地打了火焰三个嘴巴。

“啪、啪、啪”的三声脆响回荡在食堂大厅，震撼着人们的心灵，领导干部们都目瞪口呆了，有的孩子轻轻地叫出声来。

于德厚师傅看着自己的手，泪流满面，他的内心正承受着巨大的折磨，他觉得自己打了火焰书记，很罪恶，这种罪恶感一下子把他压垮了，他说：“我怎么能打你……对不起了火焰书记。”随即，他给火焰鞠躬，长时间不起。

这时候的火焰脸颊红肿，嘴角渗出血丝，但他十分坦然，他笑着扶起于德厚师傅说：“打得很好，谢谢你，于师傅。”

于德厚师傅非常激动，他说：“你是一个好书记，火焰书记你放心，我今后一定尽全力把孩子的饭做好！”他说完，转身退到厨房。

这种事情真的发生了，实实在在的发生了，不是亲眼看到，不会相信。一切原有的所谓高高在上的“尊严”、“权利”、“声望”、“姿态”全被这三巴掌打没了，把县委书记打成了平头百姓，把县委打成了市井“丐帮”，这是火焰存心而为，还是他的无奈之举？这应该发生吗？发生了该怎么办？今后，谁还会“挨打”？谁敢保证不“挨打”？

该换换你们的脑袋

右河乡中心小学食堂内，干部们都沉默着，外面传进来孩子们的读书声，朗朗的、稚嫩的：

站在祖国边陲，
仰望迎风飘扬的五星红旗，
那火红火红的色彩啊，
那么醉人、那么艳丽。
看，那火红火红的旗帜，
染红了黄河浪，
染红了长江水；
看，那火红火红的色彩，

映红了千里江山，
映红了亘古大地。

五星红旗，
没有哪一面旗帜有你这样的风采，
有你这样的美丽。
五星红旗，
没有哪一种颜色让人这么心潮澎湃，
让人这么激动不已。

火焰情不自禁地走出去，去寻找朗诵诗歌的孩子，干部们也跟着走出学生食堂。在一个教室看到了，班级里有两男两女四个孩子站在教室前在朗诵。于田园说：“孩子们正在为‘六一’儿童节准备节目，这首诗是学校全体老师写的，叫《我爱你，祖国那鲜艳的旗》。”

孩子们看到窗外的人，停了下来，于田园示意继续。

岁月记着，那第一面红旗，
绣着镰刀、斧头，唤醒了沉睡的大地。
历史记着，那血染的色彩，
唤起了中华儿女的斗志，
为江山、为民生冲上前去。
于是，中国人拿起刀枪，挽起手臂，
反封建主义、反帝国主义、反官僚主义。
红旗飘扬的地方，
星星之火熊熊燃起，
南昌起义、秋收起义、广州起义、
海南起义、黄麻起义，
一连串的暴动席卷了华夏大地，
猎猎东风，漫卷红旗。

红旗，你飘扬的是华夏的召唤，
无数的英雄高举你前仆后继，
你经历血与火、灵与肉、悲与壮的洗礼，
你浸染英雄的鲜血，
你宣扬中华民族的浩然正气。
红旗，你飘扬的是民族精神，
你唤醒了沉睡的江山，你改变了历史的轨迹，
你激励一个个华夏儿女，
为了祖国母亲勇往直前、前仆后继。

井岗山上的红旗，
映红了赣南，映红了湘西。
长征路上的红旗，
映红了雪山，映红了草地。
延河水不会忘记，宝塔山不会忘记。
地雷战、地道战，
平型关大捷、百团大战，
横扫顽敌，解放敌占区。
军民同仇敌忾、所向披靡，
日寇胆颤心惊，风声鹤唳。
西柏坡不会忘记，大别山不会忘记，
中国人民掩住了抗日的伤痛，
拉开了解放战争的序曲。
打响了中原突围、苏中战役、大同战役、吕梁战役。
辽沈战役、平津战役、淮海战役、渡江战役，
百万雄师如催枯拉朽，席卷中国大地，
创造了人类战争史上一个又一个奇迹。
蒋家王朝的总统府上，
青天白日黯然坠地，

红色战旗猎猎升起。

中国人民站起来了，
五星红旗在天安门广场冉冉升起。
它向世界宣告，
中华民族开辟了新的纪元，
新中国从此傲然屹立。

听到这里，火焰很激动，情不自禁地给孩子们鼓掌。干部们也跟着鼓掌。

古老的中国，五千年的沉睡，五千年的贫瘠，
谁能想象，伟大的巨变就在这短短的六十年里。
六十年沧桑岁月，
六十年风风雨雨。
六十年万众一心，
六十年始终如一。
中国人奋斗了六十年，
中国人拼搏了半个多世纪。
废墟上，工业基地拔地而起，
中国人有了自己的汽车，有了自己的飞机。
荒原中，石油之城井架林立，
从此，中国甩掉了贫油的帽子，扬眉吐气。
中国人把一个百废待兴的旧中国，
建设成为社会主义强国，
挺进万隆会议，收回联合国的坐席。
高峡出平湖，中国精神在三峡凝聚，
天堑变通途，民族意志在雪域筑起。

春风吹响了改革开放的号角，

中国焕发出新的生机，
时代的列车一日千里，
社会和谐，人民富裕。
五星红旗在香港澳门的天空上飘扬，
五星红旗在亚丁湾的波光中升起。
五星红旗插上南极点，红了南极，
五星红旗登上太空船，红了天宇。
一件件喜事，一个个壮举，
让中国人意气风发、让中国无限豪气。
一个个成就，一桩桩奇迹，
让中国人信心百倍，让中国和平崛起。

听到这里，火焰激动了，眼睛潮湿，他回头看了看操场上高高飘扬的国旗。无疑，此时他心里的国旗正在飘扬。

红旗呀红旗，我是多么爱你，
高举着你，把你的红印在我的心里。
红旗呀红旗，我是多么爱你，
依偎着你，用你的红做我的外衣。
红旗呀红旗，中华儿女是多么爱你，
仰望着你，用你的灿烂映照我们的笑脸。
红旗呀红旗，中华儿女是多么爱你，
簇拥着你，让你的鲜红流淌在我们心底。
五星红旗，我们紧紧追随着你，
走向明天，奔向未来，再创新的奇迹。
让我们在心底千万次地呼唤：
我爱你，祖国，那鲜红的旗。

听完孩子们的诗朗诵，火焰又带着干部们回到学生食堂。

火焰说："可爱的孩子们，他们用诗朗诵表达了对党对国家的热爱……我们呢，用什么表达对孩子们的关心和爱护？现在研究学生吃饭问题。刘红骏，你是右河乡党委书记，右河乡有多少交不起学生伙食费的困难家庭？"

刘红骏答不上来，低下头道："我马上查。"

火焰很平和地说："一乡之长，竟然不知道有多少孩子身处困境，你心里有这些孩子吗？教育局局长李振彬。"

李振彬站起来。

火焰问："你知道全县有多少贫困学生？"

李振彬回答："全县有中小学生36580名，困难学生2125名。火焰书记，学生伙食不好，我们有责任，可是实在没办法，学校不能搞产业，也不能乱收费。"

火焰说："会前我和几个县常委已碰了一个头，决定给全县生活困难的中小学生每人每天补一个鸡蛋一两肉。一个鸡蛋五毛钱，一两肉一块，每名学生一天总共补一块五，这个钱县财政出。"他掏出计算器，算着，"一天一块五，2125名学生是3187.5元，学生在校220天，一年大约是七十多万。财政局牵头，教育局配合，明天中午必须让学生们吃到鸡蛋和肉。"

关久长一直沉默不语，他被火焰的举动震撼着、感染着，他敬佩火焰，他认为，火焰是一个勇于担当的人。因此，他激动起来，他问成天乐和李振彬："成天乐、李振彬，有没有问题？"

李振彬响亮地回答："县委、县政府为学生做了一件大好事，我们教育局一定做好配合工作。"

成天乐比较沉稳，他说："今天的会，给了我们干部一个巨大震撼啊，我代表财政局表个态，我们坚决支持县委的决定。财政收入来自老百姓，就应该用到老百姓身上，给学生伙食补助是好事儿，这个钱就应该财政出。"

于是，关久长发布命令："散会后就筹备半学期补助资金，35万，连夜发放。"

但是，成天乐犹豫了，说：“可是，火焰书记，关县长，目前咱们财政很吃紧，卖车的钱都拨到‘基地’建设指挥部了，账上可动资金不足十几万。账上不能一分钱没有啊，一旦有事情怎么办？”

听到这里，火焰就很生气，他始终认为东江很多干部对待工作的态度不对头，他们首先考虑前面有多少困难，这么干怎么不行，而不考虑怎么克服困难，怎么干能行。这样的东江还能干成什么大事？火焰眉头紧锁，问成天乐：“你没有办法吗？”

成天乐很为难，但看得出来，他正在挖空心思琢磨：“火焰书记，我知道这是在办一件大好事儿，我尽全力办。可眼下真是没办法，能挤出来的都用在‘基地’建设上了，能不能等两个月？”

火焰讨厌这样的推诿，像是替县里考虑，像是为领导着想，其实是懒得想办法，免得自己多做工作，免得给自己找麻烦。这是思想上的懒惰，意识上的懒惰，更是肉体上的懒惰。火焰反问：“你是想让孩子们饿肚子等你两个月？这就是你的办法，是吗？张副局长。”

财政局张副局长站起来道：“火焰书记。”

火焰问：“你是财政局第一副局长，有什么办法？”

张副局长回答：“火焰书记，下半年国家有一笔专项补助款……”

火焰越问越生气，一挥手，制止了张副局长的话：“明白了，你的意思是要孩子们等半年。有你的，你的办法比成局长还好。郑副局长。”

郑副局长站起来说：“火焰书记，我分管经费，明天拿出35万，确有困难。我建议，把这笔学生补助款做到明年政府预算里，就能确保按时足额发放。”

火焰强压怒火，用听上去很温和，其实很威严的语气说：“你比成局长、张副局长都强，给孩子们画了一张明年才能烙熟的馅饼？文教科长来了没有。”

成天乐赶紧说：“来了。聂平，你说。”

聂平站起来答应：“火焰书记。”

火焰问：“聂科长，你有什么办法？”

聂平看三位局长。

火焰说："不要看他们，问你话的是我。"

聂平说："也不是没办法，前一阵，财政局、审计局联合检查小金库问题，我参加了这项工作，已初步查出县直机关小金库至少五百万。只是明天上午就得拿出35万，靠收缴小金库恐怕来不及。不过有这笔收入垫底，我们就能动另一笔资金。"

火焰问："你说，哪一笔？"

聂平说："干部工资款，拆借20%。"

火焰问关久长："关县长，怎么样？"

关久长点头："我看可以。"

火焰很欣赏这个聂平科长，这个科长不但管着应管的资金，他还留意可利用资金，可挖掘资金。也就是说，他懂得全盘考虑，把棋下活，而且办法大胆，很对火焰脾气。火焰说："好，就这么办，这项工作就交给聂平科长了，直接听关县长领导。"安排完工作，他批评3个局长，"这个聂平科长很有头脑，很会干工作。一个年轻干部能想出来这么好的办法，你们为什么就想不出来？给领导干部买超标车，你们有办法；给自己发福利，你们有办法；轮到给孩子伙食补助，没办法了？我看，该换换你们的脑袋了！"

不知不觉中，关久长脸红了，他觉得火焰是在批评自己，脸红不是因为他是负总责的人，而是因为他的观念落后、思路僵化。就今天的事儿说，如果他站在火焰的位置上能把这笔资金当场解决吗？不大可能，如果是他召集这个现场会，不会把一个财政局班子和分管科长全部找来。按惯例，成天乐顶多带一个主管副局长过来。显然，没有这个聂平科长，就没有这个解决方案。毋庸置疑，聂平科长是人才；毋庸置疑，火焰是能召集人才的帅才。现在看来，关久长觉得自己只是一个学生。也是幸运，学生遇上了教书匠，好好学就是了。

邱东亚也在思考，他也和关久长一样佩服火焰，果敢有办法，也像关久长一样肯定了这个聂科长。通过这次的一问一答，这个聂平科长确实有远见，肯定会进入火焰的视线，前途肯定是一片光明。但是，邱东亚认为，聂平这个人是不可用的，因为什么？因为他出卖了他的领导，出卖了他的“关系”单位。的确，聂平抓住了机会，表现出了自己，但他在为自己谋取利益的同时却动了他人的“蛋糕”，这是为官从政之大忌，也是为人处事之大忌。聂平的这次“献媚”让他的领导被动了，使私藏“小金库”的单位领导岌岌可危了，这是给自己树敌了，这是把自己孤立了，这是把自己“圈禁”了。可以肯定地讲，这个聂科长可以获得一时的春风得意；但是，也可以肯定地讲，这个聂科长不可能拥有长久的顺心顺意。

第十四章

你刚来，恐怕头两个月的工资别想拿回家了

矿长郑万通其人

右河煤矿是一个乡办企业，是十几个小煤矿中最大的一个，20世纪90年代末，在煤炭行业不景气的时候，该矿承包给了以郑万通为首的一批矿工，期限为20年。

这么集资是违法的

邱东亚也急了，忽然有了“这个王八蛋欺负咱兄弟”的感觉，他说：“我跟你们说，这么集资是违法的。”

受人一个包子之恩

邱东亚确实为一个包子感动了，他从来没这么饿过，也从来没感觉到大菜包子这么好吃，也从来没有体验到一个包子对一个人来说会这么重要，也从来没有想过会对给他包子吃的人这么感激——受人一个包子之恩，当以一顿大餐相报！

矿长郑万通其人

东江县境内，冷山底下蕴藏着煤炭资源，不多，但对于一个县来说，已经不少了，如果管理得好，能采60年。

20世纪70年代末，东江县就成立了一家国营煤矿，被国家纳入计划。那时候，国家实行统购统销，日子很好过。但是，改革开放以后，由于煤炭价格低迷，东江又地处偏远，煤质不太好，运费又比较高，所以，东江的煤炭就失去了竞争力，煤矿的日子一天不如一天。因此，县政府放松了对煤炭开采的限制，陆续批了十几个集体、个体小煤矿，这些小煤矿技术落后，设施简陋，但他们却抢走了60%的煤炭资源。如今，这些小煤矿已经对国有煤矿形成了合围，使国营煤矿举步维艰。

到了20世纪末和21世纪初，随着我国经济的大发展，能源需求陡然增大，煤炭价格随之猛涨，一路飞涨的煤炭价格让人们认识到了“黑金”的份量。于是，拥有煤炭资源的老板都处心积虑，怕失去由于政府失策而轻易得到的本不该他们拥有的国家资源。于是，这些煤老板们就像非洲草原上的猎豹那样眼睛闪着荧光，时刻警惕着，唯恐失去“猎物”，他们害怕政府收回，也害怕红眼“猎狗”的争夺。也确实存在一些红眼人，包括一些干部，这些红眼人就像非洲草原上的猎狗，时刻盯着猎豹的猎物，寻找从猎豹利爪下夺取“食物”的机会。副县长王永远就说过这样一番话：到了煤矿才知道有这样一个自然法则——利益面前都是动物。其实，在自然法则面前，人人都是动物。这话并不恶毒，不承认人是自然界一种动物的人，是虚伪的动物，这是自然界唯一虚伪的动物。说到这儿，王永远有些激动，他说：“地球造就了人这种动物种类是地球的一个错误，一个悲哀，这种动物在地球表面乱采乱挖，到处打洞，把地球整得满目疮痍。从太空看地球，凡是肮脏不堪的地方都是人类的聚居地，或是人类的活动区。

在丰厚利益的驱使下，东江煤炭资源遭到了毁灭性的乱采乱挖，经过十多年的地下争夺及无序开采，致使地下巷道交错，临近的煤矿时常会在地下碰头，碰了头就不可避免地发生械斗。最主要的是，这种乱采乱挖导致了煤炭资源不能综合开采和有效利用，造成了资源的极大浪费。如果不立即加以整治，再过10年，东江将成为无煤县。县政府已经清醒地认识到了这一点，紧急出台了整合煤炭资源，成立煤炭集团，实行综合开采的改革方案。于是，县政府调集了一批精兵强将，组成工作组，由副县长王永远同志带队，下矿区收购集体、个体煤矿，组建东江煤炭集团。资金就以煤炭资源作抵押，向银行贷款。

右河煤矿是一个乡办企业，是十几个小煤矿中最大的一个，20世纪90年代末，在煤炭行业不景气的时候，该矿承包给了以郑万通为首的一批矿工，期限为20年。

王永远下矿区，第一落脚点就是右河煤矿，原想一出手就拿下最难拿的、啃下最难啃的，剩下的事情就好办了。没想到，20天过去了，掰断了手指也没拿下，崩掉了门牙也没啃动。王永远好言相劝，不管用！矿长郑万通说："不是我不懂道理，也不是我不支持县里的工作，是工人的利益不能忽视。"安监局长于克非拿政策法规吓唬郑万通，他也不在乎，说："不是我有意抬高价格，抵制收购，是工人嫌收购价格太低。"煤炭局局长刘广发也用老感情相求了，更不好使！郑万通说："这是讲感情的事吗？拿一个亿讲感情买面子，可能吗？"郑万通就是这么软硬不吃，弄得工作组无计可施。

王永远很上火，嘴唇起了大泡，他把郑万通叫到他驻扎的会客室里，骂到："郑矿长，郑万通，郑饭桶，你给我听着，火焰书记下来了，等着火焰书记收拾你吧！"说到这儿，他很难受，"咱俩真了不起啊，把东江煤炭改革耽误了20天。我没有能力，我可以不干这个副县长了。你呢？"

矿长郑万通得知火焰要来，有些慌神，问："火焰书记什么时候到？"

王永远没好气儿回答："说到就到！我可提醒你，想想，火焰书记一旦插手，你连讲价钱的机会都没有了。"

郑万通忐忑不安了，琢磨了一会儿，忽然说："王县长，我去安排一下接待啊。火焰书记来了，马上打我电话啊。"说完，郑万通急匆匆走了。

郑万通离开王永远驻扎的会客室，赶到自己的办公室，琢磨。郑万通知道火焰书记的厉害，他能斗过王永远副县长，但没把握斗得赢火焰书记。火焰书记才是真正的软硬不吃、油盐不进的人，好话不听，送礼不要，恐吓不怕。琢磨到这儿，他坐不住了，紧急召集煤矿领导班子，安排下井“通气儿”。

郑万通给班子成员下了死令：“一人一个井，一定要把我的意思传达到每一个工人那里，谁出问题谁就给我滚蛋！”

这么集资是违法的

右河煤矿三号井内巷道狭窄，木头支护，轨道车“骨碌碌”地上下流动。五号掌子面，有十几个工人正在挖煤，在幽暗的灯光里，闪动着一张张黑乎乎的脸，一个个黑黝黝、赤裸裸的膀子，和一双双闪亮的眼睛。火焰和邱东亚就在其中，也光着膀子，和工人一起撮煤。

老班长魏连海一边干活儿一边说：“我是昨天跟头儿说的，人手不够，要俩人，没想到今天就派来了。不错，就是岁数大了点儿，以前咋没见过你俩？”

火焰一边撮煤一边回答：“刚从外地过来。”

魏连海看着很卖力的火焰和邱东亚，说：“头回下井挖煤，悠着点儿，累了就喘口气儿。”

火焰说：“我没事儿。”又问邱东亚，“伙计，你怎么样？”

邱东亚艰难地直起腰，喘着粗气回答：“没问题。”

其实，邱东亚很后悔，都后悔死了，在黑暗中一直指责着自己。一个副书记，只比大书记低半个格，本来用不着打这个溜须拍这个马屁，跟着下乡跑煤矿。不跟着下来，不但火焰同志丢不了，恐怕跑得更快，去的地方更多。跟着下来，你又能干什么？明知道火焰同志做事怪异，处理问题好绝对化，和你不是一个路子，你主意出不上，意见提不了，火焰同志又不跟你商量，你跟着得瑟什么？沾不上什么光不说，还要跟着下井，担惊受怕的；担惊受怕不说，还要跟着挖煤，吃苦受累；吃苦受累不说，还要像工人一样脱了衣服，光大膀子。最让邱东亚难受的就是这个光膀子，你有工人一样的体格吗？但是，火焰同志脱了，你就得脱，不脱不行，脱衣服也是政治需要，不脱就是不“跟随”、不“靠近”。火焰同志倒是说了，你不热就不脱，别感冒了。可是，你自作聪明，非脱不可，你自以为是地认为：不热、不出汗、不脱衣服就等于偷懒耍滑没干活儿，你不想给火焰同志留下这种印象。你死要面子活受罪啊，这一脱衣服不要紧，你真觉得冷了，冻得直打哆嗦。所以，你不得不猛劲干活儿，不真冒点儿汗恐怕就会冻死在井下。这是何苦啊！此时，邱东亚为自己伤感，他认识到：其实，溜须拍马的人都很可悲，他们很痛苦，经常蔑视自己，谴责自己，可怜自己。

魏连海说：“打眼儿一看，你俩不像干活儿的人。不过，还别说，干得还不错，你俩我要了，就在咱班干了。”

火焰说：“谢谢魏师傅。”

老工人齐师傅凑过来说：“咱班可不容易进来，咱魏班长挑人挑得细着呢，兄弟好福气。”

火焰看着整个掌子面，问魏连海：“我们一定好好干。魏师傅，咱们五号掌子面儿的通风设备好像没跟进来，为什么？”

魏连海说：“矿上说，资金紧张，正凑钱呢。”

齐师傅说：“我老是纳闷儿，这么大的矿咋就攒不下钱呢？”

火焰看了一眼邱东亚，又问魏连海：“听说，这是煤层越来越薄，开采成本越来越高的原因。”

魏连海叹了一口气，说：“唉，可惜了，多好的煤啊。”

火焰捡起一块煤，用矿灯照着。

齐师傅说：“新开的矿都在咱们周边，捡咱们漏掉的边边角角，个个挣钱，老板肥得流油。”

火焰说：“我们哥俩听说这个矿最大最好，才到这儿来的。”

魏连海说：“看摊子是最大的，空壳儿。”

齐师傅说：“去年，让工人集资，一人一万块，说是一分利息，期限一年。眼下都过一年了，本儿不还不说，利息也不给，还屁都不放一个。”

有一个工人凑过来，说：“还打算要利息呀？本儿能还给咱们就不错了。”

火焰问：“集资干什么？”

魏连海回答：“说是投资。”

火焰又问：“往哪投？”

魏连海很悲观地摇着头回答：“不知道。”

火焰望着魏连海，关切地说：“为什么不问？要咱集资，行，可咱得问清楚啊，有没有风险。有风险，对不起，不干，这是咱们的权利。”

齐师傅说：“一听你这话，就知道你是一个没受过苦、没遭过罪、没受过气的生犊子（方言，原指公牛犊，泛指没有见过世面的人）。有你问话的份儿吗？领工资的时候，郑矿长就守着你的工资袋，说有个大买卖急需用钱，这月的工资不发了，算集资。”

火焰说：“你不会说不同意啊？”

魏连海说：“你刚来，恐怕头两个月的工资别想拿回家了。”

火焰问：“那我的生活怎么办？”

齐师傅说：“你要是问郑矿长？他就一句话，愿意干留下，不爱干滚蛋。”

火焰急了，说：“他就这么对待咱工人？”

魏连海叹了一口气，说：“赶紧干活儿吧。”

邱东亚也急了，忽然有了“这个王八蛋欺负咱兄弟”的感觉，他说：“我跟你们说，这么集资是违法的。”

受人一个包子之恩

劳作的声响在巷道里碰撞、回旋着。

火焰和邱东亚渐渐体力不支，饥饿感越来越强，脸上淌着汗，把煤灰冲下来，随手一擦，又把脸抹黑。

这时候，有“骨碌碌”的声音传过来。魏连海听到声音，喊了一声：“饭来了，歇工吃饭。”火焰和邱东亚十分疲惫，赶紧靠着坑木坐下，抻着脖，张着嘴，喘着气，向“骨碌碌”的方向望去。

果然，有一辆斗车过来，车斗里装着十几个饭盒。齐师傅拿了两盒，给魏连海一盒。工人们一人拿一盒走了，狼吞虎咽。火焰和邱东亚知道，车里边肯定没有他们俩的饭，两个人摸着肚子，咽着口水。魏连海看着两个人说：“你俩等什么？”两人一时难以回答。魏连海又提高了嗓门问：“不饿呀？”两人无奈，站起身，走到车前。果然是空车，两人又无声地退回来。魏连海感觉到出问题了，过来看送饭车，见是空斗，火了，抬腿就是一脚，把空车踢出很远，对送饭人喊：“咋搞的？不知道我们班今天新来俩人吗？”送饭的人辩解说：“我不管这个，食堂给多少盒，我就送多少盒。”火焰怕魏连海再追究下去露出马脚，赶紧打马虎眼说：“可能头儿给忘了，没告诉食堂。”魏连海说：“那人就这样，心也太粗了，上去我非骂他一顿不可。”火焰又打圆场说：“这倒不必，谁没有忘事儿的时候。”魏连海把送饭的人撵走以后，对工人们说：“兄弟们，一人省一个包子，给这哥俩。”工人们很听话，都过来送包子。两人搂着包子，非常感激，连连致谢。邱东亚迫不及待地咬了一口包子，动情地说：“兄弟们真够意思，下班我请大伙儿下馆子！”

邱东亚确实为一个包子感动了，他从来没这么饿过，也从来没感觉到大菜包子这么好吃，也从来没有体验到一个包子对一个人来说会这么重要，也从来没有想过会对给他包子吃的人这么感激——受人一个包子之恩，当以一顿大餐相报！

齐师傅从包里掏出一个小饭盒，打开，里面有几块肘子肉，他颤颤巍巍地夹了一块给邱东亚：“吃，我老伴儿做的，香着呢。”

邱东亚把包子掰开，接住，连连道谢：“谢谢你，齐师傅！”

齐师傅又颤颤巍巍地夹一块儿给火焰：“也给你一块儿，香着呢。”忽然，肉块从筷子上滑落，齐师傅心疼地看了一眼。

火焰赶紧用头顶上的矿灯扫描地面，去找掉落的那块肉。井下的地面，一片黑色，什么东西掉在上面都会染成黑色。

齐师傅又夹了一块肉说：“不用找了，我还有。”

火焰终于找到了那块肉，笑嘻嘻地捡起来给齐师傅看，然后用手抹了几把，扔进嘴里，一边嚼着一边说：“真香，你老伴儿手艺挺好，不错。”

齐师傅望着火焰，露出喜欢的神色：“这小子，不糟践东西，不错。”

魏连海也跟着说：“这小子确实不错，我喜欢你这样的。过来坐。”

火焰乐呵呵地坐到魏连海身边说：“农村出来的都这样。”

魏连海拍了一下火焰的肩膀，说：“好好干吧，我罩着你。”

火焰感激地说：“谢谢魏师傅！”

邱东亚也凑过来，对火焰说：“老兄，你有人缘！魏班长罩着你，你要罩着我啊。”

火焰乐了，说：“魏班长也会罩着你的。”他又问魏师傅，“咱们班一个月能挣多少钱？”

齐师傅说：“你打听打听，咱们哪天产煤不是最多？”

邱东亚问：“这么说，咱们班就是挣钱最多的班儿了？”

魏连海不语。

齐师傅突然间垂头丧气了，说：“挣钱最多不假，就是开不到手里。”

火焰问：“这是怎么回事儿？”

齐师傅很生气地说：“去年连扣了几个月的集资款，这个不说，就说今年，唉，两个月没开工资了。孩子要上学，老娘要吃药，再这样下去，日子没法过了。”

火焰又问：“卖煤的钱呢？”

魏连海说：“谁知道。”

邱东亚说：“找矿上要去呀。”

齐师傅急了，说：“你找得到矿长吗？再说了，你找到了能咋样，他会说急啥玩意儿，这么大的煤矿差你那几个小钱啊。”

一个工人插话说：“前几天我去问，郑矿长也是这么说的。”

火焰很生气：“太不像话了，这种情况你们还在这儿，为什么不换个矿？”

齐师傅说："有一万多块钱在他手里，还压两个月工资，走了还能给你吗？"

火焰火了，问："他敢扣下？"

齐师傅回答："他什么不敢？"

魏连海嘀咕着："这个郑矿长，性子野，胆子大，啥都敢干。前脚卖煤，后脚钱就没了，像流水似的，谁知道都让他弄哪儿去了。好好的一个矿，自从这个郑万通上来，一天不如一天了。"

忽然有两束灯光照来，有人叫着："魏连海。"

第十五章

你怎么知道火焰书记以权压人

这个煤黑子好眼生

郑万通向前迈了一步，盯着火焰说：“你个煤黑子，说得太多了吧？”大汉说：“这个煤黑子好眼生啊……”火焰很生气，反唇相讥：“煤黑子当然眼生了，眼熟的那是你大爷。”

矿工浴池的水是黑的

池子里满满的水，但不是清水，是黑水，水面上还飘着油花儿。火焰、邱东亚跟着工人们走进了这黑水池里。

将大白屁股交给黑水

郑万通也反应过来，赶紧脱衣服，但他望着黑水，犹豫了，见所有的人都看他，才一咬牙下了水，小心地挪到火焰对面，笑嘻嘻的且又不大情愿地将大白屁股交给了黑水，但上半身没舍得交出来，露出水面以上。

郑万通出现在5号掌子面，身后跟着一个保镖一样的大汉。

魏连海拿矿灯照着来人的脸，吃惊地叫着：“郑矿长啊，你咋下井来了。”

郑万通抬手遮着灯光说：“没事儿我能下来吗？”

大汉上前一步，大声说：“别拿破灯瞎照，都过来，郑矿长有事儿要说。都麻溜儿的，别耽误工夫儿，郑矿长忙着呢。”

工人们不太情愿地靠过去，火焰和邱东亚对视了一眼，都觉得郑万通此时下井定有蹊跷，两人也跟着走过去。

果然，郑万通直截了当地说明了来意：“大伙儿都听说了吧，前些日子来了一个王县长，非要买咱们煤矿，我不卖，他就不走。”

工人静静地听着，火焰悄声对邱东亚说：“我的手机扔到更衣柜里了，你带手机了吧？你的手机有录音功能吗？”邱东亚确实偷带手机下井了，他刚得了一个孙子，稀罕不够，一得空就掏出手机，看手机上保存的胖孙子照片。他领会了火焰书记的意思，掏出手机，打开录音，悄悄向前凑去。

郑万通说：“今天，县委书记也来了，明摆着是冲我来的。想以权压人，买我的矿，门儿都没有，我的矿值一个亿，我吓死他。”

大汉高声重复：“都听清楚了吗，一个亿。”

郑万通继续说：“我跟你们说，不管是县委书记还是县长问你们，你们就说少了一个亿不卖。”

大汉又大声说：“都不许瞎说！”

郑万通接着说：“我把话说明白了，别管他是县委书记还是县长还是其他什么驴马蛋子（方言，驴和马杂交生骡子，原指骡子，泛指不论不类的东西，这里有骂人的意味），如果问你一个亿是谁的意思，你们就说这是你们自已的意思。也就是说，这是你们矿工的意思，不是我郑万通的意思，懂没懂？”

不知哪个调皮的工人插了一句：“郑矿长，为啥要喊一个亿？两个亿行不行？半个亿行不行？”

郑万通指着这个矿工说：“这话谁说的？少他妈的废话，我说一个亿就一个亿！谁他妈的瞎说，我就让谁滚蛋！”

火焰越听越生气，听到这里火冒三丈了，他拨开前面的矿工走到郑万通面前，说：“郑矿长，我听说县里收购煤矿是想组建煤炭集团，搞综合开发、集约开采，这是惠及子孙后代的好事儿啊。再说，咱们矿连工资都发不下来，你矿长苦苦支撑也不容易，借机将矿卖给县里，不也是好事吗？”

郑万通向前迈了一步，盯着火焰说：“你个煤黑子，说得太多了吧？”

大汉说：“这个煤黑子好眼生啊……”

火焰很生气，反唇相讥：“煤黑子当然眼生了，眼熟的那是你大爷。”

大汉嘿嘿笑着，突然打来一拳，火焰有所准备，躲了过去。

郑万通骂到：“说你是煤黑子就是煤黑子，有本事你别做煤黑子。”

火焰又问：“煤黑子就煤黑子吧。那煤黑子问你，王县长怎么强迫你了？”

大汉喊了一声：“你小子还说，不想干了？”

火焰又坚定地往前走了一步，问：“你怎么知道县委书记以权压人？你见过他吗？”

郑万通火了，指着火焰骂：“你给我闭嘴！敢这么和我说话，胆大包天你，脑袋让煤矸石砸了吗？端谁的饭碗不知道啊？”

火焰一问道底：“你让我们工人要一个亿，没问题。但是，你是不是要和我们工人讲清楚，煤矿亏损这么严重，连工资都开不出来，怎么喊出来的一个亿？”

这时，邱东亚也凑到前面，质问郑万通：“还有，为什么两个月不发工资？你要和工人说清楚。”

郑万通看了一眼邱东亚，没认出来这个和他很熟悉的县委副书记，他气哼哼地说：“又蹦出来一个，魏连海，这两个人是谁呀？”

魏连海赶紧说：“矿长，别生气，都是我兄弟。”

郑万通问：“你兄弟，跟你多长时间了？”

魏连海真怕郑万通把这两个新来的人打发走了，就搪塞说：“有两年了吧。”

郑万通拿手指戳着魏连海的胸脯，大声威胁说：“两年了还这德性，这是你没调教好啊。我的规矩你懂，我的矿要的是能干活的、听话的工人。今天再加一条，话少的用，话多的滚蛋！”

火焰盯着郑万通，步步紧逼地问：“还有，为什么让我们工人撒谎？”

郑万通又转向火焰，又拿一根手指戳火焰的胸脯，说：“煤黑子，听着，再提不该你操心的问题，马上滚蛋！”

魏连海赶紧护着火焰说：“兄弟，兄弟，矿长说得对，不该你操的心别操。”

火焰的脾气上来了，不问个老底朝天、不弄个人仰马翻是不会罢休的，他说：“这个心我操定了，你强迫工人集资，你欠发工人工资，你骂工人煤黑子，你叫工人滚蛋，你逼着工人说谎话，你拿工人当什么了？”

郑万通气得发疯，大骂：“你他妈的不是煤黑子是什么？你他妈的不滚蛋谁滚蛋？”

火焰厌恶地一笑，说：“告诉你，我们工人是煤矿的主人，不是你一句话就能打发的。”

郑万通用蔑视的眼神盯着火焰，不屑地说：“来劲儿了，我看你不是来挣钱的，是来捣乱的。”

这时，大汉突然蹿上来，抬手就是一拳，打在火焰左脸上，边打边骂：“你被解雇了，马上滚蛋！”

火焰没有防备，嘴角打出了血，一会儿，腮帮子肿了。

邱东亚扶着火焰，质问：“你敢打人？”

郑万通也突然蹿上来，抬手给了邱东亚一拳，大骂：“还有你，一块儿滚蛋！”

魏连海和齐师傅见自己的弟兄吃亏了，冲上前把火焰和邱东亚挡在身后。

魏连海劝火焰说："兄弟，下井做煤黑子就是为了养家糊口，有第二条路，你下井吗？犯不上。"

齐师傅拉着郑万通衣袖，为新来的兄弟求情："矿长，别和煤黑子一般见识啊。"

郑万通一把推开齐师傅，齐师傅一个趔趄，倒在地上。

见齐师傅被推倒，火焰快要疯了，顿时生出了拼命的念头，他猛地冲上前，一脚把郑万通踹倒，大骂："你个混账王八蛋，像个矿长吗？简直是恶霸！齐师傅多大年纪了，你把他推倒！"

郑万通爬起来，大叫："你敢踹我，反了你！"

大汉冲上来，抓住了火焰，抡起了拳头，邱东亚扑上去抱住大汉。大汉先将火焰打倒，后将邱东亚摔到地上。两个人爬起来，又冲向大汉，大汉随手捡起一根木棒。这时，魏师傅和工人们冲到了大汉面前，护住了火焰和邱东亚。

大汉挥着木棒，嚷着："都给我让开！"

矿工们挺着胸，瞪着眼，对抗着。

这时，魏连海抓住了大汉的手腕，大汉也不示弱，也抓住了魏连海的手腕，两个人都紧紧攥着对方的手腕，较着劲，听得见骨头轻微的响声。一会儿，大汉冒汗了，咧嘴了，最终扔掉了木棒。

魏连海松开手，推开大汉，心平气和地对郑矿长说："郑矿长，差不多就行了，别欺人太甚！"

郑万通望着工人，望着一双双愤怒的眼睛，发毛了，强打底气，假装不屑地说："今天县委书记要来，我没工夫儿搭理你们。明天，我要再看见这俩小子，看我咋收拾你们！"

郑万通走了以后，工人们都有了扬眉吐气的感觉，兴奋地把火焰和邱东亚围起来，每人都在两个人的光脊梁上拍了一巴掌，工人们认为：两个新来的兄弟很有血性，给弟兄们争气了。工人们觉得：既然这两个人替兄弟们说话了，那兄弟们就得为这两个人挣口袋（挣口袋，方言，意为接住掉下来的东西，指为他人保全利益）。

齐师傅说："今天的事儿别往心里去，有魏班长在，啥事儿都没有。"

魏连海却说：“耽误有一会儿了，干活儿吧，挣钱要紧，其他的都是狗屁！”

矿工浴池的水是黑的

右河煤矿的矿工浴池很破旧，门是黑铁皮包的，锈迹斑驳。有窗户，但没玻璃，钉上了木板，热气从这些木板缝隙里冒出来。

更衣室十分脏乱，柜子残损，门扇不全，长条椅子漆黑，有一个班的工人正在穿衣服，都不坐那几张长条椅子，坐上就会在白屁股上印上几道黑印子。墙皮、池壁上很多瓷砖已经剥落，露出一块块的黑色，给人以破败的感觉。池子里满满的水，但不是清水，是黑水，水面上还飘着油花儿。火焰、邱东亚跟着工人们走进了这黑水池里。

受伤的人一旦放松下来，疼痛感就会加重。火焰把脸洗净，半脸的青紫就露了出来，便用毛巾敷上。邱东亚腰不得劲儿，揉着。

魏连海过意不去，说：“兄弟，对不住啊，没照顾好你们。”

火焰说：“这是哪儿的话，我们得谢谢你魏师傅，不然，我俩今天就惨了。”

邱东亚说：“魏班长，你再使使劲，就把那家伙的手脖子捏碎了。”

齐师傅看着火焰受伤的脸说：“郑矿长也太霸道了。”

邱东亚揉着肋骨说：“打得我肋巴骨生疼，你们瞧着，我非收拾他不可！”

齐师傅叹了一口气说：“算了吧，明天班长会去求郑矿长，没啥大事儿。”

火焰说：“不用等明天，他一会儿就来。”

工人们愣愣地看着火焰。

火焰见工人们都愣愣地看自己，连忙把话岔开：“师傅们，这水也不热啊。”

魏连海说：“你不知道，矿上有钱那会儿，水烧得滚烫，一身汗下来，那才舒服呢。”

齐师傅怀念着那个美好时刻：“那会儿，水那个清啊，看得见脚趾头。”

一个工人接茬儿说："郑万通当家了，完了，水黑得坐在池子里连肚脐眼都看不见了。"

火焰说："谁当家也得把洗澡水烧热啊，烧上。"说着，他扯嗓子喊，"管理员师傅，给水加加热啊。"

浴池管理员吴瘸子闪进门，也扯着嗓子喊："你说加热就加热呀？你给我批煤呀，没给你凉水就不错了，对付洗吧。"

火焰愣愣地听着，好一会儿，无奈地摇了摇头。

齐师傅说："现在一天不如一天了，不但不怎么换水，还烧不热。"

邱东亚说："不能再让这个姓郑的当家了，他当家，这个矿没好！"

魏连海说："你刚来，习惯就好了。"

火焰琢磨着这个人，念叨他的名字："郑万通，郑万通。"

忽然，一个工人说："郑'饭桶'。"

邱东亚笑了，说："'饭桶'？好，这个外号起的好，真是饭桶一个。"

火焰也笑，所有的工人都笑了，笑声中带着自嘲、带着苦涩。

笑着笑着，火焰忽然难受起来。矿藏是国家宝藏、人民的财富，原本能给人民群众带来温暖和光明，却交给了一个近乎于恶棍的人，寻思起来都心痛，都滴血。政府啊，人民的政府，为国家管好宝藏了吗？为人民理好财富了吗？实际上是在不经意之间，在无可奈何的境遇中，在缺少智慧和能力的情况下把国家的宝藏、人民的财富不加选择地交给了私人。这个矿，不但事故频发，而且还存在盘剥现象，还有欺诈行为，还有什么？什么都有可能，在私利的巷道里，必定是黑暗的。火焰坚定了信心，煤矿必定要收回，一刻也不能让利欲熏心的人糟蹋。

火焰又想：黑暗之处定是政府的疏忽造成的，至少阳光没有照耀到这个角落，煤矿里的黑暗不是因为出现了恶人，是因为政府没有管理到位，疏于管理的地方必定会出现恶人。一切都是政府的错。

将大白屁股交给黑水

这时，更衣室里闯进来几个人，领头的是王永远和郑万通。

郑万通问管理员吴瘸子："吴瘸子，你见过火焰书记吗？"

吴瘸子愣了，反问："谁？"

郑万通急了，大声问："县委书记来过没有？"

吴瘸子蒙了，说："县委书记？县委书记怎么会到这儿来，池子里是魏连海那个班。"

郑万通舒了一口气，朝王永远笑笑说："我说嘛，火焰书记咋会在这里洗澡。王县长，还是你听错了。"

王永远说："不可能，邱书记在电话里说得很明确，就在工人浴池。矿上几个工人浴池？"

郑万通说："就这一个。"

王永远说："那就是这儿了。"说完，他冲进浴池里。

郑万通几个人也跟着进来了。

浴池内，说笑声嘎然而止，工人们都扭头看着闯进来的几个人。

邱东亚看到王永远，乐了，大声叫着："王县长来了，火焰书记在这儿。"

工人们惊讶，不敢相信自己的耳朵。

齐师傅惊讶地用手指捅魏连海："老魏，他是火焰书记？"

郑万通显然没有认出火焰就是他在井下打过的那个人，他沿着池子，殷勤地朝火焰靠过去，说："火焰书记，你真在这儿，你啥时候来的？你咋在这儿？"

火焰像没事儿人似的，乐呵呵地说："泡一泡，解解乏。"

邱东亚却没好气儿叫郑万通："郑万通，认识我吗？"

郑万通满脸堆笑，说："这不是邱书记嘛，认识，当然认识，我在县礼堂听过您做的安全报告。火焰书记，早就听说您爱深入基层，深入群众，今天又来这工人浴池和矿工打成一片，令人敬佩啊！"

火焰和邱东亚都不想再搭理郑万通，都往下沉了沉身子，陶醉地搓洗着。

郑万通说："两位领导，我们已经在矿宾馆准备好了晚饭，吃过饭，我向两位领导汇报情况。"

火焰闭上眼睛，说：“这里不错，水挺黑，味儿挺臭。我猜到了，这种黑水再配上这种臭味儿一定可以治病，不然谁用这种黑水？谁闻这种臭味儿？右河煤矿的福利待遇搞得挺好啊，后勤工作也不错，水温把握得正温乎。提出表扬啊，郑万通。”

邱东亚不失时机地敲着边鼓：“这里真不错，我们再泡一会儿，你再等一会儿。对不起了啊。”

郑万通十分难堪，说：“别说了，邱书记，这样好不好，请两位书记去宾馆继续泡，这水……”

火焰说：“你们嫌这儿脏，是吧？那你们就先回去，我们泡够了去找你们。”

王永远听到这里，明白了火焰的意思，说：“正好有几天没洗澡了，我也泡一会儿。”说完，就地脱衣服，跳下了水。

郑万通也反应过来，赶紧脱衣服，但他望着黑水，犹豫了，见所有的人都看他，才一咬牙下了水，小心地挪到火焰对面，笑嘻嘻的且又不大情愿地将大白屁股交给了黑水，但上半身没舍得交出来，露出水面以上。跟在郑万通身后的煤矿班子成员都不敢怠慢，也脱衣服下了水，也像郑万通一样，沉下屁股，露着身子。

这时，吴瘸子看出了名堂，很懂事地打开了气阀，一阵由弱到强的“劈里啪拉”的输气声响起，紧跟着气泡翻滚，一股股黑浪翻上水面，水面热气升腾，油花飘移，臭味儿也越来越浓了。吴瘸子小心来到浴池边，靠近火焰，问：“火焰书记，各位领导，温度咋样？”火焰说：“还差点儿，麻烦吴师傅再加一把火。”吴瘸子一点头，一瘸一拐回去，随后，输气声更加尖锐刺耳了，输气管似乎爆裂了，“嘎嘎”直响。此时，池中的黑水更加翻滚，热浪更加升腾。火焰将身子全浸进水里，只留一个脑袋在水上面，闭上眼睛，舒服地念叨着：“真舒服啊，在井下干一天活儿，还真得有这么一个池子，烫一烫、去一去井下的湿气，松一松疲劳的筋骨。”郑万通学火焰，也将全身滑进水里，却烫得龇牙咧嘴，没多大会儿受不住了，又一点点将上半身露了出来。

第十六章

光着膀子谈事儿，赤诚相见

啥时候通过职工代表大会了

魏连海实在听不下去了，插了一句："郑矿长，我是职工代表，啥时候通过职工代表大会了，我咋不知道？"郑万通说："魏连海，你知道个啥！那，那天开班子会，工会的贾主席参加了，我当时就布置了，工会这边儿他负责。"

比"煤黑子"还"黑"

这时候，火焰有了一个体会，进入井下挖一两次煤，你不会黑。但是，当你进入"煤黑子"的生活圈子，真正喜欢上"煤黑子"的时候，你"黑"了，可能"黑"得一塌糊涂，比"煤黑子"还"黑"，而且，把自己的潜在"黑质"发挥得淋漓尽致。

必须给工人一个交待

火焰非常气愤，他努力压着火气，说："这个矿是集体所有制，是全体工人的，你知道吗？损失了这么多钱，你必须给工人一个交待！投哪儿去了！"

凑份子不掏钱多没意思

齐师傅推回去："这不行。"火焰又递回去，说："凑份子嘛，不掏钱多没意思。"

热气停了，室内只有滴水的声音，池中只有蒸汽，水上湿漉漉的脸都朝着火焰，蒸汽缭绕，人脸恍惚。

火焰闭着眼睛问王永远："王县长，派你来收购煤矿，为什么二十多天没谈下来？到底什么问题，矛盾焦点在哪儿？今天就在这里解决掉，怎么样？"

王永远领会了火焰的意图，兴奋地表态："那太好了！"

郑万通还不知道自己已是穷途末路，信誓旦旦地说："听火焰书记的。"

火焰点点头，说："那好，双方谈谈吧。光着膀子谈事儿，赤诚相见。王县长，你先说。"

池子里所有人都精神起来，坐直了身子，露出一溜儿白花花的膀子。吴瘸子也不想落掉这个空儿，凑过来听。

王永远说："火焰书记，问题出在价格上，郑矿长要价一个亿，他拿出的依据太不靠谱了。"

火焰突然睁开眼睛，问郑万通："郑矿长，说说，你的一个亿是怎么来的？"

这会儿，郑万通显得很坦然，他掰着手指一项项算起来："是这样，火焰书记，办公设施200万，服务设施300万，生产设施500万，还有开采权，我们这矿地下共有500万吨煤，已开采了100万吨，还剩400万吨。按60%开采率计算，可开采煤炭240万吨。每吨按纯利润50元计算，价值1.2亿。加上固定资产1000万，共1.3亿元，还有3000万外债。一共要1.6亿元。我们商量了，为县里做些贡献，少要6000万，火焰书记，这还不行吗？"

火焰皱着眉头，说："叫你这么一讲，县里要谢谢你了。这笔账是谁算的，或者说是谁定的？"

郑万通理直气壮，看看他的左右说："矿领导班子定的啊。"

火焰追问："矿领导班子对谁负责？"

郑万通不假思索地回答："对工人代表大会负责啊。"

火焰步步紧逼地问："一个亿的价格通过工人代表大会了吗？"

郑万通先是愣了一下，而后挺着脖子说："当然通过了。"

魏连海实在听不下去了，插了一句："郑矿长，我是职工代表，啥时候通过职工代表大会了，我咋不知道？"

郑万通说："魏连海，你知道个啥！那，那天开班子会，工会的贾主席参加了，我当时就布置了，工会这边儿他负责。"

魏连海急了，说："贾主席布置啥了？"

郑万通狠狠地瞪着魏连海，骂："你这个……"当看到火焰冰冷的眼神，他又生生把"煤黑子"三个字咽了回去。

火焰忽然欠起身，用手捧水，泼向郑万通："不许骂工人！"

郑万通用手遮蔽着火焰泼过来的水。工人们都笑。

火焰坐回去，说："把贾主席给我叫来。"

比"煤黑子"还"黑"

右河煤矿的矿工浴池里，蒸汽散了，有些清冷。火焰显得很休闲，闭着眼睛享受黑水池中的温暖。工人们都静悄悄的，都等待着贾主席的到来。

过了很久，衣着整齐的贾主席跑进来，愣愣地看着池子。

郑万通见到贾主席，很亲切地招呼："来，贾主席，我给你介绍一下，这是县委火焰书记，这是邱书记，这是王县长。"

贾主席呆板地笑了一下，机械地问候："火焰书记，邱书记，王县长。"

郑万通急不可耐地问："贾主席，你代表工会，是吧？"

贾主席搞不清什么名堂，说："是，工会主席嘛。"

郑万通又问："那天开会，研究煤矿价格那次，你参加了吧？"

贾主席有些紧张，还有些犹豫，说："是。咋了？"

郑万通心里踏实了，冲火焰笑笑说："火焰书记，我们定事儿，工会是参与的。"

火焰没有搭理郑万通，问贾主席：“贾主席，我问你，工人代表大会讨论煤矿出让的事了吗？通过一个亿出让价了吗？”

这时候，郑万通紧张起来，他抢着说：“我，我知道工会工作没跟上，所以，我亲自下井，当面征求工人意见。魏连海，我下井了吧，征求你们意见了吧？”

魏连海笑，齐师傅笑，工人们都跟着笑。

郑万通蒙了，问道：“你们笑什么？”

邱东亚拿出早已准备好了的手机，很潇洒地打开录音播放。手机里传来郑万通那肆无忌惮、耀武扬威的声音，工人们听了这个录音，更乐了。

郑万通听了自己的声音，蒙了，脸上挂不住了，问：“邱书记，这是哪来的？”

邱东亚很解气地问郑万通：“郑万通，你有一个保镖，对吧？”

郑万通直摆手，窘迫地说：“没有，没有，只有一个秘书，男的。”

邱东亚说：“别扯淡了，你看看火焰书记的脸。”

郑万通看着火焰青紫的脸，越看越惊恐，说：“井下那两个人是两位书记呀？！”

邱东亚说：“你说呢？”

郑万通慌了，说：“我不知道啊，井下太黑，我也没认出来……哎呀，我犯错误了，大错误！对不住两位书记了，我，给两位书记鞠躬赔礼。”说着，站起来，露出了一嘟噜物件。

火焰厌烦地说：“少来这套，坐下。”

郑万通又坐下来。

火焰说：“你不但欺骗工人，你还欺骗组织。”

郑万通嘟囔着：“谁算账不往自己这边儿算。”

火焰说：“往你那边算可以，但程序要合法，结果要合理。”

郑万通说：“那我重算还不行吗？”

火焰没搭理郑万通，对贾主席说：“贾主席，马上召集工人代表开会，讨论表决是否卖矿，卖多少钱。”

贾主席大感意外，问：“工人代表大会定？”

火焰说："对呀！而且是最终决定。"

贾主席有些激动，兴奋地说："那，叫工人代表到这儿来开可以吗？"

火焰的回答十分干脆，说："行，就在这儿开。"

贾主席抑制不住自己的兴奋，高兴地说："好！火焰书记，有你压阵，我们胆子就壮。右河煤矿有工人代表37名。"他点着池子里的人头，"有6名已经在这里了，外面还有4个科长，都是代表，剩下那27名我去找。"

火焰突然想到了什么，喊住贾主席："等等，代表里有没有女同志？"

贾主席笑了："没有。一帮煤黑子，哪有女人！"说完，跑出去了。

贾主席走了，火焰和工人们走出池子，走进了更衣室。大家穿上短裤，开始胡吹，荤的素的一起来，一会儿就笑翻了天。

这时候，火焰有了一个体会，进入井下挖一两次煤，你不会黑。但是，当你进入"煤黑子"的生活圈子，真正喜欢上"煤黑子"的时候，你"黑"了，可能"黑"得一塌糊涂，比"煤黑子"还"黑"，而且，把自己的潜在"黑质"发挥得淋漓尽致。

必须给工人一个交待

大约半个小时以后，贾主席带着27名工人代表进来。

贾主席说："火焰书记，我带来了27名代表，有4个代表不在家，电话通知了，他们委托了其他代表。"

火焰说："好，超过半数了，可以开会。"

代表们有的坐下，有的站着，都懵懵懂懂的。

贾主席很激动，他对代表们说："今天，火焰书记到咱们矿上来了，交给我们工会一项任务。"

火焰截住贾主席的话，说："等等，什么叫交给工会一项任务？这本来就是工人们的权利，过去被剥夺了，今天还给工人。"他直接对代表们说，"也就是说，右河煤矿的最高权利在工会，所以，卖矿的事情应该由你们来讨论决定。"

听了火焰的话，工人代表们彻底明白了，情绪立刻高涨起来。

可是，贾主席又犹豫了，问："火焰书记，这么大的事儿真交给工人们来决定，能行吗？"

火焰十分明确地回答："不仅能行，而且，我现在还代表县委、县政府正式宣布：县政府无条件接受工人代表大会决定的出让价。"

贾主席不敢相信自己的耳朵，问："真的？"

火焰笑着回答："县委书记说话能有假吗？"

魏连海激动地问："这么相信我们？"

火焰说："当然！"

魏连海带头鼓掌，随后掌声一片。掌声在水池子里回转着，带上了水音。

听了火焰的话，贾主席信心百倍，他十分庄重地说："各位代表，火焰书记这么信任咱们，那咱们就讨论讨论，拿出决议来。我有句话要说在前边儿，把心眼儿放正了，行使好咱们的权利，多一分钱不要，少一分钱不行，怎么样啊？"

一个代表回答："没说的。"

贾主席问："各位代表，从哪儿开始？"

魏连海说："首先要让我们工人知道，煤矿为啥欠债3000万？我们辛辛苦苦挣来的血汗钱哪儿去了。"

火焰说："问得好，目前，全国煤炭行业都盈利，煤老板都发财了，怎么就右河煤矿赔钱，煤不好吗？工人不干活吗？"

一个代表说："我们干得比谁都不差。"

魏连海说："煤质量不好，谁说的？咱这是老矿，先占的地盘，煤层最好。"

齐师傅说："咱们周围那些小矿挖出来的煤掺着一半煤矸石都挣钱，我们为啥就不景气，欠那么多外债？"

郑万通蔫了，耷拉着脑袋，说："这会儿，我手上没有材料，没有报表。"

魏连海说："这么大的一笔资金，你不装在脑子吗？脑子里啥都没有还当啥矿长？"

火焰说："魏师傅说得好！东亚，给他交个实底。"

邱东亚说："你认为你能逃得了工人的质问吗？告诉你，关于你3000万资金问题，早有举报。还是坦白吧，坦白从宽！"

郑万通听了邱东亚的"通牒"，万分惊讶，他慌张地抬起头，看看严肃的县领导，再看看愤怒的工人，知道拖不过今天了，他低下头，坦白了："投资了，砸在里面了……这是矿领导班子定的。"

火焰非常气愤，他努力压着火气，说："这个矿是集体所有制，是全体工人的，你知道吗？损失了这么多钱，你必须给工人一个交待！投哪儿去了！"

郑万通低着头，不吭声。

火焰说："当着工人代表的面，你老实交待！"

郑矿长彻底垮了，头越低越深，带着哭音交待："我说，我犯了严重错误，矿上所有资金加上工人集资款、工资款都买了一个煤炭企业集团的原始股票，我原想入股这家大型煤炭企业集团。谁想这家企业出大事故了，3000万的股票，眼下就值300万了。"

工人惊讶得叫出声来。

火焰火了，厉声质问："郑万通，你说明白！你是以谁的名义买股票的？"

郑万通一哆嗦，交待："国家有规定，企业资金不能投向股票市场，就以我个人的名义注册了一个投资公司。"

火焰又抬起脚想踹郑万通，够不着，挪了两次屁股，踹了郑万通一脚："知法犯法，变相贪污！混蛋一个！东亚，马上通知检察院，立案侦察。"

郑万通又一哆嗦，彻底崩溃了，他瘫软在了长条椅子上，黑色的椅子给他印上了几道黑杠。

魏连海从震惊中醒过来，感叹着："我们一直被他蒙在鼓里。"

齐师傅像经过了一次洗礼，精神倍增，说："这回好了，知道咋监督矿长了。"

贾主席很振奋，他也表达了自己的心声："过去，我们工人代表只是个摆设，这回知道了，不行使权力不对，对不起工人，毁了咱们的煤矿。”

见工人们的觉悟上来了，火焰很高兴，鼓励大家说：“都说得不错。工人代表们拿出主人翁的意识，继续开会讨论煤矿出让条款吧。我们不是工人代表，就不列席了。还是刚才那句话，工人代表大会定的方案，县政府全盘接受。”

齐师傅说：“我也不是代表，也不列席了，我跟火焰书记走。”

凑份子不掏钱多没意思

当火焰、邱东亚、王永远和齐师傅等工人走出浴池，突然发现一大群工人已经把浴池的门团团围住，为首的是吴瘸子。在灯下，工人们的眼睛是亮闪闪的，目光中，有感激，有期盼。

吴瘸子说：“火焰书记，我把你来矿上的事儿告诉工人了，工人们知道县委书记跟工人一起采煤，一起洗黑水澡，都要来看看你。”

一个工人说：“火焰书记，挖了一天煤累不累？”

另一个工人说：“火焰书记，这儿的水太脏太臭，我们请你到街上泡桑拿。”

又一个工人挤到前边说：“火焰书记，和我们一块吃烤羊肉串吧。”

火焰被工人们的热情感动了，说：“我还真饿了，就吃羊肉串了，再喝两杯啤酒，过过瘾。”

齐师傅非常高兴，立刻站出来组织这次活动，他说：“好了，听我老齐的，每人20块，身上没带不要紧，可以记账。”

火焰说：“我赞成！”他率先掏出钱来递给齐师傅。

齐师傅推回去：“这不行。”

火焰又递回去，说：“凑份子嘛，不掏钱多没意思。”

此时，邱东亚更加确定，刚才的那个感觉是对了，这就是：火焰不该是县委书记，也不该是教授，就应该是农民，是矿工！太像了，他能很轻松地钻进农民堆儿里，更能很轻易地混进煤黑子圈儿里，谁人能比？

第十七章

一个爹娘都不孝敬的干部，能为老百姓办好事情吗

共产党不相信群众相信谁

火焰也干了，放下酒瓶，笑着说："就一句话：共产党不相信群众相信谁？" 虽然火焰说得不那么郑重，但仍然震撼了所有人，肉串店门前突然安静下来，好久没人说话。

天大地大

琢磨到这儿，邱东亚不敢往下琢磨了。他毕竟是县委副书记，他是有党性的，他对自己说：不应该动摇啊，"天大地大不如党的恩情大。"

前面是暖村

中午的时候，路过一个村子，邱东亚指着这个村子说："前面是暖村。"火焰点头说："到村里吃顿饭，随便找一户农家吧。"

一篮臭鸡蛋

火焰把篮子捧到大娘面前，待大娘拣出8个鸡蛋后，火焰又把篮子挂回到原位。大爷也麻溜地端来一只大碗，大娘高高兴兴地在碗边上磕破鸡蛋，打开一个，流出一股黑水，分不清蛋青蛋黄，大娘便不好意思地说："臭了。"

人变坏是从吃白食开始的

吃完了饭，火焰照例给饭钱，20元，邱东亚也交了，大娘和大爷说什么也不收，火焰就说了一句话，他们不得不收下了，火焰是这么说的："天下没有白吃的饭，如果饭能白白吃到，那谁还会努力挣饭吃？人变坏是从吃白食开始的。"

煤矿生活区里有一条小街，小街上有几盏东倒西歪的路灯，昏黄的灯光也是东倒西歪的。昏黄的路灯下，一个肉串店门前有一个小排档，4张小桌子，凳子都反扣在桌子上，店主休息了，店里店外都没点灯。火焰和工人们走近桌子，自行取下凳子，坐下来。齐师傅径自走到店门口，拍门，大嗓门儿喊着："秃脑袋，来生意了，麻溜儿爬起来，烤肉串。"

一会儿，屋里灯亮了，窗户打开一扇，伸出一个秃脑袋，眼睛惺忪道："老齐头啊，都后半夜两点了，怎么这么晚？"

齐师傅一拍秃脑袋，乐呵呵地说："开会了，讨论煤矿大事儿。"

秃脑袋不屑地一撇嘴，说："你个老东西，别吹了，我还不知道你吗，准是打牌去了，赢了还是输了？"

齐师傅又拍了一下秃脑袋，说："我告诉你，今后再不准你小看我了。我现在做大事了，哪有心思打牌。快点儿烤上，人多着呢，把你店里所有的脑袋都叫起来，麻溜儿的。"

秃脑袋抻头看小排档里坐满了人，说："是不少。老东西，这回你确实没打牌。"他收回秃脑袋，喊了起来，"起炕了，老大点火，老二切肉，三丫儿穿串儿。老婆子，赶紧端盘上碗啊。赶紧的，再磨蹭，不死的老齐头就饿死了，饿死了老齐头不要紧，饿死其他客人可不得了了！"

小排档的灯"啪"地一下亮了，一家几口都出来了，都很麻溜，老大生火，老二切肉，丫头穿串儿，老板娘拌肉，老板烤串。

火焰和工人们喝了起来。

齐师傅说："火焰书记，我有一个问题，可以问吗？"

火焰说："问。"

齐师傅问："你怎么就知道我们工人代表出的价合理不合理？"

一个工人也问："对呀，你怎么相信我们工人不会要出个天价，这可是个机会呀，天上掉馅饼一样。"

另一个工人也说："是呀，谁见了馅饼不馋？"

火焰笑而不答。

邱东亚和王永远也有这个疑问，他们不便问，但不问不等于心里不琢磨。火焰这个决定等于把定价权利交给了工会，工会是一群什么人？工人代表越是代表矿工，就越是要维护他们矿工群体的利益，就越是远离社会性的公共利益，他们所定的价格也就越偏离县政府的收购价格，漫天要价是极有可能的，喊出来一个天文数字也未可知。邱东亚想：如果自己是工人代表，而且在煤矿还有股份的话，我就会狮子大开口，这太正常了，也无可厚非。王永远也想：这样做确实太悬了，工人做主，法律上支持，理论上允许，但实际上是不可操作的，还是那句话：利益面前都是动物。再加上一句：没有永远的公正，只有永远的利益。

齐师傅是好事之人，不问个明白不会罢休，他一个劲儿地求火焰："跟我们工人说说呗。"

火焰举起一瓶啤酒，卖开了关子，说："喝了这瓶酒，我告诉你们。"

齐师傅爽快地举起酒瓶子，对大家说："来，魏班长不在，替咱们开会讨论大事儿，我代表魏班长发个号令，都举起酒棒子（东北方言，瓶子），干了！"

工人们没二话，都干了。

火焰也干了，放下酒瓶，笑着说："就一句话：共产党不相信群众相信谁？"

虽然火焰说得不那么郑重，但仍然震撼了所有人，肉串店门前突然安静下来，好久没人说话。

秃脑袋一家也愣愣地听着，忘了做生意招待客人。

齐师傅很激动，忽然站起身，大声吆喝着："就为了火焰书记这句话，大伙儿再干一棒子，怎么样啊？"

工人们也站起来，都说："好，今天高兴，喝它个痛快。"

火焰也高兴地站起来，邱东亚和王永远也跟着站起来。

齐师傅又摁下三位领导，说："火焰书记，邱书记，王县长，你们都坐着。大伙儿听我号令，抄家伙！"

工人齐刷刷地抄起酒瓶子。

齐师傅又吆喝："干！"

工人们酣畅淋漓地干了一瓶，酒流过下巴，溜进领口。

火焰也干了，激动地说："谢谢工人师傅们！听我跟你们讲，我们现在要改革，要改制，要搞社会主义市场经济。社会主义市场经济与资本主义市场经济有什么不同？那就是除了都有竞争机制以外，社会主义市场经济里还有一个大写的'爱'字！"

工人们叫着好，兴奋地将酒瓶扔上了天，随之就是"啪啪啪"的破碎声响。

齐师傅好像闻着什么味儿，喊了一声："秃脑袋，烤糊了！"

秃脑袋正瞪着眼睛傻傻地瞅火焰，听了齐师傅的叫声，反应过来，手忙脚乱地收拾，说："真糊了，老大你傻站着干啥！"

吃饱了肚子，喝够了啤酒，齐师傅大老爷一样招手，把秃脑袋叫到桌前，掏出收上来的份子钱，往桌上一拍，说："秃脑袋，多少钱你自己拿。"

秃脑袋一笑，说："今天你真牛，但你的钱不好使。"

齐师傅瞪着眼睛问："怎么的？"

秃脑袋看着邱东亚说："那位领导早就把账结了。"

齐师傅和工人都看邱东亚。

邱东亚站起来，潇洒地一摆手，说："走啊，回去休息！"

天大地大

当夜，火焰、邱东亚和王永远就住在煤矿招待所3个单间里，火焰睡得很香，说着他教授级别的梦话，打着他县委书记水准的呼噜。邱东亚和王永远却难以入睡，他们时而爬起来踱到窗前，忧虑地撩开窗帘，看远处的浴池。浴池的灯光依然亮着，透过窗户的木板缝隙射出来，这表明那个工人代表大会还没有散，工人们正在热烈讨论。从会议持续时间上判断，肯定有两种意见对峙着，互不相让。两个人看累了，都躺回到各自的床上。人虽然躺下了，但心还悬着。

王永远一个劲儿寻思：万一工人代表大会端出来的是一个超过亿元的价格，怎么办？不接受，火焰已经表态了；接受，根本不可能！接受了会起连锁反应的，其他矿都会效仿，和县政府漫天要价。那样的话，这个收购煤矿计划就会流产了，因为县里没这个承受能力。

邱东亚则往死了琢磨，火焰凭什么这么相信工人代表？凭什么这么有把握？这种把握来自于哪里？心对心？情对情？不会这么简单，这些都不可靠。那么只剩下一种可能了，就是拥戴，那是一群人对一个人的信任和依靠，也可以解释为矿工们都相信共产党。从火焰的角度讲，他确实代表共产党，他这种人确实是纯粹的共产党人，他相信在共产党的领导下，工人阶级是最值得信赖的。从工人角度讲，火焰是共产党的书记，是共产党的人，他们从火焰身上感受到了共产党对他们的信任。所以，工人一定会拿出一个对得起党，对得起火焰书记的出让价格。把这个分析说给大家听，会有人相信吗？琢磨到这儿，邱东亚不敢往下琢磨了。他毕竟是县委副书记，他是有党性的，他对自己说：不应该动摇啊，“天大地大不如党的恩情大。”

前面是暖村

第二天一大早，天才麻麻亮，火焰就把邱东亚招呼起来，说：“咱们走。”邱东亚就麻利地洗脸，拾掇东西，都归整利索了，忽然想起“工人做主”的事儿，就说：“工人代表大会什么情况还不知道呢。”火焰说：“这咱就不管了，让王永远在这儿等结果。”邱东亚有些气恼，这是什么事儿，你起的事儿，你却甩手走了，不负责任了，出现大差错责任算谁的，让人王永远承担？那不把人家冤死了嘛。火焰看出了邱东亚的心思，就说：“东亚，别担心，这事儿交给工人错不了。”

火焰和邱东亚骑车离开了右河煤矿，沿着那条山路往回走。

中午的时候，路过一个村子，邱东亚指着这个村子说：“前面是暖村。”

火焰点头说："到村里吃顿饭，随便找一户农家吧。"

就在这时候，县检查院派出一个清查小组进驻到右河煤矿。

一篮臭鸡蛋

暖村，掩映在树林中，就像这个名字一样，祥和、温暖，一栋栋住房，一根根烟囱，一缕缕炊烟，让火焰和邱东亚迅速产生了亲切感，产生了一种急切进入农家生活的愿望。火焰随便一指，两人便走向一户人家。

农家的门敞着，看见一位老大娘在熬粥，身边还有一位老大爷在烧火。

火焰轻轻走进去，轻轻地打招呼："大娘，大爷，你们好啊。我们是县里的，我叫火焰，他叫邱东亚，我们到右河煤矿办事路过这里，想在你家讨口吃的，可以吗？"

老大娘盯着两个人，问："县里的，面挺善的，干部吧？"

邱东亚说："老大娘眼力真好。"

老大爷站起身，热情地招呼道："坐，坐，饭倒有，就是没啥好吃的。"

老大娘不愿意听，说："瞎说啥呢，咋没有。"说着，搬了一把凳子，摆放在地当中。

火焰和邱东亚这才看到凳子上方有一个篮子，吊在房柁上。

邱东亚问："大娘，篮子里是什么宝贝呀？"

老大娘微笑着，眼角洋溢着一丝得意，说："不是啥宝贝。"

老大爷撇着嘴，说："给她儿子留的，怕我偷吃。"

老大娘瞪着老伴，说："你这话说的，不是你儿子呀？"

火焰拉住大娘，说："大娘，你做什么我们吃什么，还是把你的宝贝留给你儿子吧。"

大娘说："那不行，登了我家的门儿，就是我家的客！"说着，就要上凳子。

火焰赶紧说："那我来吧。"

大娘放下了脚，说："好，年轻人麻利，你来。"

于是，邱东亚扶住凳子，火焰登上凳子，小心翼翼地摘下了那个篮子。

这是一篮子鸡蛋。火焰把篮子捧到大娘面前，待大娘拣出8个鸡蛋后，火焰又把篮子挂回到原位。

大爷也麻溜地端来一只大碗，大娘高高兴兴地在碗边上磕破鸡蛋，打开一个，流出一股黑水，分不清蛋青蛋黄，大娘便不好意思地说："臭了。"大爷又端过一只碗，大娘又打一个，流出的还是黑水，大娘又不好意思地说："又臭了。"大娘生气了，一口气把8个鸡蛋都打了，只有两个好的。

大爷很上火，嘟囔着："不叫你留你偏留，留臭了吧？"

大娘的眼泪"刷"地一下流了下来，心疼地说："谁知道儿子老不回来。"

大爷对此很不满，说："哼，你就不应该惦记那个犊子！"

火焰被这一情景感动了，这是农村常见的一个情景，慈母望儿归，有多少从嘴上省下来的"好吃的"搁坏了，藏烂了。

火焰的母亲英老太太也是这样。上中学三年级的时候，那是一个夏天，火焰到哈尔滨参加一个数学竞赛，英老太太算好了儿子回家的日子，买了一包蛋糕，等火焰回来吃。但是，因暴雨冲坏了一座桥梁，火焰耽误了三天才回来。火焰回到家，母亲喜滋滋地拿出那包蛋糕。当火焰打开黄纸包装只看不吃的时候，母亲才知道蛋糕已经长了绿毛。为此，母亲很难受，默默哭了一夜。

大娘的母爱温暖着火焰的心，火焰端起碗，闻了一会儿，笑着哄大娘说："也许你儿子工作忙，大娘，你把这几个鸡蛋炒了，我替你儿子吃了，怎么样？"

大娘很难为情地说："这是臭蛋。"

火焰笑着说："臭鸡蛋也能吃。记得小时候，家里有一只下蛋鸡，总把蛋下到外面。我妈很生气，但她逮不住那只鸡，就叫我跟踪。我一连跟踪了几天，才发现它自己做的蛋窝，窝里有12个鸡蛋。我把蛋捡了回来，我妈很高兴，奖励给我6个，给我炒了一大盘儿。我清楚地记得，那盘鸡蛋就是臭的。味道虽然臭，但吃起来很香，真的！有点儿像臭豆腐的味道。”

大娘破涕为笑，动手炒鸡蛋。一会儿，灶间就弥漫起臭鸡蛋的味道。火焰说：“就是这味儿，挺好闻的是吧。”大娘听了更踏实了，说：“这孩子好，实诚。”

饭菜上桌，都坐了下来，都看着臭鸡蛋。

大爷皱着眉头说：“还是别吃了，给客人吃臭鸡蛋，传出去，我这老脸还要不要了。”

火焰像看到了美味一样盯着黑乎乎的炒鸡蛋，说：“我先尝尝。”说着，先吃了一口，有滋有味儿地嚼着，还鼓动邱东亚，“东亚尝尝，挺香的。”

邱东亚吃了一口，品着，皱了一下眉，说：“头一次吃臭鸡蛋，有点儿像臭豆腐，感觉还行。”

大娘和大爷有了笑容，都尝了一口。

大娘咽下鸡蛋，高兴地说：“还真能吃。”

大爷趁机说：“这篮子臭鸡蛋还给你儿子留吗？该给我吃了吧。”

大娘瞪了一眼老伴，不再理他，给火焰和邱东亚盛粥。

火焰喝粥动静很大，还边喝边说话：“大娘，你对儿子真好，你儿子在哪儿工作呀？”

大爷抢着说：“在右河乡上班。”

火焰和邱东亚对视了一眼，问：“叫什么名字？”

大爷说：“刘红骏。”

火焰又和邱东亚对视了一眼，说：“右河乡党委书记。”

大娘骄傲地笑着回答道：“是，我儿子是书记！”

邱东亚也感到意外，嘀咕了一句：“原来是他。”

火焰笑着，掏出手机，说：“我认识他。大娘，大爷，我得告诉他一声，你们二老惦记他。”

大娘听了这话非常高兴，说："真的，那你叫他回来。"

大爷没好气儿地嘟囔："他娘都叫不回来，今天忙，明天忙的。"

火焰说："我试试。"说着，拨通了刘红骏手机。

人变坏是从吃白食开始的

大约半小时后，一台出租车驶到门前，停下。刘红骏跳下车，跑进院子，犹豫了一下，走进屋。

大娘迎到门口，刘红骏却绕过了母亲，向火焰和邱东亚走去，笑容非常灿烂，说："火焰书记、邱书记，真是太意外了，两位领导怎么走到我妈家了？"

火焰提示刘红骏说："先看你爹你妈！"

刘红骏这才把目光转向父母，说："爸，妈，知道吗，这就是县委书记火焰，这是邱书记。"

大娘惊讶看着火焰，很快激动起来，说："你就是火焰书记啊？"

大爷也很惊喜，说："常听村里人念叨你。"

邱东亚心里非常清楚，刘红骏撞到火焰的枪口上了。刘红骏是邱东亚很欣赏的干部，干工作"嗷嗷"叫，这"嗷嗷"叫是他忠诚的表现，谁欣赏他，谁提拔他，他就跟着谁玩命干。不光邱东亚喜欢刘红骏，已经荣升那丹市副市长的原县委书记李翊明也喜欢。但是，这么多年，邱东亚竟然不知道刘红骏是个不孝子。看来，以往组织忽视了对干部进行这方面的考核。

组织考核干部，考的是"德、能、勤、绩、廉"五个方面，这个"德"在最前面，无疑是最重要的。但是，考核时谁会问：该同志是否孝敬父母？反正邱东亚当年在组织部工作的时候没这样考核过干部。不用说，疏漏啊。

邱东亚在心里骂道：也是活该，狗东西真不长脸，虽然暖村不属于右河乡，但离你右河乡还不到三十里，区区三十里对于屁股底下有车的乡党委书记来说，就像前后院儿那么远。也就是说，只需要十几分钟的时间，就能看一眼你的父母，可是你竟然好几个月不来看一回，在这个事实面前，你说你孝顺，谁信？火焰是什么人，他仅需要一个实例就能把人看穿，研究透。看来，刘红骏是躲不过火焰的火眼金睛了。

火焰看了一眼刘红骏，又看看两位老人，笑呵呵地说：“大爷，大娘，今天偶然认识二老，也是缘分，既然在一个锅里吃饭了，咱们就是亲人，我想问问你家的家务事，可以吗？”

大娘来到儿子身边，疼爱地抚摸着儿子后背，说：“行啊。”

火焰便温和地说：“刘红骏，问你两个问题。”

刘红骏摸不着头脑，心里有些发毛，说：“问吧，火焰书记。”

火焰指着凳子说：“你坐下。”

大娘用袖子擦了擦凳子，说：“儿子，坐呀。”

刘红骏面对火焰坐下来。

火焰问：“第一个问题，右河乡政府离这儿多远？”

刘红骏回答：“三十里那样吧。”他知道了火焰想说什么，就赶紧解释，“今年春天不是工作太忙吗……”

火焰又问：“第二个问题，你今年到老人这儿来过几次？”

刘红骏有些慌乱，说：“过年来过。”他又解释，“绿色食品种植园区的建设离不开人，没白没黑……”

大娘也赶紧替儿子解释：“我儿子经常打电话。”

大爷插了一句：“还捎过口信呢。”

刘红骏紧张了，脑门上渗出细汗，连声说：“是，捎过。”

火焰仍然温和地说：“四个多月没回家，都是工作忙的，腾不出一点儿时间来看父母。看来，我该给你减减担子了。两个问题问完了，你看看这道菜吧，这是老人给我炒的一盘鸡蛋，你尝一口。”

大娘一听就说：“等着，妈再给你炒一盘。”说着，搬凳子走向那个吊篮。

大爷火了，大声嚷着：“你别瞎掺和，听火焰书记说！”

刘红骏预感到不妙，小心地坐下，颤抖地拿起筷子，颤抖地夹起鸡蛋，送进嘴里，艰难地咀嚼着。

火焰问：“什么味儿？”

刘红骏说：“臭了。”

火焰说：“刘红骏，你四个月没来，不知道吧，这是你妈为你攒的鸡蛋。大娘，这筐鸡蛋有多少个？”

大娘说：“80个。”

火焰问：“你家几只鸡下蛋？”

大爷说：“两只。”

火焰默默算了一下，道：“老人家养了两只下蛋鸡，三月鸡下蛋是吧，估计老人一个没舍得吃，要不然攒不下80个，很多蛋都攒臭了。”

大娘忽然委屈了，流泪了，大爷叹了一口气，刘红骏看了一圈，低下了头。

火焰指着房柁上的篮子，说：“大娘，你儿子很忙，就让他把这篮子鸡蛋带回去吃吧。”

火焰摆上凳子，让刘红骏上去摘篮子，刘红骏晃晃荡荡地上了凳子，大娘赶紧过来扶着。刘红骏摘下了那个鸡蛋篮子，抱着。

火焰说：“原本是80个鸡蛋，我们这顿饭吃了8个，还剩72个。”

大娘抓住篮子，说：“儿呀，这些臭了，妈再攒。”

大爷把大娘的手扒开，说：“你不知道好歹是不是？”

吃完了饭，火焰照例给饭钱，20元，邱东亚也交了，大娘和大爷说什么也不收，火焰就说了一句话，他们不得不收下了，火焰是这么说的：“天下没有白吃的饭，如果饭能白白吃到，那谁还会努力挣饭吃？人变坏是从吃白食开始的。”

在离开刘大娘家的时候，火焰贴着刘红骏的耳朵悄声说：“刘红骏，今天我有一个疑虑，解不开了，你帮我捋捋？你说，一个4个月不看爹妈一眼的干部能下乡看老百姓吗？一个爹娘都不孝敬的干部能为老百姓办好事情吗？”

刘红骏愣着。

邱东亚也凑上来，对着刘红骏的另一只耳朵悄声说：“你小子怎么是这样一个人？火焰书记说得好啊，作为干部首先要做好父母的儿子，不能做好父母的儿子，怎么能做好百姓的儿子？”说完，他很感慨，连父母都不孝敬的人，怎么会爱同志、爱百姓？怎么会爱党、爱国？

火焰和邱东亚的双面夹攻，使刘红骏汗流浃背。

火焰悄声说：“给你一个任务，把72个鸡蛋带回去，都吃了，一个不许剩！”

第十八章

政府大楼向所有人开放，不管是讨水喝还是上茅房都随便

进厕所还分三六九等

李春林说：“跑200米，孩子拉肚子，来得及吗？还是让孩子到楼里的厕所吧，我不进去，你们带着孩子进去，还不行吗？”大个子保安说：“楼里的厕所是随便进的吗？”李春林气哼哼地说：“咋的，进厕所还分三六九等吗？”

你以为上访户是麻烦，对吧

火焰更加气愤，反问：“你以为上访户是麻烦，对吧？必须堵在门外，对吧？”李春林长叹一声，说：“不能怨他们，没这座大门，能有他们嘛！没有领导的交代，他们犯得着和我过不去吗？”

门里门外，门的王国

中国是“门”的王国，有着很丰厚又很深澳的“门文化”。“门”出现的确切时间难以考证，应该在我们祖先穴居的时候就有了雏形。也就是说，人类有了居家意识，自然就产生了“门”。

他见不得弱者受欺

火焰知道自己的弱点，他爱流泪。这没办法，他天生警惕有权有势的人，他天生痛恨耀武扬威的人，他见不得弱者受欺，他更见不得老百姓受苦。

东江县政府办公楼非常气派，五层建筑，花岗岩贴面，门前有一个占地50亩的广场，树木花草错落有致，碧绿、艳丽，在那丹市的三县六区乃至全省都是首屈一指的，就连那丹市政府的办公大楼也未必有这里讲究。县政府院子里有一根国旗杆，飘扬着国旗，办公楼上挂着国徽，眩目耀眼。大门的两边挂着两块牌子，左边白底红字：中国共产党东江县委员会，右边白底黑字：黑龙江省东江县人民政府。政府大院儿门口设有警卫室，配备了多名保安。

这天早晨，李春林背着筐，牵着孙子叫叫，来到这座办公大楼的大门前。叫叫6岁，边走边吹叫叫（嫩柳条外皮做的一种哨），李春林蹲下身对叫叫说："叫叫，不是和你说了吗，到县政府别吹叫叫，这里有好多干部办公。"叫叫恋恋不舍地从嘴里拿下叫叫。

大个子保安见李春林走过来，几步走过去，堵在李春林的面前，说："这不是冷村的李春林吗，这回来还带着孙子。"

小个子保安也警惕地靠上前，说："你每月初一一趟，十五一趟，一年来24趟，不累吗？不用我告诉你吧？好，我再告诉你老人家一回，信访办在右边那个院子，走右门。"

大楼右侧确实有一个院子，一栋小二楼，门的一边挂着一个牌子：东江县政府信访办。

小个子保安问："今天既不是初一也不是十五，你怎么来了？"

李春林看了一眼右侧院，心平气和地对保安说："今天我不上访，我来这儿是给火焰书记送山野菜。"

叫叫扬起了小脸，说："他是大官！"

大个子保安用十分生硬语气说："老人家，我们一天接待多少上访群众啊，都这么说，还有比你更会伪装的呢，西服革履的还夹个包，我找谁谁谁，那是我家亲戚。算了，到那院儿去吧。"

李春林有些着急，解释说："你们不知道，上次火焰书记到我那儿买羊，说好的，山野菜下来让他尝尝鲜。"

小个子保安不耐烦了，说：“你告老书记李翊明，告了两年，告下来了吗？如今老书记升副市长了，人家要是有问题能升吗？我劝你老人家，别告了，就是告也别找火焰书记呀，火焰书记比市长矮一级，下级能调查上级吗？你当过村支书，懂得这个道理，对吧？咱们不在这儿废话了行不行，回去吧。”

听了这话，李春林真急了，大声抢白：“你说的才是废话呢，今天我真不是来上访的，我是来送野菜的！”

叫叫又扬起了脖子，叫着：“送菜，就是送菜。”

大个子保安斜了叫叫一眼，耐着性子说：“来这个大楼的，不管是干部还是一般群众，不管是告状的还是上访的都想见火焰书记。你说，火焰书记能见得过来吗？”

李春林说：“我们认识，他买过我的羊。”

小个子保安说：“火焰书记走遍了全县100个行政村，买的土特产多了，上回买回啥了，一车笤帚，一个办公室发了一把，我这儿也发了一把。”

大个子保安说：“放羊的、扎笤帚的都来找县委书记，大楼还不挤破了。”

小个子保安烦躁地摆摆手，说：“不和他啰嗦了，打个电话让信访办来人接走。”

李春林生气了，他最近添了一个毛病，生气后喘不上气来。他气得直敲胸脯，非常痛苦地说：“你们，上访不让进，看人也不让进，这个大楼，老百姓为啥就一步也迈不进去？”

大个子保安见李春林说了这么敏感的话，咋唬起来：“你说什么？不能胡说啊！”

李春林十分倔强，一跺脚，大声说：“我就说了咋的？”

小个子保安大声说：“你爱说就说，找个没人的地方说，回家说，就是别在这儿说。”

李春林不示弱，吼着：“我就在这里说了，咋的？”

就在这时，叫叫叫了一声：“爷爷，我要拉屉屉（方言，拉屎的意思）。”

李春林赶紧照顾叫叫，他拉着叫叫的手说：“这孩子，咋这会儿拉屁屁。憋住了，楼里有厕所，爷爷带你去。”说着，就拉着叫叫往大门里走。

两个保安赶紧跑过来，拦住祖孙二人。

小个子保安说：“院子都不能进，能让你上厕所吗？别耍滑头，上访到那院儿，上厕所到200米外路北边的公共厕所。”

李春林说：“跑200米，孩子拉肚子，来得及吗？还是让孩子到楼里的厕所吧，我不进去，你们带着孩子进去，还不行吗？”

大个子保安说：“楼里的厕所是随便进的吗？”

李春林气哼哼地说：“咋的，进厕所还分三六九等吗？”

叫叫叫着：“爷爷。”

李春林急着和保安掰扯（方言，意为理论、辩白），说叫叫：“再憋一会儿。”

叫叫哭了，又叫：“爷爷，我拉了。”

叫叫拉了裤子，那是一个肥大的短裤，屎从短裤里流到了地上。

小个子保安睁着大眼睛，看叫叫脚底下，说：“还真拉了，县政府门口怎么能随便大小便？”

大个子保安急了，道：“你怎么叫孩子拉了？这是什么地方，啊，东江是卫生城镇、文明城镇，县政府是县城里最干净最漂亮的地方，知道不？”

李春林赶紧蹲下身，给叫叫脱裤子擦屁股，边擦边说：“我还想说你们呢，不让就近上厕所，怨谁？我撮了就是了。”

大个子保安说：“撮了就完了吗？”

李春林说：“那你还能咋的？”

小个子保安说：“你得用水给我刷干净。”

李春林给叫叫脱裤子，擦腚，手纸随手扔了。来了一阵风，把几块手纸刮进了大院儿。

小个子保安指着李春林，训斥：“还随地扔手纸，这太不像话了！”

李春林一把打开小个子保安的手，说："小兔崽子，有这么指着长辈的吗？"

小个子保安夸张地擎起了双手，故作惊恐地说："你还动手了。我可没碰你，但你打我了。来，你再打一下，再打一下。"说着，逼近李春林。

李春林没搭理逼近的小个子保安，他盯住了警卫室顶着门的一把铁锹，他一边朝铁锹走，一边说："我儿子要是你这德行，早被我打死了！"

两个保安看着李春林向铁锹走去，感觉不妙。

大个子保安说："不好，他要拿铁锹，快，摁住他！"

两个保安便扑了上去，抓住李春林。

小个子保安扭着李春林的胳膊说："想动铁锹，反了你。"

3个人扭在一起，背筐撕掉了，山野菜撒了一地，踩在脚下，碾烂，碾出浆液。叫叫露着屁股，大哭起来。

你以为上访户是麻烦，对吧

这时候，火焰和邱东亚正好骑车回来，接近政府大门口的时候，正好赶上3个人扭打在一起，于是都用力蹬车，赶往大门口。

火焰一边骑车一边喊："你们干什么？"

邱东亚跟着喊："在政府大门口厮打，像什么话！"

两名保安见火焰和邱东亚来了，松开了李春林。

火焰跳下车，才惊讶地发现，被保安扭住的竟然是李春林，他吃惊地叫着："老李大哥，是你呀，这是怎么了。"

李春林没有吱声，长叹了一口气，转身去照顾叫叫。

火焰又看叫叫说："老李大哥，这孩子是你孙子吧？"

李春林还是什么也不说，给叫叫擦裤子。

大个子保安赶紧向火焰解释："火焰书记，他让孩子在门口大便。"

李春林气得直敲胸脯，实在忍不住，喊了一声："你们，要是让孩子进去上厕所，能拉到裤子里吗？"

小个子保安补充说：“火焰书记，他还打人，他还想动铁锹。”

李春林痛心地一拍大腿，说：“瞪眼儿胡说八道啊，这还是县政府吗！”说到这儿，他一口气憋住半天才上来，扶着大门栏杆，敲着胸脯，喘着气。

这时，叫叫哭得更厉害了，小肚子一鼓一鼓的，鼻涕眼泪流了一脸。

火焰蹲下身，哄着叫叫：“不哭了，不哭了。你叫什么？”

叫叫委屈地回答：“叫叫。”

火焰看着叫叫手里捏烂的叫叫，爱怜地给叫叫擦眼泪，说：“叫叫，一会儿到我家，洗洗小裤头，洗洗小屁股。我有一个教练员吹的哨子，给你怎么样？”

火焰目光移到警卫室门口那把铁锹，他走到警卫室，抓起铁锹。大个子保安跟上来，也抓住了铁锹，火焰一把推开大个子保安，端着铁锹走到叫叫身后。他仔细地撮起来，又端着铁锹走到对面的花坛边，把脏物埋进土里，之后将锹翻过来，用土擦拭铁锹。火焰回来，把铁锹放回原处，叫保安打盆水来。两名保安迅速去打水、拿毛巾肥皂。火焰脱下叫叫的裤头，给叫叫擦干净了屁股，又洗叫叫的裤头。

李春林先是呆呆地看着火焰，忽而反应过来，过去推开火焰，抢过叫叫的裤头，洗起来。

这时候，政府大楼里伸出很多脑袋，看大门口外的情景，进出大门的人也驻足观看。

阳光慢慢地移动，影子渐渐变短。

叫叫光着腚，朝太阳举着自己的短裤，用稚嫩的声音说：“离太阳近点儿，快点儿晒干。”

李春林默默地看着地上散乱的、碾烂的山野菜，忽然流下泪来，他蹲下身，开始捡菜。两名保安已经意识到了自己的错误，开始忐忑不安了，想做些什么补救，却又无所适从。

火焰看着满地的野菜，非常难过，他也蹲下身，陪李春林一起捡野菜，说：“老李大哥，这是送给我的吧？”

李春林的呼吸颤抖着，说：“山野菜刚发出芽来，嫩着呢，我一大早啊采回来，坐着小蹦蹦（小型农用车）跑了80里，送你尝尝鲜。谁知，就在你的大门口啊，糟蹋了。叫叫也想看看你这个大官儿，谁知在你的门口拉了裤子！”

火焰捡菜，一棵一棵，动作很慢，好像每棵菜都很沉。

李春林呆呆看着破碎的柳条背筐，看着踩烂的野菜，嘴唇哆嗦，说：“别捡了，怪你没这个口福。这东西啊，冒出芽来就得摘，过两天就不是菜了，成了野草。”

大个子保安慌了，说：“火焰书记，我真不知道他是给您送菜。”

火焰说：“胡说，你不是不知道，你是不信。”

小个子保安怕了，连忙解释：“火焰书记，他是老上访户，我们以为……”

火焰更加气愤，反问：“你以为上访户是麻烦，对吧？必须堵在门外，对吧？”

李春林长叹一声，说：“不能怨他们，没这座大门，能有他们嘛！没有领导的交代，他们犯得着和我过不去吗？”

李春林的话，像一根针，直戳火焰的心，让火焰无言以对。

门里门外，门的王国

邱东亚一直没靠前，就站在旁边，他也听到了李春林的话，也被震撼了。李春林说的还是很有道理的，世上的事物就是这么辩证，有了人就有了“事儿”，有了“事儿”就有了“法”，有了“法”就有了执“法”的人。也就是说，人生出了“事儿”，“事儿”生成了“法”，“法”规矩了人。就像这座大门，人建起了门，门衍生了“门神”，“门神”欺凌了李春林。今天的事儿，究其根源，怨谁？

中国是“门”的王国，有着很丰厚又很深澳的“门文化”。“门”出现的确切时间难以考证，应该在我们祖先穴居的时候就有了雏形。也就是说，人类有了居家意识，自然就产生了“门”。山顶洞人居住山洞的时候，就知道在洞口挡些石块、树枝，以作屏障，这可能就是人类的第一扇门，一扇人类起源的门。现代人通过这扇门看到了人类自己的孩提时代。

那么，谁第一个“建造”了真正意义上的华夏建筑之“门”？上古神话的回答是：有巢氏。《韩非子·五蠹》描述：“上古之世，人民少而禽兽众，人民不胜禽兽大蛇。有圣人作，构木为巢，以避群害，而民悦之，使王天下，号有巢氏。”也就是说，人类从山洞里出来以后，有巢氏搭木造屋的时候，便有了真正意义上的“门”。

在中国古典中，能找到老祖宗对“门”的理解，南北朝时梁朝的文字训诂学家、史学家顾野王撰写了一部按汉字形体分部编排的字书，名叫《玉篇》，《玉篇》里是这样解释“门”的：“人之所出入也。”还有，在我国最早的出自三国时期魏国的一部百科词典《广雅》（在隋代，为避讳隋炀帝杨广的“广”，改称《博雅》）里，著作者张揖则道出“门”的另一个意义：“门，守也。”也就是说，“门”有两个作用：一是“出入”，二是“守”。守者，防患也。防什么？邱东亚想：原始之门防的是兽类的偷袭，且兼以御寒；而现代的门则防的是人类的偷盗。“门”还有一个隐晦功能，就是防麻烦，所以，《释名》上曰：“门，幕障卫也。”这是极其精准的解释。“绿衣监使守宫门，一闭上阳多少春。”“门”是内外空间分隔的标志，是入室的第一关口和咽喉。关门，掩饰“家丑”；开门，展示荣耀。因此，中国人又将一家一户称为“门户”。

以今观古，“门”的种种功能逐渐给人带来了诸多神秘感，加之人的想象力，于是诸多文化信息镌刻在门楣、门扇上，渗透到门里门外，给人增添了一道道的门前风景，一层层的门后内涵，形成了“门文化”。

初唐，李渊没有守好“宫门”，于是发生了一场李世民杀兄逼父的“玄武门之变”。

明朝景泰帝因病，“宫门”失于守护，导致其兄英宗趁机演绎了“夺门之变”，夺取了他的皇位，做了天顺皇帝。

20世纪80年代，中国打开了国门，搞起了改革开放。于是，该进来的都进来了，于是，该出去的都出去了。

以古论今，邱东亚认为，无论是谁的大门，一定要守，而且要守得住，这是不容置疑的。当然了，该开的时候也得开，谁也不能过死门子。眼下，东江县政府大门口发生了“要进”和“不许进”的纠纷，这很正常，没什么可大惊小怪的，此类事件从上古到今天几乎天天发生，妥善处理也就是了。

火焰一边拣菜一边愤愤地嘀咕：“老百姓上厕所为什么不让进？你们怎么能眼睁睁看着孩子拉裤子里？你们长心了没有？我看，叫叫这泡屎拉的好，拉的有功。就把屎拉在县政府大门口了，怎么的？李春林多大岁数了，会动手打你们两个小伙子吗？会动铁锹吗？他是想用铁锹给你们打扫卫生！”

大个子保安更慌了，说：“我们听明白了，火焰书记，真是误会了。”说着，给李春林鞠躬。

小个子保安更怕了，说：“我们错了，火焰书记。我们给李春林赔礼。”他也给李春林鞠了一躬。

火焰还是低头拣菜，说：“没你们的事儿了。”突然，他站起来，指着大楼吼起来，“大楼里的那个姓关的大主任，你给我出来！”

邱东亚也跟着说：“快去叫啊！”

大个子保安撒丫子向大楼跑去。

他见不得弱者受欺

政府大门口的情景引起来往行人的兴趣，他们驻足观看，被邱东亚一一劝离。

此时，小个子保安手足无措，忽然蹲下身，想帮火焰拣菜。

火焰摆摆手道：“你不准动，这是我的菜。”

小个子保安忐忑不安地站起身，退到一边。

火焰把菜放进背筐里，又看李春林，看到李春林被撕开的衣服，他内疚，恳求道：“老李大哥，这菜我收下了，一会儿跟我回家，咱们把这些菜做了，喝杯酒好吗？”

李春林没有理会火焰，拉上叫叫，倔强地说：“这不是咱老百姓来的地方，你那个宾馆也不是，回冷村了，家里最好。”说完，拉着叫叫就走。

叫叫光着腚，跟着爷爷，一只手还是举着他那条湿漉漉的裤头。

火焰几步跑到李春林前面，眼里含着泪说：“老李大哥，你生气了？别生气呀，怨我，都是我的错，不走行吗？”

李春林停住脚步，不吭声。叫叫盯着火焰，琢磨这个大人为什么会哭。

火焰又求叫叫，说：“叫叫，别走，你不喜欢教练员吹的哨子吗？我还给你买一条新短裤好吗？”

突然间，李春林一跺脚，用哽咽的声音说：“不走还赖在这里干啥？古代县衙门前还允许老百姓击鼓呢，听到鼓声，县太爷就会升堂问案。我就是不明白，老百姓的县政府，老百姓为啥进不去？你家孩子到这儿来，能拉裤子里吗？”说着，牵着叫叫走了，越走越快。

火焰被噎住了，僵在那里，一时无话可说。望着李春林祖孙瘦弱的越来越小的身影，火焰痛楚地叫着：“老李大哥呀，就让叫叫光着腚走啊。”

叫叫一只手被爷爷牵着，一只手举着裤头，头一直回着，盯着火焰，目光纯洁得像水，忽而朝火焰一笑。

这时候，火焰已经泪如泉涌了。

关红锦跑过来说：“火焰书记，我刚听说，出了这种事儿真不应该。怨我，怨我，我马上开会，好好教育。”

火焰猛地转身，看见了关红锦紧张、歉意的脸，他一把揪住关红锦的衣领，气愤地说：“一个孩子要用一下大楼的厕所，却被你们堵在门外，反复央求不答应啊，生生让孩子拉到裤子里。他是我的亲人，你知道吗，他也是你的亲人，你知道吗？”说到这儿，他几乎是吼起来，“把保安撤掉，马上！从现在起，政府大楼向所有人开放。谁想进谁进，不管是上访的还是告状的，不管是找书记的还是找县长的，不管是讨水喝还是上茅房的，都随便！”吼完，他又轻轻地问关红锦，“听见了吗？”

关红锦慌了，快速回答："听见了，火焰书记，政府大楼向所有人开放，不管是上访的还是告状的，不管是找书记的还是找县长的，不管是讨水喝的还是上茅房的，都随便。"

火焰推开关红锦，喘着粗气看背筐，看烂菜。他慢慢弯下腰，抱起背筐，疲惫地朝宾馆走去，任泪水在脸上流淌，他喃喃着："叫叫朝我笑了。叫叫，你应该恨我。"

火焰知道自己的弱点，他爱流泪。这没办法，他天生警惕有权有势的人，他天生痛恨耀武扬威的人，他见不得弱者受欺，他更见不得老百姓受苦。李春林是他约来的，是来给他送菜的，满怀着热情；但是，到了他家门口，却不让进门！不但进不去门，连厕所都不给用，这是莫大的侮辱，这是野蛮的欺凌。毋庸置疑，保安是政府的保安，那么保安的行为就是他火焰的行为，这就等于是他把他的朋友挡在了门外，这就等于他无情地碾碎了老百姓的一颗炽热的心，毫无人道地欺凌了一个不到六岁的孩子。这个院子还是老百姓渴望的"家"吗？火焰还是人吗？不夸张地说，今天这情景就是强权下的一种欺凌，一种戏弄，一种践踏，堂堂的县政府欺凌了他的衣食父母！堂堂的县委书记戏弄了他的朋友！堂堂的火焰教授践踏了他的老哥！想到这里，火焰猛地回头，冲着政府大门说了一句："等着老李大哥，我一定要为你讨个说法！"

第十九章

有多少老百姓因为这座大门，恨县委恨政府恨火焰恨关久长

撒钱给客人看

无论什么规模的运动会，无论什么性质的推介会，无论什么行业的展览会，无论什么专业的论坛，非要搞那种奢华的开幕式和闭幕式吗？非要那么奢华的招待吗？撒钱给客人看，客人就能向你伸大拇指吗？一样瞧不起你，因为这是暴发户作为。如果这种现象普遍的话，那社会就涉嫌腐败了！

让“官老爷”们打哆嗦

火焰狠狠地说：“没有这‘轰隆’一声响，大院里的官老爷们就不会打哆嗦，心里的那个大门、那堵围墙就不会倒塌。心里的大门、围墙不倒，设置多少信访机构也没用！”

让他把绷紧的弦跑完

热情洋溢的关久长把“顽皮”且“疯颠”的火焰从房顶上劝下来，本想请他吃烤鸽子，可火焰很不够意思，下了房顶就走了，好像关久长根本就不存在。关久长想喊他一声，可是又觉得喊他他也不会回头。他了解火焰，火焰在“劲儿”上，谁也别拦着，拦也拦不住，非得让他把绷紧的弦跑完才行。

撒钱给客人看

下午5点钟，太阳蹲在那丹山上，正回头张望，用红红的目光留恋着东江。县政府办公楼在夕阳的余晖里线条清晰，明暗分明，显得伟岸、庄重；大院儿在晚霞中也呈现出婉约恬静的景象，树影摇动，花草芬芳。

火焰走出县政府办公楼，他没有径直往大门走，却沿着院墙转悠，不时仰头看雄伟庄严的办公大楼。此时，火焰忽然想到几年前随邢国梁在美国考察研究美国的政治体制时的一些见闻。火焰到科罗拉多州市政厅做过客，市政厅是一座二层小楼，坐落在一座小山前面，是1907年的建筑，内设办公室大概不超过十间，其中一间还是车库。火焰还拜访过华盛顿州newpor市市政厅，一栋平顶房，上面有一个小型穹顶，像一间小型仓库。火焰还到过田纳西州，田纳西州拉菲特市市政厅，就建在公路边上，很普通的一栋平房，怎么看怎么像一座汽车加油站。美国有不少政府机构都是这样，如果没有美国国旗的话，就是民居。美国官员是很会享受的，他们的家都很大很舒适，那么，美国地方机构为什么这么小？因为美国官员的头脑里有着很强烈的纳税人意识，他们手里握着的是纳税人的的钱，花纳税人的钱要通过议会来批，乱花是要被议会罢免的。然而，中国政府官员大多是大手大脚的，敢投资、敢花钱，投了资、花了钱才能证明本地区的繁荣，才能说明自己做事了，出成绩了。就拿政府办公场所来说，普遍的高楼大厦，普遍的奢华气派。沿海的一个省会城市居然耗资40亿建起一座气势磅礴的办公大厦，单体建筑规模亚洲第一、世界第二，仅次于美国五角大楼。南方的某个地区，一个县级政府大楼从造型到规模，居然能与美国白宫相比。还有一个边远山区的县政府，居然建了一座16层办公大楼。楼大了人自然就多，或者说人多了政府自然大，这一切花销用的不是纳税人的钱吗？政府为什么要给自己建奢华气派的办公楼？政府非得“衙门”化吗？据悉，有很多市县、市等部门的办公大楼都是用国家、部委、省市的专项资金建起来的，比如一个县级检察院、法院，人员编制不过百人，居然建起了近万平方米的办公楼，五层楼房居然安装了电梯。如果这种现象普遍的话，那国家就涉嫌腐败了！

还有这个社会，火焰对最近兴起的“造势”很有意见。无论什么规模的运动会，无论什么性质的推介会，无论什么行业的展览会，无论什么专业的论坛，非要搞那种奢华的开幕式和闭幕式吗？非要那么奢华的招待吗？撒钱给客人看，客人就能向你伸大拇指吗？一样瞧不起你，因为这是暴发户作为。如果这种现象普遍的话，那社会就涉嫌腐败了！

让“官老爷”们打哆嗦

正是下班时间，机关干部陆陆续续从办公楼走出来，关久长也在下班人群当中，他不出门不下乡是不开车的，上下班都是步行。关久长知道火焰心情不好，也知道火焰今天在家，想请火焰出去吃一顿烤鸽子。关久长掏出手机，给火焰办公室打电话，半天没人接，他正嘀咕着“这人哪去了”，忽然发现火焰就在院子里，正在看政府办公楼、看广场、看围墙。关久长觉得火焰有些异样，就朝火焰走去。

火焰走到大门口，站住了，端详着大门，像是在看陌生的什么东西。

关久长过来，也跟着看大门，说：“火焰书记，带劲吧，去年刚建起来的。”

火焰说：“我还真没好好看过，确实很威风啊。”

关久长说：“在咱们那丹市，三县六区首屈一指。”

火焰见警卫室旁边有一架梯子，就架上梯子，爬上警卫室。

关久长愣愣地看着火焰，问：“你要做什么？”

火焰站在房顶，眯着眼睛浏览政府大院儿，说：“老关，你的大门不但‘带劲’，管理也‘带劲’，查验、登记，盘问，就差搜身了，不但把上访群众挡在外边，就连办事儿的老百姓也进不来！”

关久长仰着脸，道：“火焰书记，这不光是我的大门，县委和政府合署办公，也是县委大门。”

火焰说：“你说得有理，正因为也是我的，所以，我才想发表一下意见。”

关久长说：“你的批评我接受。是这样，东江是个穷县，欠账很多，讨债要账的就多，有一些经济案子很难解决，再说信访有一千多件积案，如果让上访人员长驱直入，恐怕你我都会被上访缠住。我们还有很多工作要做，等东江经济条件好了，有些案子自然就有能力解决了。”

火焰在房顶上坐下来，批评关久长：“你还有脸说，你这叫旧债不还又欠新债，还是欠父老乡亲的债！”

关久长感觉到了，火焰一定是在打什么主意，他有些担心。他快步到对面小超市买了一盒烟，又快步回来，把烟扔给房顶上的火焰。

火焰接住烟，看着牌子乐了，说：“这烟不错，谢了！”

关久长打完“溜须”，就劝火焰，说：“火焰书记，你下来吧，一个堂堂县委书记，坐在房顶上……”

火焰舒舒服服抽起烟来，问关久长：“我问你，县政府是谁的？”

有人驻足观看，关久长朝人家摆摆手，说：“看什么看，赶紧走，赶紧回家，饭都凉了。”

人们走了，不时地回头还看火焰。

关久长也仰脖看火焰，说：“今天你是爷，你问什么我老老实实回答什么。人民政府，人民的。”

火焰很激动，一边比划一边讲：“不错，你还没忘。这个政府不是你的，不是我的，也不是那些领导干部的；这个政府不是避风港，也不是安乐窝，更不是耍威风的衙门口儿，是为老百姓办事儿的地方，是老百姓歇脚的地方，是老百姓说心里话的地方！”

关久长深有同感，说：“你批评得很对，我接受，真的。下来吧，求你了。”

火焰又站起身，在小小的房顶上溜达，说：“这座大门拦过多少老百姓？有多少老百姓揣着希望来，带着失望走？有多少老百姓因为这座大门，恨县委恨政府恨火焰恨关久长？”他用脚跺着房顶。

关久长明白了，火焰和这座大门过不去了。其实，关久长也为那件事感到内疚，保安做的确实过分，他说：“李春林的孙子想上厕所，没进来，我心里也挺不是滋味儿的。好在这大门已经敞开了，以后老百姓可以长驱直入了。”

火焰在房顶上扒水泥块儿，扒下一块儿，摔了下来，吓了关久长一跳。

火焰说：“心里没有老百姓，老百姓进来有什么用？这几天有不少老百姓找你？你见了几个？一上二楼就被关红锦挡住了，”他学着关红锦的表情，“‘关县长下乡了’，‘关县长正在开会’，‘关县长去市里汇报工作去了’。”

关久长被数落蒙了，半天没缓过神来，说：“是，你的思考，还有你的批评都对。我向你表个态，以后老百姓来一个我见一个，怎么样？”

火焰又扒下来一块儿水泥，摔下来，问：“态度多少钱一斤？啊？老百姓要的是彻底转变，切实行动！”

关久长又躲了一步，说：“你看这样好不好，你我一齐下茬子，狠抓上访。来一个接待一个，接待一个解决一个。”

火焰没好气儿地问：“把你我都拴在信访上吗？”

火焰又看那个侧院儿，那是信访办，东江县政府的一个常设机构。

关久长也跟着看过去，忽而意识到，火焰教授要讲课了。

果然，火焰讲了起来：“信访制度源于古代的诽谤制，《史记·孝文本纪》说尧舜时期于交通要道竖立木柱，让人在上面写谏言。《后汉书·杨震传》说，‘臣闻尧舜之世，谏鼓谤木，立之於朝。’因此，后世把宫外立木以示纳谏，称为‘谤木’。不过，古代的谤木显然只是一种形式，缺乏必须的行政体系支撑，‘谤木’便成为了一根傻柱子，或者说是一种标榜。”

关久长怕火焰讲上情绪，引来一大堆人来听课，那就热闹了，于是赶紧把他的话截住，说：“我们国家设置信访机构，其目的是想建立一个渠道，一个政府与人民群众沟通对话的渠道，便于人民群众反映他们的疾苦，便于政府听取社会的声音。”

火焰的情绪到底上来了，接着说：“然而，这个信访制度并没有系统保障，具体地讲，就是信访部门不是一个权力部门，无权直接处理信访案件，只能协调相关部门去处理。信访机构按要求把信访案子贴上公文处理签，发给相关部门，相关部门同样贴上公文处理签，再发下去。最后，发给了责任单位，也就是说，各个部门，通过一层层传递，堂而皇之地理所当然地把‘原告’交给了‘被告’。”

关久长看着周围，已经有不少人驻足“听课”了，他摆手让人走开。

火焰继续说：“我就不明白了，你这个县长不知道这种事情常常发生吗？不知道这是非常可笑、非常可悲、非常可恨的事情吗？”

关久长老老实实地承认道：“我承认，在我心里，在很多领导心里，信访机构就是缓解矛盾的一个缓冲地带，把上访人稳在这里，慢慢消化。”

火焰大声说：“既然你这么说，信访部门没有‘问案’的权力。那这个部门就是一个盲肠部门，那就没有存在的必要了。”

关久长说：“火焰书记，你说的都对！你说吧，想怎么办，我照办就是了。”

火焰沿着警卫室房顶女儿墙溜达，偶然发现一处松动的墙体，就弯下腰，用力掀，掀不动，就坐到了房顶上用脚蹬，终于把一节女儿墙蹬活动了。他站起身，看了看房檐下，见没人，就用力把这一节女儿墙蹬下房顶。“轰隆”一声响过后，他乐了。

关久长一下子跳出好远，说：“你这是干什么！？”

火焰盯着关久长，好半天，一个字一个字地说：“我请你把大门拆了，把围墙推倒！”

关久长真被火焰这种孩子一样的顽皮和疯子一样的癫狂吓着了，愣了半天没接上话来。

火焰狠狠地说：“没有这‘轰隆’一声响，大院里的官老爷们就不会打哆嗦，心里的那个大门、那堵围墙就不会倒塌。心里的大门、围墙不倒，设置多少信访机构也没用！”

关久长思考了一会儿，说：“你说得有道理，我赞成。不过，省文明办评比小组下月20号来检查验收文明县。县政府大院儿是个亮点，是评比小组必看的一个点儿。这件事能不能缓到评比后再办，免得评比小组下来，正赶上我们修大院，乱糟糟的影响评比。”

火焰说：“这用你说吗？宣传部天天忙着迎接评比。我问你，评比的目的是什么？是为了人民群众有一个更好的生活环境，是为了促使各级人民政府更好的为人民服务。我们拆大院儿的目的是什么？是为了让人民政府更好地贴近群众，更多地了解群众，更好地服务群众。这并不矛盾吧。”

关久长说：“好，这点儿算你对。可你想过没有，拆掉围墙、大门就要重新规划修整院子，一拆一修没几十万下不来。不是我心疼这些坛坛罐罐，实在是没钱折腾，缓一缓怎么样，等‘基地’建好，我保证把它拆了。”

火焰说：“不是我说你，有的时候你真是挺笨的，感觉没多少文化。我问你，干什么都要花钱吗？”

关久长说：“你有文化，你说，干什么不需要花钱？”

火焰说：“文化是什么，你知道吗？你不是研究这个的，肯定说不清楚。这怨我，我老跟你提文化却没教你。我跟你讲，文化是一个非常宽泛的概念，其定义至少有二百多种。笼统地说，文化是一种社会现象，是人们长期创造形成的产物。同时，文化又是一种历史现象，是社会历史的积淀物。确切地说，文化是指一个国家或民族的历史、地理、风土人情、传统习俗、生活方式、文学艺术、行为规范、思维方式、价值观念等。这一大串解释太啰嗦，要我总结，就一句话：文化就是人类的一种生存工具，用以跟自然斗争，跟万物交流。文化有两个显著特点，传承和创造。具备这两个特征就是文化。换个方向讲，文化是人类从灵魂里、骨子里散发出来的东西。具体到一个民族，就是民族精神，民族素质，民族能动性。我一分钱不用花，就用文化的力量拆了大门和围墙，你信不信？”

关久长说：“你这个文化概念虽然不是很正统，却很有道理，我接受。但是，办事儿不花钱，我不信。”

火焰说：“我要真一分钱不花，你就同意？”

关久长说：“办事儿不花钱，那多带劲呢，我当然同意。但你做不到。”

火焰又乐了，说：“好，你说同意了，那我下来。”

关久长看着火焰从警卫室房顶爬下来，苦笑。他被火焰的话震撼了，火焰的思路其实很简单，很直接，从来不绕弯子。但是，火焰的思路让别人接受下来也是很难的，因为火焰的思路往往直接对着你的痛处。痛是件好事，不知道痛就不知道有病。其实，关久长早就同意了火焰的想法，只是有些婆婆妈妈的通盘考虑。通盘考虑当然对，但碰到火焰就不对了，很明显，通盘就把所有人都考虑进来，而火焰办理涉及到老百姓的事儿，从来都是只考虑老百姓，从来都是直接办理。关久长自知不如这个祖宗，这个祖宗有天大的胆子，这个祖宗有万分的洒脱。

让他把绷紧的弦跑完

其实，关久长很清楚中国的信访制度，更清楚东江的信访现状。

中国，从中央到乡镇共有五级政府机构（在农村地区有时还包括一级不是政府的政府，那就是村委会、村党支部）。上下级党政政府之间等级森严，各级政府都是下管一级，形成一个层层向下约束、层层向上负责的管理监督机制。这意味着，中央政府其实并不能形成中央集权，除了少数例外，它只能直接管到省、部级，如果想纠正某省某县的某个不当行为，也要通过该省，而该省也须通过该县的上一级政府，即地市级党政政府来具体处理。

这个制度逻辑决定了上一级政府总会鼓励民众提起针对其下级政府的上访，但却不希望民众越过自己到自己的上级政府上访。针对下级政府的上访使得本级政府可以行使约束下级政府的权力，所以，上访有时候会对上级政府“赋权”——赋予它管理下级政府的权力；如果民众越过本级政府上访，却将使本级成为上级政府约束的对象——哪怕民众反映的是自己的下级政府，但在上级政府看来，该为此负责的却是本级政府。这就形成了中国信访制度的一大特色：容许逐级上访，直至上访到中央政府，但反对越级上访。因此，各省都制定了相应的管理条例和办法。然而，上访人员在明白这个道理之后，却有更大的动力进行越级上访。

上访者相信，他反映的是政府问题，上一级政府免不了要“官官相护”，原因很简单，如果他反映的问题确实存在，按照这个制度逻辑，上一级政府也是有领导责任的。只有再上一级政府，或者更高级的政府，才没有官官相护的嫌疑。比如，如果上访者要反映乡镇政府的问题，那么在其眼里，县政府是不可相信的，只有地市级和更高级别的政府由于对乡镇政府没有直接约束责任，才可能做出公正的处理。按着一级管一级，一级为一级负责的制度逻辑，又使得哪怕是越级上访的案件也会在层层批转之后，最终还是由县政府来处理乡镇政府。上访者也明白这一点，但他认为，如果有更高级政府的“尚方宝剑”在手，县政府在“官官相护”的时候便会有所忌惮。

在上访者看来，最没有“官官相护”嫌疑的是中央政府。所以，上访的最终目的往往是“千方百计进京城”。据国家信访局统计，2003年国家信访局受理群众信访量上升14%，省级只上升0.1%，地级上升0.3%，而县级反而下降了2.4%。另外，中央和国家机关受理群众信访量上升46%，而省、地、县直属部门增幅却较少，有的还是负增长。

东江县积压的一千多个信访案子就有五分之一曾经越级上访过，目前，信访办还有人常驻北京，时刻准备着“接”上访人员回家。

热情洋溢的关久长把“顽皮”且“疯颠”的火焰从房顶上劝下来，本想请他吃烤鸽子，可火焰很不够意思，下了房顶就走了，好像关久长根本就不存在。关久长想喊他一声，可是又觉得喊他他也不会回头。他了解火焰，火焰在“劲儿”上，谁也别拦着，拦也拦不住，非得让他把绷紧的弦跑完才行。

太阳也回家了，头也不回，只是太阳家的门还没有关上，太阳那通红的目光从那丹山脉这扇门的后面看过来，看云彩。云彩害羞，红了脸。于是，东江被染红了，政府办公楼被染红了，关久长也被染红了，火焰那疾走的背影更是通红。

第二十章

领导喜欢农家大院，那就改成农家大院好了

这个“祖宗”是个纯粹的共产党人

在火焰的头脑里，人民群众仍然占据至高无上的位置，在火焰的意识中，老百姓仍然是他的依靠。关久长不得不赞叹，这个“祖宗”是个纯粹的共产党人，跟这种纯粹的人干工作真刺激！

砸了这座大门

关久长说：“火焰书记，你讲句话吧。”火焰很激动，他指着大门，大声说：“砸了它，让李春林和被挡在门外的乡亲们可以随时走进这座大楼，想找谁找谁，想告谁告谁，歇脚、喝茶、上厕所都随便！”

担不起的恩情

周大龙找过他，要李春林今天一早和他一起去县政府拆大门，李春林答应了。但第二天天还不亮的时候，李春林就赶着羊躲进了山里。他不敢跟周大龙和王文良去县政府，好好的大门为他拆掉，他怎么担得起这么大的恩情？

政府大院搭羊圈

关红锦颓丧地坐在角落里，实在坐不住，跑过来：“火焰书记呀，你让我啰嗦几句吧，你知道周大龙要干什么吗？他在搭羊圈，这实在是……”

这个“祖宗”是个纯粹的共产党人

晚上，县宾馆202 房间里一片混乱，套间里堆着书籍材料。客厅中间有一个几乎占据整个客厅的大沙盘，沙盘上是东江县十年规划，尚在规划中，沙盘周围堆满了耗材和工具。电视机开着，正在播放东江新闻，声音很大，关久长需要这么大的音量，因为他正在浴室里冲澡。

电视里，女播音员正在播送新闻：“今天上午，副县长王永远代表县政府与右河煤矿签署了出让协议。出让价格是右河煤矿工人代表大会认定的，600万元。至此，17家煤矿全部收购完毕，东江县煤炭企业重组工作全面完成。副县长王永远表示，县煤炭企业集团将在月内成立。这意味着东江县煤炭行业走出了无序开采的混乱局面，进入了集约开采、综合利用的科学发展轨道。”

关久长在浴室里兴奋地叫着：“我至今不敢相信这是真的，600万元，比县政府预定的价格低20%。这祖宗真行，干得太漂亮了，太带劲了！不服不行！”

电视新闻里，男播音员的声音：“下面播送东江县政府办公室通知……”

这时，浴室门突然打开，关久长围着浴巾出来，看电视。

男播音员的声音：“东江县政府办公室决定明天8时拆除县委县政府大楼大门及围墙，欢迎各界群众义务参加劳动。”

关久长摸着脑瓜皮，惊讶地叨叨了一句：“他找老百姓义务劳动啊？”水从他的两条腿哩哩啦啦地滴到地板上，他傻愣愣地看着电视，心豁然亮了，发动群众是共产党人的拿手好戏嘛，自己怎么没有想到？为什么没想到？想来想去，找到了原因，是自己忽视了人民大众，意识里淡薄了老百姓的精神力量。自己为什么会变成这样？再往下追，又找到了原因，头脑中的政治利益高于了群众利益，意识中的领导权威高于了百姓诉求。然而，在火焰的头脑里，人民群众仍然占据至高无上的位置，在火焰的意识中，老百姓仍然是他的依靠。关久长不得不赞叹，这个“祖宗”是个纯粹的共产党人，跟这种纯粹的人干工作真刺激！

关久长又想到了火焰那个不正统的文化概念：文化是人类从灵魂里、骨子里散发出来的东西。具体到一个民族，就是民族精神，民族素质，民族能动性。现在想想，很精辟，很准确，很深刻，很有指导意义。

砸了这座大门

第二天清晨，关久长从202室出来，走到201室门口。201室门开着，服务员正在收拾房间。关久长见火焰不在房间，就直接走出宾馆，径自走向县政府大院。

虽然早有心理准备，当走到政府大门口的时候，关久长还是大感意外，大为惊讶，上千名群众手拿工具聚集大门前，有的群众还开来了各色机械、车辆。看来，群众对封闭的政府确实素有成见，对“衙门”作风确实素有怨恨，看今天的阵势，群众是带着“打倒”、“砸碎”决心来的。关久长下意识地摸了摸脑袋。

火焰正在给群众讲破拆注意事项：“9点钟准时开工，机械先上，把大门围墙全部推倒以后，群众再上。拆下来的废料能用的分给群众，回家盖个厦子，打个猪圈什么的。老张大哥，你刚才说你是建筑公司的施工管理员，那你对破拆很有经验了，我任命你为破拆组长。别摇头，就你了。你怎么蔫了吧叽的，拿出点儿劲头来，群众既然来到你的麾下，你就是他们的头，按技术要求指挥就是了，清楚了吗？”

一切准备停当，火焰把关久长推到大门前，让他指挥拆大门。

周大龙和王文良站在大门柱旁，他们一人握着一把大锤，蓄势待发。

关久长说：“周大龙，这第一锤你来砸不大合适。”

周大龙恍然大悟，说：“对，对，这第一锤应该火焰书记来砸。”

关久长琢磨了一下说：“不，我觉得应该让李春林来砸。”

周大龙放下大锤，说：“对，就李春林了。”

关久长问：“李春林来了没有？”

周大龙和王文良都摇头。周大龙说：“我昨天还特意通知他了。”

忽然，火焰爬到铲车顶上，四下看着，问：“老李大哥没来，他为什么不来呀？”

关久长说：“火焰书记，还是你来砸吧，代表60万老百姓。”

火焰爬下铲车，说：“不行，这个大门就得李春林来砸。周大龙，你就替李春林来砸这第一锤吧。”

周大龙感慨地说：“李春林要是在这儿，他得多高兴！”

关久长说：“火焰书记，你讲句话吧。”

火焰很激动，他指着大门，大声说：“砸了它，让李春林和被挡在门外的乡亲们可以随时走进这座大楼，想找谁找谁，想告谁告谁，歇脚、喝茶、上厕所都随便！”

于是，周大龙就喊：“李春林，老支书，我替你砸了！”喊过以后，他运足力气，向着大门柱，奋力砸下了第一锤。

“嗵”的一声，大锤砸碎一块大理石，碎石四溅。

现场沸腾起来。

担不起的恩情

这时候，李春林正在冷山的一块空地上。

空地上有一个临时性的大门，门楣字迹陈旧：热烈庆祝生态旅游度假村项目开工。还有一块奠基石，几堆砂石，已被野草覆盖。空旷的山地原本是一块茂密的山林，但现在却像一块疮疤，一片树根，一片野草。李春林赶着他的羊群，进入了那块空旷的200亩山地。

李春林望着县城的方向发呆。他知道今天拆大门，知道这是为他拆的。头天晚上，当他从电视上看到这个消息，感到非常震惊，也感动得不行，大黑天的跑到后山上哭。周大龙找过他，要李春林今天一早和他一起去县政府拆大门，李春林答应了。但第二天天还不亮的时候，李春林就赶着羊躲进了山里。他不敢跟周大龙和王文良去县政府，好好的大门为他拆掉，他怎么担得起这么大的恩情？他后悔，那天不该在县政府门口放驴（方言，意即耍脾气），更不该赌气走，让火焰书记难受。如果自己不放驴，就在门外边等火焰书记，那该多好，火焰书记就会乐呵呵地和他喝酒，唠他的这群知名度很高的山羊，他还可能和火焰书记唠一唠，脚下这个可能永远建不起来的生态旅游度假村。这样的话，县政府那座漂亮的大门就不能拆，那两个保安的饭碗就不能砸。自己做了多大的孽啊！

政府大院搭羊圈

大门已经拆除，垃圾也清除干净，群众正在整修大院。

院子里，临近大街的草坪上，周大龙正指挥冷村人和一台吊车，准备把两个大门柱吊到草坪中间。

关红锦急忙过来阻拦，问："这是干什么？"

周大龙说："县政府拆大门，这对我们老百姓来说是件大事儿，放在院子里做个纪念。"

关红锦急了，说："你知道吗，这是建筑垃圾，垃圾就得扔到垃圾场，你放在县政府大院，县政府成什么了，啊？多难看，啊？"

周大龙说："放心，关主任，保证好看，不好看找我周大龙。"

关红锦生气了，说："你保证就好使了，县人民政府是多么庄严的地方，规划设计都是经过县常委会研究的，你想怎么整就怎么整，这能行吗？"

周大龙泄气了，撂下了工具，冷村人都放开手。

这时，火焰远远地叫关红锦，关红锦跑到火焰身边。

火焰悄声批评他说："跟我和关县长啰嗦啰嗦可以，不能跟老百姓啰嗦。老百姓一片心意，咱请人家来帮忙，却挑三拣四的嫌人家干得不好，干得不对，这样合适吗？"

关红锦点着头："是不合适。"忽然，他转过弯来，"不对呀，火焰书记，那也不能乱堆乱放，没个规划吧？这可是县政府啊！"

火焰拉着关红锦走到一边，给这个笨脑袋上课："你这是典型的衙门作风。我给你讲讲什么是政府，什么是衙门。政府，俗称'官府’、‘衙门’、‘公家’，是一个政治体系，是执行法律和管理行政的一套机构。广义的政府包括立法机关、行政机关、司法机关、军事机关。‘政府’其名，起源于唐宋时期的‘政事堂’和宋朝的‘二府’两名的合称。唐宋时中央机关机构为三省六部，即尚书省，下设吏、礼、户、兵、刑、工六部，主管行政事务。中书省起草政令，实为秘书班子；门下省掌管出纳和常命，有审查诏令权力。唐朝为提高工作效率将中书省和门下省有时合署办公，称为‘政事堂’。宋朝将‘政事堂’设于中书省内，称为中书。宋朝初年还设立了枢密使，主管军事，其官署称为枢密院。并将中书省和枢密院并称为‘二府’。‘政事堂’和‘二府’合称即为后来的‘政府’。我国明代就有关于‘政府’的称谓了，如明黄道周在《节寰袁公（袁可立）传》里说：‘及在御史台，值他御史触上怒，将廷杖，诸御史诣政府乞伸救，辅臣以上意为辞。’”

关红锦听到这儿真是听不下去了，不时地扭头看一片狼藉的政府大院。

火焰就扳过关红锦的脑袋，接着说：“我给你讲课呢，你怎么不用心听？”他又很耐心地讲着，“政府有四个主要职能：一是政治职能，也称统治职能，政治职能是指政府为维护国家统治阶级的利益，对外保护国家安全，对内维持社会秩序的职能。我国政府主要有四大政治职能：军事保卫职能，外交职能，治安职能，民主政治建设职能。二是经济职能，经济职能是指政府为国家经济的发展，对社会经济生活进行管理的职能。随着我国计划经济体制向社会主义市场经济体制的转变，我国政府主要有四大经济职能：经济调节职能，公共服务，市场监管，社会管理。三是文化职能，文化职能是指政府为满足人民日益增长的文化生活的需要，依法对文化事业所实施的管理。它是加强社会主义精神文明，促进经济与社会协调发展的重要保证。我国政府的文化职能主要是：发展科学技术，发展教育，发展文化事业，发展卫生体育。四是社会公共服务职能，即国家提供公共服务，完善社会管理的职能。这类事务一般具有社会公共性，无法完全由市场解决，应当由政府从全社会的角度加以引导、调节和管理。目前，政府的社会职能主要有：调节社会分配和组织社会保障的职能，保护生态环境和自然资源的职能，促进社会化服务体系建立的职能，提高人口质量，实行计划生育的职能。”

关红锦带着哭相，说：“火焰书记，还是听我小主任讲一讲吧。建完这栋县政府大楼就没钱了，修这个大院的钱是关县长从市里要来的，听说是市委书记邢国梁从他的办公经费里省出来的。整成这个样子怎么对得起市委邢书记？”

火焰扒拉过关红锦的脑袋，说：“这个用你操心吗？我跟你讲，为什么要修这个大院？整这么一座大门？还设两名保安？就是‘衙门’思想作怪。”他又饶有兴趣地讲起来，“旧时称官署为衙门。其实，衙门是由‘牙门’转化而来的。古人膜拜猛兽的利牙，常用来象征武力。也就是说，‘牙门’是古代军事用语，是军旅营门的别称。冷兵器时代，国家特别器重军事将领，军事长官们以此为荣，往往将猛兽的爪子、牙齿置于办公处。后来嫌麻烦，就在军营门外以木头刻画成大型兽牙作饰，营中还出现了旗杆端饰有兽牙、边缘剪裁成齿形的牙旗。于是，营门也被形象地称作‘牙门’。汉末，‘牙门’成了军旅营门的别称。这一名称逐渐移用于官府。《武瓦闻见记》中记载：近俗尚武，是以通呼公府为‘公牙’，府门为‘牙门’，到了民间，便讹变为‘衙门’了。唐朝以后，‘衙门’一词广为流行。到了北宋以后，人们就几乎只知道‘衙门’而不知有‘牙门’了。”

关红锦又看看院子，道：“我哪有‘衙门’思想啊，我只觉得可惜这个院子，设计费就两万块。”

火焰又扳回关红锦的脑袋，继续讲：“教授给你上课呢，认真听讲是尊重老师，不懂吗？”他又孜孜不倦地讲，“衙门有三层释义：一是指旧时官吏办事的地方。二是比喻官僚机关。三是指唐代宫殿的大门。关红锦，你对对号，你是哪一种‘衙门’的‘衙役’？”

火焰讲到这里不讲了，笑着走了。

关红锦再回头看，周大龙已经把他要干的事干完了，两个残破的大门柱子赫然躺在绿油油的草坪上。

周大龙笑着对关红锦说："整好了，检查一下吧，关主任。"

关红锦没吭声，惨淡地笑了一下，走了。

院子一角，一台农用车上拉来了桦树、松树，王文良指挥一群人栽树。

火焰走了过来。

王文良介绍说："火焰书记，我给大院栽一片桦树林。"

火焰说："要保证成活率啊。"

王文良说："按李春林的办法栽，准没问题。"

火焰说："我只知道李春林是养羊好手，还懂得栽树？"

王文良说："他义务管护冷村后山的林子20年，都成山神了，啥树都能栽活。"

院子另一角，右河乡石村农民赵常有正在摆弄石头。

火焰走了过来。

赵常有没停手，和火焰打招呼："火焰书记。"

火焰问："这是石村的赵常有吧，你在做什么？"

赵常有笑着说："石桌石凳，这玩意儿不怕磕碰，不怕雨淋。"

火焰抚摸着粗糙的石头，说："石桌石凳，朴实敦厚，挺好，不错！"

院子当中，关红锦和冷村农民谭老三呛呛（方言，争吵的意思）起来，原因是谭老三想在大院儿里挖一条沟，把政府后边的泉水引过来，养鹅。谭老三是个残疾，一条腿瘸。看着谭老三一拐一拐的样子，关红锦真不忍心哈唬（方言，意即训斥），他愁眉苦脸的说："谭老三，谭大哥，县政府大院不是荒郊野地，不是田间地头，你挖沟干什么？还破坏了我的草坪，你知道我的草坪一平方米多少钱吗？200块。我叫你谭大爷行不行，好好的一个院子，叫你折腾成啥样了。"

谭老三说："火焰书记官大还是你官大？"

关红锦说："当然是火焰书记了……你别拿火焰书记吓我，管这个院子的是我。求求你，我的谭爷爷，别挖了。"

谭老三说："火焰书记都不管，你凭啥管。"

正在关红锦无奈、苦恼、憋气的当口儿，忽然看见关久长，便跑到关久长身边，说：“哎呀我的妈呀，关县长你可来了，你看这儿，看看，不上火吗？”

关久长对这栋政府大楼有着特殊的感情，这是他刚刚下派到东江作副县长抓的项目，两年的时间，他算计每一分钱，每一个房间，每一处装饰，还算计每一寸地皮，每一棵树，每一个花坛。可以说这里的一草一木、一砖一瓦都浸透着他的心血，都是辛辛苦苦置办下来的，如今说拆就拆了，说毁就毁了，关久长怎么能不心疼？他拍了拍关红锦的肩膀，说：“关红锦，想开点儿吧，既然让人家来弄，就让人家放开手脚吧。”

这时，火焰走过来，看谭老三的工程，关心地说：“老三，你身体不好，悠着点儿。”

谭老三说：“没关系，干活儿是老百姓的看家本事。”

关红锦强作笑脸，凑到火焰面前，说：“火焰书记，你说的对，既然咱把人家请来帮忙，就不能挑三拣四的嫌人家干得不好。可是，咱这政府大院排水系统齐备，明沟暗槽都有，用不着再挖一条水沟了。”

火焰笑而不答。

关红锦又说：“你总得问问谭老三挖渠干什么吧？”

火焰说：“不用问，他一定有好主意。”

关红锦哭笑不得，说：“这可是县政府大院啊，不是农家大院。”

火焰乐了，道：“别说，改造成农家大院也不错。”

关久长眼睛也是一亮，品着火焰的话，说：“嗯，这个叫法好，挺带劲，就是农家大院了。”

关红锦泄气了，说：“领导喜欢农家大院，那就改成农家大院好了。”

东江县政府大院儿已经面目全非，这样还不算完，周大龙又开着农用车，拉来一车木杆，在院子一角的小树林里搭起架子来。

火焰走过去，问：“周大龙，你这是干什么？”

周大龙回答：“大城市的广场上有老百姓放鸽子，是吧？咱这政府广场也是老百姓的，也得养点啥才对。”

火焰又问：“那你要养啥？”

周大龙一笑，说：“到时候你就知道了。”

火焰说：“保密，好，你弄吧，到时候我看。”

周大龙一边卸木杆，一边说：“这是李春林托付我的，这个李春林呀，人不来，心在这儿。”

火焰听到这话，心里一紧，不由得想到那个老迈瘦弱的身影，想到光腚离开的叫叫。

关红锦颓丧地坐在角落里，实在坐不住，跑过来：“火焰书记呀，你让我啰嗦几句吧，你知道周大龙要干什么吗？他在搭羊圈，这实在是……”

火焰没理关红锦，叫关久长：“老关，你来。”

关久长来了，火焰却走了。

关久长纳闷儿，说：“你叫我干什么？”

火焰不回头，扔下一句：“关红锦，关县长有耐心，你啰嗦啰嗦他吧。”

关久长拍着关红锦的肩膀，安慰说：“关红锦，别哭丧着脸，看你这点儿出息，你还没理解火焰书记讲的‘农家’思想精髓吗？老百姓收拾出来的院子未必就比你弄的差。”

关红锦不说话了，低头向大楼走去，一边走一边嘟囔：“都嫌我啰嗦，办公室主任就是一个啰嗦的活儿。我回办公室了，眼不见心不烦。”

………………

未完待续，下部更精彩！

《火焰当官2》即将出版，精彩预告：

为了更接近群众，更接地气儿，在县委书记火焰的推动下，东江县政府自己发动群众拆了自己的大院大门、推倒了自己的围墙，变成了真正的百姓之家……群众的话触动了火焰，他决定在政府大院里办“面对面大集”……面对面大集“开业”了，一幕幕真挚的感人的故事上演着……面对面大集的动静很大，惊动了那丹市市委书记邢国梁，他决定去东江县看看……

邢国梁去了东江都能看到些什么，一心为人民服务的县委书记火焰又有什么样的惊人之举……敬请共同期待！

图书在版编目（CIP）数据

火焰当官. 1 / 成仁著. -- 北京：企业管理出版社，
2014.4

ISBN 978-7-5164-0728-8

Ⅰ. ①火… Ⅱ. ①成… Ⅲ. ①长篇小说－中国－当代
Ⅳ. ①I247.5

中国版本图书馆CIP数据核字(2014)第049202号

书名：火焰当官. 1

作者：成仁

责任编辑：宋可力

书号：ISBN 978-7-5164-0728-8

出版发行：企业管理出版社

地址：北京市海淀区紫竹院南路17号　邮编：100048

网址：http://www.emph.cn

电话：编辑部（010）68701408　发行部（010）68701638

电子信箱：80147@sina.com　zbs@emph.cn

印刷：北京博艺印刷包装有限公司

经销：新华书店

规格：680mm × 990mm　1/16　15 印张　216千字

版次：2014年5月第1版　2014年5月第1次印刷

定价：29.90元
